英国王妃の事件ファイル⑮

貧乏お嬢さまの困った招待状

リース・ボウエン　田辺千幸 訳

God Rest Ye, Royal Gentlemen

by Rhys Bowen

コージーブックス

GOD REST YE, ROYAL GENTLEMEN
(A Royal Spyness Mystery #15)
by
Rhys Bowen

よき友人でありミステリ界の第一人者でもある女性バーバラ・ピータースに捧げる。

ミシェル・ヴェガとバークレーのわたしの素晴らしいチーム、才気あふれるエージェントのメグ・リューラーとクリスティーナ・ホグレブ、そしてわたしの最初の読者で優れた提案をしてくれるジョンとクレアとジェーンに感謝します。

歴史についての覚書

本書はもちろんフィクションですが、王室に関わることについてはできるだけ事実に近づけたつもりです。

ジョージ五世はサンドリンガム・ハウスをとても好んでいて、クリスマスの時期にはひと月以上をそこで過ごしていました。クリスマスには家族も全員集まって、地所にある小さな教会に徒歩で向かったそうです。

プリンス・オブ・ウェールズとミセス・シンプソンはスイスでスキーをしていましたが、国王の体調がすぐれないと聞かされて、渋々戻ってきたというのは事実です。ですが、いくつか誇張したことはあります——彼女が離婚を申請したのはこの年のもっとあとのことでした（ミスター・シンプソンは自分の非を認めたのです！）。また、ボクシング・デイには数多くの狩りが行われますが、たいていの場合、サンドリンガム・エステートは使われません。本書での狩りは、実際に行われているものとは違い、形式ばらないものになっています。通常、ボクシング・デイは狩りのための日ですが、この物語では狩りはその翌日に行われています。

驚くことに、当時、英国の一般市民はミセス・シンプソンのことを本当になにも知りませんでした。海外の報道機関にとっては格好の材料でしたが、国内の各新聞社は、彼女については書かないということで合意していました。いまの世の中で、すべての新聞が、プリンス・オブ・ウェールズに恥をかかせないために女性の友人のことを記事にしないなんて、想像できますか？

サンドリンガム・エステートには母屋のほかに、いくつかの建物がありますが（最近は、そのひとつをケンブリッジ公爵が所有しています）、ウィンダム・ホールは架空の建物です。

貧乏お嬢さまの困った招待状

主要登場人物

ジョージアナ（ジョージー）・オマーラ……ラノク公爵令嬢
ダーシー・オマーラ……アイルランド貴族の息子。ジョージーの夫
クイーニー……ジョージーの料理人
ビンキー……ラノク公爵。ジョージーの兄
フィグ……ラノク公爵夫人。ジョージーの義姉
レディ・アイガース（アーミントルード）……ダーシーの伯母
ミス・ショート……レディ・アイガースのコンパニオン
レッグ・ホーン少佐……招待客。国王の狩猟の世話人
ホーマー・ハントリー大佐……招待客。アメリカ人
ドリー・ハントリー……招待客。大佐の妻
デイヴィッド王子……英国皇太子
ミセス・シンプソン……デイヴィッド王子の恋人。アメリカ人
ディッキー・オルトランガム……デイヴィッド王子の侍従

一九三五年一一月二五日
アインスレー　サセックス

霧に包まれた一一月の朝、わたしは窓の外を眺めている。鹿の親子が森のはずれに立っていて、芝生の上では野ウサギたちが跳ね回っている。こんなに美しい場所がわたしの家で、毎日がこんなに落ち着いたものになったなんて、とても信じられない。自分が既婚婦人で、素晴らしい夫がいるということも。時々わたしは頬をつねって、これが夢じゃないかどうかを確かめたくなる。でもやっぱり、目を覚ましたくない！

「クリスマスがやってくる、ガチョウは太った、じいさんの帽子に一ペニーを入れとくれ」メイドのサリーが長広間の肖像画に羽根ばたきをかけながら、可愛らしい高い声で歌っていた。実を言うとわたしは、羽根ばたきの存在価値がいまひとつわからない。どこかの表面にあるほこりを舞いあげて、近くの別の場所に移動させているだけのように思える。いまもそのとおりのことが起きていたが、サリーはこの時期の雰囲気を満喫しているらしく、オーケストラの指揮者のように、歌いながら羽根ばたきを振りまわしていた。

クリスマスを楽しみにするには、サリーは少しばかり気が早い。まだひと月も先だから、わたしの意識のなかではほんの隅っこに顔をのぞかせているだけだった。けれどその歌を聞いて、休暇の季節にはやらなければならないことがあることに不意に気づいた。いまのわたしは大きなお屋敷の女主人で、飾りつけをしたり、客を招待したり、プレゼントを買ったりといったことは、すべてわたし次第……。なにが待ち受けているかを悟って、思わず〝わお〟と心のなかでつぶやいた。

これまでのクリスマスは、敷地内では強風のせいで木々がしょっちゅう倒れているにもかかわらず一度に薪(まき)を一本ずつしかくべさせてくれない、フィグと皆から呼ばれている義理の姉ヒルダ——現ラノク公爵夫人だ——と共に、スコットランドにある実家のお城で過ごすわびしい行事でしかなかった。けれど今年は生まれて初めて、ずっと夢みていたクリスマス——結婚して間もない夫と、おそらくは家族と友人と一緒に——を過ごすことができるのだ。

わたしは、一番親しくて大切な人たちに囲まれて燃え盛る暖炉の前に座っているところを想像しながら、招待する人のリストを作るために紙と鉛筆を取りに書斎に向かった。ダーシーが机の前に座っていて、わたしが入っていくと驚いて顔をあげた。

「やあ——気づかなかったよ」

「ごめんなさい。邪魔したかしら？」わたしは訊いた。

「いいや。片付けておくと外務機関に約束したちょっとした雑用さ」ダーシーは、結婚して四カ月にもなるのに、暑い日のアイスクリームみたいにいまもわたしをとろけさせるあの素敵な笑みを浮かべた。「なにか用かい？」

「ううん、紙を取りに来ただけ。サリーがクリスマスがやってくるって歌っているのを聞いて、いろいろと手配するのはわたしだっていうことに気づいたの。敷地内にツリーにうってつけの木はあるだろうし、ミセス・ホルブルックが飾りをしまってあるところは知っているだろうけれど、だれかを招待するべきだと思わない？　この家はわたしたちふたりには広すぎるもの」

「ハウスパーティーっていうこと？」

「それって、なんだか大掛かりできちんとしたものみたいに聞こえない？　わたしは、お母さまとマックス、おじいちゃん、ベリンダ、あなたのお父さまとゾゾくらいを考えていたの。一番親しくて、大切な人たちよ」

「きみの近親者の名前が出なかったみたいだね」彼はいたずらっぽい笑みを浮かべてわたしを見た。

「兄のこと？」わたしは口をつぐんで、考えをまとめた。「ビンキーも甥も姪も大好きだけれど、フィグを連れてくることになるのよ。なによりクリスマスの頃は、ラノク公爵にはしなくちゃいけないことがあるの。サンタクロースの扮装をして、小作人の子供たちにプレゼントを渡さなきゃいけないし、大晦日には狩猟案内人のダンスパーティーを主催することになっているのよ。それに、フィグの不愉快なお姉さんのダッキーが来るはずだわ。もっと不愉快なその夫のフォギーと、本当にとんでもない娘のモードも」一度言葉を切ってから、言い添えた。「どちらにしろ、フィグはすごくケチだから、列車の切符代は出さないでしょうしね」

「つまり、呼ばないってことだね」彼の言葉にわたしは笑った。「でも、王家のほうの親戚は？　国王陛下と王妃陛下がいらしたら、パーティーには箔がつくんじゃないかい？」

わたしは険しい顔を彼に向けた。「からかっているのね。おふたりが毎年クリスマスはサンドリンガムに行かれるって、あなたもよく知っているじゃないの。それに国王陛下は具合がよくないのよ。ほかの人のお宅に泊まるのはお嫌いだし」

「だがデイヴィッド王子がいるじゃないか。それにシンプソン夫人を忘れちゃいけない」彼まだにやにや笑っている。

「絶対にいやよ」わたしは言い返した。「彼女ほど一緒に休暇を過ごしたくない人はいないわ――フィグを除いてだけれど。とにかく、王家の方をもてなさなきゃならなくなったら、わたしは神経の使い過ぎで死んでしまう。たとえ、来たいって言われても」

ダーシーはまた机の上の書類に視線を落とした。

「あなたのお父さまはどうなの？」わたしは訊いた。「いらっしゃるかしら？」

「父を一年のあいだに二度もアイルランドから連れ出せるとは思えないよ。父は旅が大嫌いなんだ。知らない人と会うのも嫌う。それに、ちょうど障害物競走のシーズンだからね。父はダブリン周辺で行われる大きなレースに馬を出走させるはずだ」

「つまり、呼ばないってことね」わたしは彼の言葉を言い換えた。

「父のことはよくわかっているっていうことさ。だが、ほかに招待できる人がいるよ。たとえば、ぼくの叔母のホース＝ゴーズリー。ぼくたちはどちらも彼女の家でクリスマスを過ごしたことがある」

わたしはぞっとして彼を見た。「ダーシー、あのクリスマスに起きた恐ろしいことを思い出してみて。毎日人が死んだのよ」

「それ以外は、なかなか楽しかったと思わないかい？」彼の言葉に、わたしはいらついた笑い声をあげた。

「ダーシー！　彼女がここにいたら、招待した人たちはきっとハエみたいにぽとぽとと落ちていくんだわ」

「あそこで人が殺されたのはぼくの叔母のせいじゃない」ダーシーが指摘した。「それに犯人は捕まったじゃないか」

「そうだとしてもよ。思い出したくないクリスマスだわ」

「ぼくがプロポーズしたのは、あのときじゃなかったかな？」彼の顔には挑むような笑みが浮かんでいる。

「その部分は悪くなかったわね」わたしは言い返し、便箋を手に取った。

部屋を出ようとしたわたしをダーシーが呼び止めた。「近所の人たちを招待しなくてはいけないよ。お屋敷の女主人が近隣の人をもてなすのは普通のことだ」

わたしは足を止めた。自分がただの既婚婦人ではなく、地域社会の中心となるべき存在だという事実を、まだうまく受け止められていない。

「ああ、もう」わたしはつぶやいた。「豪華な晩餐っていうこと？　豚の頭とか火をつけるプディングとか？」唯一の料理人であるクイーニーの顔が浮かんだ。それなりに仕事をこなしてはいるけれど、なにかに火をつけるとなると……。

「正式な食事にする必要はないと思うよ。パンチとミンスパイくらいでいいんじゃないかな」

「それならなんとかなると思うわ」わたしは言った。「クイーニーがなんとかできるっていう意味よ。ペストリーは驚くほど上手なんだもの」

ダーシーは眉間にしわを寄せた。「クイーニーと言えば――そろそろちゃんとした料理人を見つけるべきだろうな。彼女の腕が悪くないのはわかっているが、作れるのは子供が食べるようなものばかりだ。ハウスパーティーに客を招待するのなら、シェファーズ・パイやスポティッド・ディックでは満足してもらえないだろう。七面鳥となったら、クイーニーはなにをしでかすやら。たぶん爆発させるぞ」

「そのとおりね」わたしは唇を嚙んだ。「探さなきゃいけないってずっと思っていたのよ。サー・ヒューバートからの最後の手紙でも、いい料理人を見つけたかって訊かれたわ」念のため言っておくと、サー・ヒューバートはこの美しいお屋敷の本当の持ち主だ。わたしの母の大勢いた夫のうちのひとりで、わたしを相続人にしてくれ、自分が登山で留守にしているあいだ、わたしたちをアインスレーに住まわせてくれている。

「彼はクリスマスに戻ってくるの?」ダーシーが尋ねた。

「残念だけれど、戻ってこないわ。最後の手紙はチリからで、南極大陸を探検しに行くための船に乗るって書いてあったし。そんなに危険なことばかりしないでほしいんだけれど」

「持って生まれた性質は直らないよ。でもきみのお母さんが二度目に彼を振ったりしなければ、家にいたかもしれない」

「一度目は、彼が探検や登山に出かけてばかりだったから、お母さまは別れたのよ。彼のことは本当に愛していたと思う。でもあなたもお母さまを知っているでしょう? 常に褒めそやされていないとだめなのよ。それに、マックスのお金を気に入っているしね」

ダーシーは顔をしかめた。「どれほど金があろうと、ぼくはいまのドイツにいたいとは思わないな。ヒトラーと取り巻きたちの話を聞けば聞くほど、不安になるよ」

「彼はただ空威張りしているだけでしょう? 大きなことを言って、パレードをして、ドイツ人をいい気分にさせているんだわ」

「言わせてもらえば、あの男は危険な狂人だよ」ダーシーは言った。「彼はまさしく世界征服をもくろんでいるんだと思うね。そしてきみのお母さんのマックスは、自分の工場で銃や戦車を作ることでそれに手を貸している」

わたしが頭を悩ませている問題だった――考えないようにしていること。自分の母親がナチスにすっかり取り込まれてしまっているとも、危険な状況にあるとも認めたくはない。いかにもはかなそうに見えるけれど、母はタフな人で、いつだって自分の面倒は見られると、わたしは自分に言い聞かせた。もっと楽しいことに話題を変えた。

「あなたはビンキーみたいに、地元の子供たちのためにサンタクロースの役をしなきゃいけないんじゃやない？　それが、お屋敷の主人のするべきことじゃない？」

「そうだろうな。きっと楽しいよ。ぼくたちの子供が生まれたときのいい練習になる」

言ってほしくなかったと思った。それもわたしの悩みのひとつだ。結婚して四カ月になるのに、まだ赤ちゃんができる気配がない。こういうことは時間がかかるものだとお医者さまに言われたし、心配するのはやめて自然に任せるべきだともわかっていたけれど、わたしにどこか悪いところがあるのかもしれないという小さな疑念が頭を離れなかった。ダーシーになにも問題ないことはよくわかっていた。わたしと出会う前の彼の交友関係はお母さまと同じくらい華やかだった。

「それじゃあ、お母さまとマックスに手紙を書くわね」机の上の書類に視線を戻したダーシーにわたしは言った。「それから、ベリンダとゾゾともちろんおじいちゃんにも」

「ここはきみの家だ」彼はさらりと言った。「好きな人を呼べばいい。家に火をつけない料理人さえいるのならね」

「クイーニーも、それはまだしていないわ」

「そのチャンスはいくらでもあるぞ」彼はにやりと笑った。「ハウスパーティーは楽しいものになると思うよ。招待する人は多ければ多いほど楽しい。人をもてなすいい練習にもなるしね」

「あなたのお友だちはどうかしら。招待したい人はいないの？」

「ぼくの友人のほとんどはまだ独身で、クリスマスはスキーをしに行ったり、ヨットで過ごしたりするはずだ。ゾゾを招待するんだろう？　彼女はぼくの友だちでもある。一緒に連れてきたい知人が彼女にはいるかもしれないな」

「あなたのお父さまに会いにアイルランドに行かないのならね」

ダーシーは渋面を作った。「ふたりの関係はどうも進んでいないみたいだな。ぼくの愚かな父親はプライドが高すぎて、なにも言えないでいるんだ。彼女に差し出せるものがなにもないと思っているから。彼女は王女だが父はただの男爵だし、彼女はたっぷり金を持っているのに父にはまったくないからね」

「それにゾゾは自由が好きなのよ。あの小さな飛行機でパリに飛んでいくのが楽しいみたい。ロンドンに家もあるしね。彼女が来てくれるといいんだけれど。どんなパーティーでも主役になる人だもの。そうじゃない？」

「素晴らしい人だよ。とてもユニークだ」その言い方を聞いて、彼とゾゾがただの友人以上の関係だった可能性があることを思い出したけれど、その話を持ち出すのは子供じみている。彼女は素晴らしい女性で、わたしの母と同じように自然と男性を惹きつけてしまうだけなのだ。

「ほら、招待の手紙を書いておいで」ダーシーが言った。「クリスマスイブから新年にかけては、お客さまを迎えるのにふさわしい時期だと思うよ。違うかい？」

「そうね」わたしは浮き浮きした気分でモーニングルームに向かい、窓際のテーブルの前に座った。今日のように天気のいい日には、わたしのお気に入りの場所だ。家の裏手にあって、庭を見渡すことができる。手入れされた芝地には冬に備えて茎だけになるように刈り込まれた薔薇園があって、その向こうには朝の霧がからみつく森が続いている。霜のおりた芝生に露が光っていた。わたしの馬はいまもスコットランドのラノク城に置いたままで、どちらもずっと思った。馬に乗るにはうってつけの日だったから、ここに馬がいればよかったのにと思った。わたしの馬はいまもスコットランドのラノク城に置いたままで、どちらもずっと昔に財産を失った家の出であるダーシーとわたしには、もちろん馬を買えるほどのお金はない。スコットランドからロブ・ロイを連れてくることはできるだろうかと、わたしはつかの間考えた。長く、お金のかかる旅になるし、とても兄に頼むことはできない。現在のラノク公爵である兄は、わたしと同じくらい困窮している。

犬でもいいかもしれないと考え直した。犬がいれば、楽しく散歩ができる。クリスマスのプレゼントとしてダーシーに頼んでみてもいいかもしれない。黒のラブラドールの子犬が足元でじゃれつくさまを想像した。

わたしは目の前の仕事に戻った。〝ベリンダ、クリスマスにささやかなハウスパーティーをする予定なの。お父さんのお宅に行かないのなら、来てくれるとうれしいわ〟

〝ゾゾ、クリスマスにささやかなハウスパーティーを予定しています。来てくださるとうれしいです。追伸　ダーシーのお父さまも招待しています。いらしていただけるように説得してください〟

〝お母さま、クリスマスにささやかなハウスパーティーを予定しているの。ドイツからマックスと一緒に来られるようなら、ぜひいらして。お母さまがいたら、楽しくなるわ〟

〝おじいちゃん、クリスマスはこちらで過ごしてくれるとうれしい。おじいちゃんに会いたいし、おじいちゃんがいてくれたら完璧なクリスマスになるわ〟。祖父には〝ハウスパーティー〟という言葉は使わないほうがいいとわかっていた。少しでも上流階級や格式ばったもののにおいがすると、祖父は尻込みしてしまう。貧しい家の出なので、上流階級の人たちに囲まれると落ち着かない気分になるらしい（わたしの家系について知らない人のために記しておくと、母は公爵と結婚した有名な女優なので、わたしにはスコットランドのお城に住む祖父と、エセックスの二軒長屋で暮らす祖父がいる。わたしはあとのほうの祖父が大好きだった）。

封筒に住所を書き、切手を貼って、郵便配達員に回収してもらうために玄関ホールのトレイに置いたちょうどそのとき、ミセス・ホルブルックが姿を見せた。

「まあ、ここにいたんですね、奥さま」彼女が言った。「ちょっとキッチンに来てもらえませんか？」

頭のなかで警報が鳴り響いた。「まあ。なにかあったわけじゃないわよね？」

「もちろんですとも。今日はプディング・デイだっていうだけですよ」

「プディング・デイ？」

「はい、一一月二五日。クリスマスの一カ月前です。この家では昔から、今日がプディング・デイなんですよ。クリスマス・プディングを作る日。そして幸運を祈るために、家の主人か女主人に生地をかき混ぜてもらうのが伝統なんです」

「そうなの」わたしはほっとして息を吐いた。惨事でもなんでもなかった。「ミスター・オマーラを連れてくるわ。彼もやりたいでしょうから」

わたしは急いで書斎に戻った。顔をあげたダーシーは少しだけいらだたしげな表情を見せた。「どうした、ジョージー？」

「ミセス・ホルブルックがわたしたちにプディングを混ぜてほしいんですって」

「え？」

「今日はプディング・デイらしいの。幸運を祈るために、この家では主人と女主人がプディングをかき混ぜることになっているそうよ」

「どうしてもこれを送らなくてはいけないいんだ。幸運を祈るのにぼくがいなくてはいけないのかな？」彼が言った。

「かまわないと思うけれど……」

ダーシーはわたしの顔を見て、立ちあがった。「数分くらいどうということはないさ。来年はぜひとも幸運に恵まれたいからね。そうだろう？」彼はわたしの肩に手をまわし、部屋から連れ出した。本当に素敵な人、わたしは幸せな気分でそう考えた。

わたしたちは廊下を進み、食堂を通り過ぎ、使用人の区画に通じるベーズ貼りのドアを通り、階段をおりて洞窟のようなキッチンに向かった。雨の日には、電灯がないとかなり薄暗いだろう。けれど今日は、南側の壁の高いところにある窓から、きれいに拭いたいくつものテーブルに日光が射し込んでいる。ひとつのテーブルの前にクイーニーがいて、大きなボウルに両手を突っ込んでいるのが見えた。わたしたちに気づくと、その顔にぎょっとしたような表情が浮かんだ。

「クイーニー、プディングを混ぜに来たのよ」わたしは言った。

「ああ、はい。合点です、奥さん」どこか上の空だった。〝お嬢さん〟ではなく〝奥さん〟とわたしを呼んでいることに気づいた。ささやかな進歩だろう。何年たっても〝お嬢さま〟と呼ぶことはなかったのだから。それとも彼女はよくわかったうえで、反抗していたのかもしれない。クイーニーはわたしたちが考えているほど愚かではないかもしれないと思うことが時々あった。

「どうかしたの？」わたしは訊いた。

「どうかって？」クイーニーの声はいつもより甲高い。

わたしはボウルに近づいた。ダーシーが一歩遅れてついてくる。中身は大量のべたべたした生地と果物だ。わたしの限られた経験からしても、そうあるべきプディングの生地のように見えた。

「わたしたちが入ってきたとき、ボウルに両手を突っ込んでいたわね。普通はスプーンで混ぜるものじゃないの？」

「え？　えっと、そうです」クイーニーの顔が赤くなった。「ちょっと捜し物をしていたんで」

「捜し物？」ダーシーが戸惑ったように訊き返した。彼はわたしほど彼女に慣れていない。

クイーニーの顔は真っ赤になった。「えっと、こういうことなんです。あたしのお仕着せのボタンがまた取れかかってたんですよ。縫うつもりだったんですけど、すっかり忘れちまって、プディングをぐいんぐいんかき混ぜていたら、おっとびっくり――ピーン――ボタンがきれいにはじけ飛んで、プディングの生地のなかにおっこって、見つからなくなっちまったってわけです」

「クイーニー！」わたしは声をあげた。ここは厳しい態度を取って、お仕着せをきちんと整えていなかったことを叱るべきだとわかっていたが、実のところ、わたしは面白がっていた。

「そのボタンはなにでできているんだ？」ダーシーが訊いた。「セルロイドとか、火を通したときに溶けるようなものかい？」

「いいえ、違います、サー。こういうやつです」クイーニーは、ぽっかりと穴が開いて赤いフランネルの肌着がのぞいているお仕着せのワンピースの胸元を指さした。「骨だと思います」

「ふむ、それなら心配する必要はないな」ダーシーは明るく言った。「だれかが見つけたら――そうだな、プディングにチャームが入っているのはよくあることじゃないかい？」

「銀のチャームならね」わたしは指摘した。

「中世から続くこの家の伝統だと言えばいい。クリスマスの日に撃った牡鹿の骨で作ったボタンだとね」

「ダーシー、いい考えね」笑うほかはなかった。「だれかが飲み込んだり、歯を欠いたりしないといいけれど。もう少し捜してちょうだい、クイーニー。でも手じゃなくて、フォークを使ってね」

「奥さまが混ぜてくれますか？」ミセス・ホルブルックがわたしに大きなスプーンを差し出した。わたしはそれを受け取って、生地を混ぜた。

「お願いごとをしないと」

「ああ、そうだったわ」わたしがなにを願ったのかは、想像がつくと思う。

そのあとダーシーが混ぜるのを見ながら、彼も同じことを願ったのだろうかと考えた。ミセス・ホルブルックが小さな革の箱を開けて、銀のチャームを取り出した。

「プディングにこれを入れてください」

「まあ、楽しそうね」わたしはひとつずつ、入れていった。長靴、豚、指輪、そして銀の三ペンス硬貨。

「そして騎士のボタン」ダーシーは銀のボタンを入れると、わたしを見てにやりと笑った。

「ありがとうございます、サー。ありがとうございます、マイ・レディ」ミセス・ホルブルックが言った。「わたしがクイーニーと一緒に不運のボタンは探しておきますから、ご心配なく。どちらかが見つけますよ」

キッチンを出て階段をあがりながら、ダーシーがわたしの肩に手を置いて言った。

「クリスマス前にちゃんとした料理人を見つけなきゃいけないって、これできみも賛成するだろう?」

一一月二六日
ロンドン

ゾゾに会うためにロンドンに向かう。これ以上、素敵なことがあるかしら？　彼女が料理人を見つける手助けをしてくれるといいんだけれど。彼女が見つけてくれればもっといい。彼女はとても顔が広いから。ただ、彼女が見つけるような料理人をわたしたちは雇えるかしら……。


ゆうべ眠りにつく準備をしていたとき、ダーシーがさりげなく切り出した。

「明日の朝、町まで行かなきゃいけないと思う」

「そうなの？」わたしはたいして興味がないふりをした。

靴紐をほどいていたダーシーが顔をあげた。「午後に受け取った手紙に、ぼくが直接処理しなくてはならない事柄がいくつか書かれていたんだ」

今度は、不安を表に出すまいとした。「それって、どこかに行かなきゃいけないってことじゃないわよね？」（ダーシーのことをまだ知らない人のために記しておくと、彼には決まった仕事がなく、政府のよくわからない部署の任務を請け負っている。言い換えれば、夫はスパイじゃないかとわたしは考えている！）

「それはないと思うよ」ダーシーが答えた。「心配いらない。なにがあろうと、夫婦になって初めてのクリスマスには家にいるつもりだよ」

「それはいい知らせだわ」わたしは自信に満ちた明るい笑顔を彼に向けた。

「とても楽しみよ。あなたとふたりで計画を立てるのも、その半分くらい楽しいわ」

ダーシーはネクタイをはずして、椅子の背にかけた。彼のような社会的地位のある人ならそうするべきなのに、どうしてダーシーは自分の着替え室で従者に服を脱がせてもらうのではなく、自分で、それもわたしたちの寝室で脱いでいるのだろうと疑問を抱く人がいるかもしれない。彼には従者がいないというのが、その答えだ。彼は以前から自立した人だったし、そもそも従者を雇うだけの金銭的余裕があったためしがない。わたしが公爵の娘であるように、彼も貴族の息子だけれど、わたしたちはどちらも資産を受け継がなかった。実を言えば、いまわたしにはメイドがいる。可愛らしい地元の少女で、やる気があって、驚くほどへまをしない。長いあいだ、クイーニーが引き起こす惨事を見てきたあとだから、奇跡のように思えた。そう、クイーニーは料理人になる前はわたしのメイドだった。けれどいまも、新しいメイドに着替えを手伝ってもらうような夜はほとんどない。セーターとスカートを脱ぐのは、それほど難しいことじゃないでしょう？

「考えたんだが」ダーシーは、椅子の上の服の山にシャツを加えながら言った。「朝、きみもぼくと一緒に町まで行くのはどうだろう？　ゾゾに会って、ちゃんとした料理人を探しているると相談するんだ。彼女は顔が広いからね」

「いい考えだわ。もう長いあいだゾゾとは会っていないし、クリスマスの招待状を直接渡せる。それにエセックスにも寄って、ぜひ来てほしいっておじいちゃんに頼めるわ」

「あっせん所に行って料理人を雇うのが先だよ」ダーシーは指を振りながら言った。「でないと、なんだかわからない妙なものがクリスマスのディナーに出てくることになる」

「わお、そうね」わたしは笑った。「あれはちょっとしたものだったわね」

「現実を見るんだ、ジョージー。あの子はとんでもないよ。どういうわけか彼女を気に入っているぼくのおばとおじのところに、返すべきかもしれない」

「そうね」わたしはためらった。クイーニーが時々惨事を引き起こすことはよく知っているけれど、悪い子ではないし、何度かわたしがちょっと困った事態に陥ったときにはとても勇敢だった。英国式の控えめな表現だ——もう少しで命を落とすところだったときと言うべきだろう。だからわたしは彼女に借りがあるし、それに彼女はとてもおいしいスポティッド・ディックが作れる！

「でも、本物の料理人を雇ったとしても、助手は必要なんじゃない？」

「だれかさんは、贅沢好みになってきているのかな？」ダーシーが言った。「次はこの家には執事、ぼくには従者が必要だって言いだす？」

「あなたは自分で服を脱ぐのが、驚くほど上手だわ」パジャマの下だけはいて上半身裸で立つ彼――とてもハンサムだ――を見ながらわたしは言った。「わたしよりも。ブラジャーの留め金がセーターに引っかかったみたい」

「いつだって、喜んで手伝うよ」ダーシーが近づいてきて、手慣れた様子でセーターとブラジャーを脱がせてくれた。それからしばらく、わたしたちのあいだに会話はなかった。

翌朝は、典型的な一一月の天気だった。ひどい霧のなかをわたしたちはカタツムリのような速度で駅まで車を走らせ、そこから同じくらいのろのろと走る列車でウォータールーに向かった。ダーシーは謎の用事に出かけていき、わたしはヴィクトリア行きの地下鉄に乗った。駅を出て地上に出ると、白い霧の田園風景は町の汚らしい茶色い霧に変わっていた。わたしは鼻をつく煤（すす）のにおいと口に広がる金属の味にたじろいだ。わお、よくこんなところで暮らしていけること！　イートン・スクエアまで歩いていき、ゾゾの家のドアをノックした。ドアを開けたのはフランス人メイドのクロティルドだった。

「まあ、マイ・レディ」彼女は驚いた声をあげた。「こんなひどい天気の日にお客さまが来るなんて思っていませんでした。いらっしゃることを殿下は知らないと思います。申し訳ありませんが、まだお休みで……」

「病気というわけじゃないわよね？」

クロティルドの口元に笑みのようなものが浮かんだ。「はい。起きる理由がないときには、ベッドから出てこられないんです。どうぞ居間にいらしてください。いらっしゃったことを伝えてきます」

オーバーを脱いで気持ちよく暖められた部屋に入っていくと、初めてゾゾ——当時のわたしにとってはプリンセス・ザマンスカだった——に会ったときのことを思い出した。あのときのわたしは、ダーシーとは結婚できないと思いこんで、ひどく落ち込んでいた。彼女はそんなわたしの面倒を見てくれたのだ。

声が聞こえてきた。「だれなの、クロティルド？　追い返してくれればよかったのに。今日は人に会う気分じゃないのよ」

クロティルドが応じる小さな声に続いて、甲高い叫び声。「レディ・ジョージアナ？　どうしてそう言わないの？　すぐにあがってくるように言ってちょうだい。それから、すっかり目が覚めたから、濃いコーヒーとおいしいクロワッサンが欲しいって料理人に伝えてね」

クロティルドが戻ってきた。「どうぞ寝室（ブドワール）までいらしてくださいとのことです」彼女はわたしを階段に案内しようとした。

「大丈夫よ。わかっているから」わたしは笑顔で言った。「結婚式の前にここに泊まっていたでしょう？　覚えている？」

「ああ、そうでした。ミスター・オマーラはいかがですか？　お元気ですか？」

「ええ、とても元気よ、ありがとう」わたしは広々とした階段をあがり、ゾゾの部屋のドアをノックした。間髪を入れず、返事があった。「ジョージー、どうぞ入って」

豊かな黒髪を肩に垂らした彼女は、柔らかそうなふわふわしたピンク色の羽根飾りがついたピンク色のシルクのガウンを着て、ベッドに座っていた。いつもは完璧な化粧をして唇を官能的な赤に彩っているけれど、今朝は自然のままの素顔だった——それでもほぼ完璧に近い。彼女が何歳なのか、わたしは知らない。四十歳は超えているはずだけれど、その顔にまだしわはなかった。彼女は優美な白い手をわたしに差し出した。

「ジョージー、あなたは不快な日にうってつけの一服の清涼剤よ。こんなお天気の日は、動く気にもならないわ。わたしの可愛らしい飛行機が飛ばせたなら、すぐにでも南フランスに向かっていたでしょうね」彼女は傍らのシーツを叩いた。「座って、話を聞かせてちょうだい。なにか特別な理由があって訪ねてきたの？　それとも、年老いた古い友人に親切にしてくれているだけ？」

わたしは彼女の隣に腰かけ、笑顔で応じた。「あなたは年老いてなんていないわ、ゾゾ。訪ねてきたのには、ふたつ理由があるんです。ひとつめは、クリスマスをわたしたちと一緒に過ごしてもらいたいというお誘い。ささやかなハウスパーティーを開こうと思っているんです。アインスレーで過ごす初めてのクリスマスだし、あそこはとても大きなお屋敷だから、大勢の人を誘わなくちゃいけないでしょう？」

「まあ」ゾゾは小さくため息をついた。「ものすごく楽しそうだけれど、残念ながらうかがえないわ。友人とクリスマスのランチをすることになっているし、そのあとはボクシング・

デイの大きな競馬レースのためにアイルランドに行くのよ」

「ダーシーのお父さまに会うんですね。素敵だわ」わたしは失望を顔に出すまいとした。「なにがあっても見逃せないのよ。数頭の馬を出走させるの。素晴らしい結果になると思うわ。サディは奇跡を起こしてきているんだもの。彼って、馬にかけてはそれはそれは凄腕なのよ」

それでは、ふたりはうまくいっているということだ。ふたりの時間に水を差したりしてはいけない。「そういうことなら、ふたつ目の用件なんですが」わたしは言葉を継いだ。「ちゃんとした料理人を雇おうと思っているんです。クイーニーが作るものでこれまでなんとかやってきましたけれど、クリスマスに招待したお客さまにソーセージとマッシュポテトを振舞うわけにはいかないでしょう?」

ゾゾはあの魅惑的なハスキーな声で笑った。「でもあなたにうちの料理人は貸さないわよ、ジョージー。それがあなたの頼みなのかしら? 彼はルビーよりも価値があるし、これからもここにいてもらうの」

わたしは顔を赤くした。「まさか。そんなこと夢にも思っていません。いい料理人を見つけるにはどうすればいいのか、アドバイスをもらいたかったんです。どこから手をつければいいのかすらわからないし、わたしにはいい料理人と悪い料理人の区別もつかないんですもの」

ゾゾはわたしの手を叩いた。「もちろん一番いいのは、だれかが死んだときにいい料理人を引き抜くことよ。でもそれがだめなら、いいあっせん所を使うことね。ああいうところは、厳しく吟味しているから。わたしならアルバニーに訊いてみるわ。いい使用人をそろえているわよ」

わたしは唇を噛んだ。「でもそこの料理人は一流で、すごく高いんじゃないですか？　サー・ヒューバートのお金の一部は料理人に支払うために取ってありますけれど、そんなには払えません」

「『ザ・レディ』に広告を出したらどうかしら？」

「いい考えだわ」わたしは言った。「まずあっせん所に訊いてみて、それでだめだったら『ザ・レディ』に広告を出します」

ちょうどそのときドアをノックする音がして、コーヒーポットとカップをふたつとペストリーの皿をのせたトレイを持ったクロティルドが入ってきた。彼女はサイドテーブルにトレイを置くと、両方のカップにコーヒーと熱いミルクを注ぎ、ひとつをゾゾに渡した。

「お砂糖はどうしますか、マイ・レディ？」彼女がわたしに尋ねた。

「ひとつお願い」

彼女はカップに角砂糖をひとつ入れ、かき混ぜてからわたしに差し出した。それからゾゾとわたしのあいだにクロワッサンが載った皿を置き、小さな皿とナプキンをわたしたちに手渡してから、小さくお辞儀をして部屋を出ていった。わたしはいつ彼女のようなメイドを持てるだろう？　そう考えてから、ゾゾには最高のものを手に入れられるだけの資産があるのだと、自分に言い聞かせた。そういう生活はきっといいものだろう。

わたしたちは黙って食べ、飲んだ。ゾゾはクロワッサンをコーヒーに浸して食べていたし、わたしは彼女の新品同様の羽根布団にパンくずをこぼさないように必死だった。

「それで、クリスマスにはほかにだれを招待するの？」ゾゾが尋ねた。「だれか楽しい人？」

「まだはっきりしないんです。もちろん友人のベリンダは呼びます。ドイツから来られるようなら母と、ダーシーの友人も何人か呼ぶかもしれません」

「あら、まあ。そのなかにちゃんとしつけができている人がいるかしら」ゾゾはいたずらっぽく笑った。「彼の親戚はどうかしらね。大勢いるみたいじゃない？」

「ほとんどお会いしたことがないんです。叔母さまのレディ・ホース＝ゴーズリーの名前は出ましたけれど」

「その人は知らないわ」

「彼の母方のデヴォンの家系です」わたしは言った。「一度、彼女の家でクリスマスを過ごしたことがあるんですけれど、毎日のように人が殺されて。ぞっとしました」

「それはそうでしょうね」ゾゾはうなずいた。「楽しい人たちを呼ぶのが一番よ。あなたの昔のお友だちはどうなの？」

「いまはお付き合いがなくて」彼女たちのライフスタイルはわたしよりずっとぜいたくなのだとは言いたくなかった。彼女たちの父親は一九二九年の大恐慌で資産を失うことがなかったのだ。わたしはそろそろと足をずらした。「あっせん所に行くのなら、そろそろおいとましないといけないわ。アイルランドに行く前に、ぜひわたしたちのところにも寄ってくださいね」

ゾゾはわたしの手を取り、強く握った。「もちろんよ、ジョージー。クリスマスを一緒に過ごせない代わりに、フォートナムでいろいろ買って持っていくわ」

わたしはいとまごいをして、陰鬱でじっとりした霧のなかに歩み出た。いまの気分にぴったりの天気だ。ゾゾには、パーティーの主役になってもらうはずだったのに。ロンドンに向かう列車のなかで、オックスフォード・ストリートやセルフリッジズのショーウィンドウの飾りつけには早すぎるだろうかと考えたけれど、やはりそのとおりだった。このあとは、恐ろしい使用人あっせん所に立ち向かうのだ。イートン・スクエアを出て、グロブナー・プレイスを進み、ハイドパーク・コーナーをなんとか通り抜け――霧のなかでは難しい――パーク・レーンを曲がった。カーゾン・ストリートにたどり着き、番地を確認しつつ進んであっせん所を見つけた頃には、霧は少し薄れたようだった。印象的な玄関ドアへと続く階段を目にしたときには、心臓が飛び出しそうになった。

「しっかりしなさい、ジョージー」わたしは自分に言い聞かせた。「あなたは雇い主なのよ。仕事を求めて田舎から出て来た貧しい娘じゃないんだから」わたしは階段をあがり、呼び鈴を押した。間髪を入れずにドアを開けてくれたのは、小さな口ひげをきれいに整え、チャコールグレーのしゃれたスリーピースに身を包んだ若い男性だった。

「どういったご用件でしょう？」彼は上流階級のアクセントを真似て言った。

「わたしはレディ・ジョージアナと言います。新しい料理人を探しているんです」ミセス・オマーラと名乗るつもりだったのだが、こういうときこそ称号が大切なのだと思い直した。

彼の表情が途端に変わった。「ようこそお越しくださいました、マイ・レディ。どうぞこちらへ。上級アドバイザーのミス・プロブスのところにご案内いたします。彼女が喜んでお手伝いさせていただきます」彼があまりにもぺこぺこするので〝偽善者〟という言葉が頭に浮かんだ。オフィスへと案内されると、そこにはこの手の場所にかならず君臨する恐ろしい女性のひとりが座っていた。彼女たちはいつだって顧客よりずっと偉そうで、要望どおりの使用人を見つけることを最大限の施しと思っているふしがある。

「ミス・プロブス、こちらはレディ・ジョージアナです」彼は感傷的な声のまま、わたしを紹介した。「新しい料理人を探しているそうです」

その女性の傲慢そうな表情は少しも揺らがなかった。

「どうぞお座りください、奥さま。ご要望をうかがいましょう。ロンドンのお宅のための料理人でしょうか？　それとも田舎のお屋敷のほうの？」

「田舎の屋敷です」わたしは答えた。「サセックスにあるアインスレーです。いまは夫とわたしのふたりきりなんですが、クリスマスにホームパーティーを計画しているんです」

茶色の鉛筆で描いたことがはっきりわかる彼女の眉が吊りあがった。「クリスマスのホームパーティーのための料理人をお探しなんですか？」

「ええ、そうです」

「まあ、無理無理無理無理。とても無理です」彼女は言った。「申し訳ありませんが、まったくの問題外です。来年からというのならお手伝いできますが、クリスマスだなんて。料理人はもうすべて予約が入っています。わたくしどもは引く手あまたですからね。みなさん、九月頃からいらっしゃるんですよ」彼女はどうしようもないと言わんばかりに、両手を広げた。「困りましたね、マイ・レディ。それなりのあっせん所はどこも同じだと思いますよ。まともな料理人はみんな予約済みですから」

わたしはむっとすると同時に、うしろめたさを感じていた。料理人を探さなくてはいけないことは以前からわかっていたのに、わたしたちふたりだけならクイーニーで充分だし、時間はたっぷりあると自分に言い訳をし続けていたのだ。さあ、どうしよう？　手伝ってくれる地元の女性を探す？　地元でも料理が上手な人は、きっともうほかのだれかのクリスマスのお祝いに先約済みだろう。ほかのあっせん所に行くことも考えたが、蔑んだような目でわたしを見る傲慢な女性にこれ以上立ち向かう元気はなかった。『ザ・レディ』に広告を出して、いい結果になることを祈ろうと決めた。

いまわたしがすべきなのは、祖父に会いに行くことだと思った。わたしを元気づけてくれる人がいるとすれば、それは祖父だ。彼は胸が悪いから、こんな天気の日には家にいるはずだ。そこでわたしは、霧のなかで木々が不気味にそそり立つセント・ジェームズ・パークを横切り、なんとか地下鉄のセント・ジェームズ駅までやってきた。アップミンスター行きのディストリクト線に乗りこんだときには、空腹だったし疲れてもいた。アップミンスター・

ブリッジ駅から丘をのぼっていくあいだ、どこまでも渦巻く灰色の景色のなかを歩くのは妙なものだったし、道路標識を読み取るためには、じっと目を凝らさなければならなかった。けれどようやくのことで、この時期はわびしく見える祖父の家の小さな前庭にたどり着いた。ドアをノックすると、しばらくたってから引きずるような足音が聞こえてきた。数センチだけドアが開き、しわがれた声が言った。「なんの用だ?」

「おじいちゃん、わたしよ」

途端にドアがさっと大きく開き、ひげも剃らず、ガウンとスリッパという格好の祖父が現れた。

「なんとまあ。まさかおまえに会えるとは思っていなかったよ」彼が言った。「さあさあ、おはいり。あのとんでもない霧がはいってくる前に」祖父はほとんど引っ張りこむようにしてわたしを家のなかに入れると、音を立ててドアを閉めた。「さてと、お茶にしようじゃないか」

わたしは祖父についてキッチンに入った。

「具合が悪いの? まだ寝間着のままよね」

祖父はケトルに水を入れながらわたしを見た。

「実を言うと、ここのところあまりよくないんだよ。おいぼれの胸だからな。なにもかもこのひどい霧のせいだ」

祖父はそう言ってケトルのスイッチを入れ、古い茶色のティーポットに紅茶の葉をスプーンですくっていれた。

「で、おまえはなんだってこんな日にわざわざ来たんだ？　遊びに来たわけじゃないだろう？　なにかあったわけじゃないだろうな？」

「なにもないわ。今日は町に用があったんだけれど、それも片付いたから、クリスマスをわたしたちと一緒に過ごしてほしいっておじいちゃんを誘いに来たの」

祖父の顔がぱっと輝いた。「おやまあ、そいつはうれしいね。だが、わしは本当に邪魔者じゃないのかね？」

「おじいちゃんが邪魔だったことなんてあった？　おじいちゃんはわたしが世界で一番好きな人よ——ダーシーを除いてだけれど。おじいちゃんが来てくれたら、特別なクリスマスになるわ。来るって言ってちょうだい」

祖父はためらった。「ふむ、断りはしないよ。ヘッティが死んで、今年は静かなクリスマスになるだろうと思っていた。いつもは彼女の家族と、ちょっとした集まりをしていたからね」祖父はまたわたしを見た。「だが、おまえが本当にそうしてほしいと思っているなら、だ。上流階級の人間は来ないんだろうね？　わしがそういったところに交ざれないことはわかっているだろう？」

「呼んでいるのはベリンダだけよ。あとはお母さまと——」

「あのドイツ人はごめんだぞ。わしがドイツ人を嫌っているのは知っているはずだ」

「おじいちゃん、彼はとてもいい人よ。ほとんど英語ができないから、おじいちゃんはなにも話す必要はないわ。それに世界大戦のときには彼はほんの子供だったから、ジミーおじさんが死んだことで彼を責めるのはおかしいんじゃないかしら?」マックスの工場が戦争の道具を作っているらしいことは黙っていた。「どっちにしろ、ふたりは来ないと思う。冬のベルリンはとても活気があるみたいだから」

「ふん」祖父は鼻を鳴らした。「旗を振り立てての行進か。ぞっとするね。ろくなことにはならんぞ。わしの言ったことをよく覚えておくといい」

ケトルが鳴った。祖父はポットにお湯を注いだ。「さてと、なにか腹に入れようか? ぼちぼちディナーの時間だろう?」

わたしは訂正しなかった。上流階級の人間は夜に、労働者階級の人たちは昼間にディナーを食べる。

「少しお腹がすいているの」わたしは正直に言った。「でも、わたしの分はあるの?」

「孫娘に食べさせるほどはないってか?」祖父は食料貯蔵室へと歩いていき、なかを見回し、ベイクドビーンズの缶を持って戻ってきた。「あいにく、しゃれたものはなかったよ。ここのところずっと引きこもっていたんでね。だがチーズトーストにベイクドビーンズをのっけたやつは、実にうまいと常々思っているんだ」

そのとおりだった。こんなにシンプルなものがこれほどの喜びを与えてくれるなんて、不思議じゃない? ふたりで食べ終えたところで、思いついたことがあった。「家に食べるものがあまりないのなら、このままわたしと一緒にアインスレーに行かない? こんな霧のなかにいるのは、絶対によくないわ。おじいちゃんには新鮮な田舎の空気が必要よ。お天気のいい日には敷地で散歩ができるし、クイーニーが作るものでお腹もいっぱいになるわよ」

「それじゃあ、別の料理人を見つけるって言ってたのはまだなんだな？」

わたしは打ちひしがれた表情を作った。「そうなのよ、おじいちゃん。探さなきゃいけなかったんだけれど。さっきロンドンのあっせん所に行ってみたら、クリスマスに間に合うようにいい料理人を見つけるのは無理だろうって言われた。ハウスパーティーのために、みんな予約済みなんですって」

「ふむ、クイーニーがなんとかするだろうよ」祖父はわたしの手を叩いた。「彼女はそれほど悪くないだろう？　一流の料理人とは言えんが……」

「おじいちゃん、シェファーズ・パイとかお肉のシチューとかならクイーニーも問題ないけれど、お客さまを招待したときのクリスマス・ディナーみたいな複雑なものを作れるとは思えない。彼女が事件を起こしがちだって知っているでしょう？」

祖父はくすくす笑った。「クリスマス・プディングに火をつけようとして、キッチンを丸ごと燃やしかねんな」

「やめてよ！　わたしが恐れているのはそういうことなんだから。どうすればいいと思う？　おじいちゃん」

「心配ないよ、ジョージー。なんとかなるさ。おまえのところの優秀な使用人が、手伝ってくれる地元の人間を知っているんじゃないかね。しゃれた外国の料理じゃないだろうが、クリスマスのディナーには充分なものが出せるさ」

「そうね」わたしは祖父のしわだらけの手を握った。「それじゃあ、おじいちゃんはわたしと一緒にいますぐ来てくれるのね？」

「いますぐ？」

「そうよ。だめな理由がある？　食べるものが少なくなっているし、買い物にも出かけたくないって、ついさっき言ったじゃない。四時にウォータールーでダーシーと会うことになっているの。駅からは車よ」

祖父がわたしを見つめた。「やれやれ。本当にいいのか？」

「もちろんよ。できることなら、おじいちゃんにはずっと一緒にいてもらいたいくらいなんだもの。荷造りを手伝いましょうか？」

「いやいや、大丈夫だ。おまえはゆっくりしていればいい。紅茶をもう一杯お飲み。容器にビスケットが入っているから」

三〇分後、わたしたちは出発した。〝わしはまだ老いぼれちゃおらん！〟と主張する祖父が、スーツケースはあくまでも自分で持つと言い張ったので、わたしはバーボン・ビスケットの新しいパックやチェダーチーズの塊や半ダースの卵といった、祖父が捨てたがらなかった食べ物がいろいろと入った袋をさげた。近所の人に差しあげたらと勧めたのだけれど、祖父が持っていくと言って聞かなかったのだ。我が家の食料品庫にいくらかでも貢献したいということらしい。

サセックスへと戻る列車のなかで、気がつけばわたしは微笑んでいた。霧は消え、そのなごりがフェンスや塀にからみついているだけだ。緑の野原はまばゆい日差しにきらめき、列車が脇を取り過ぎると、馬たちは顔をあげて走り去っていく。クリスマスに初めてのお客さまを迎えるのだ。すべて世はこともなし。

一二月三日
アインスレー　サセックス

〝計画どおりにはいかないもの〟と言ったのはだれだったかしら？　わたしの素晴らしいクリスマスパーティーは障害にぶつかったようだ。

『ザ・レディ』に広告を出し、クリスマスのひとりめ目の客を確保したわたしは、このあとはきっとすべてが順調に運ぶだろうという気になっていた。けれどベリンダと母からは続けざまに返事が来たものの、『ザ・レディ』の広告への反応はなかった。

ベリンダからは、

親愛なるジョージー

クリスマスにわたしを招待してくれるなんてすごくうれしいわ。ぜひとも一緒に過ごしたいところだけれど、もうコーンウォールに行く予定を立ててしまったの。いまもまだ、祖母の家を手に入れようとしているところだし、コテージを改装するかどうかは決めかねているのよ。ジェイゴがすごく助けてくれて……。

もちろん助けてくれるに違いない。彼女のコーンウォール行きは、コテージとはなんの関係もないだろうとわたしは思った。ともあれ、彼女がようやくちゃんとした男性を見つけたみたいで、喜ばしいかぎりだ。

母からの手紙はこうだった。

愛しいジョージー

なんて素敵なアイディアかしら。とても楽しそうね。でも、わたしたちはクリスマスにベルリンを離れるわけにはいかないのよ。マックスはクリスマスイブを彼の母親と過ごさなくてはいけないの（わたしは違うところに行くのよ！）。それに翌日は、郊外にあるゲッベルスのロッジに招待されているの。わたしはあの人のことが我慢できないいんだけれど、彼はここのところすごく力をつけてきているから、仲良くしておかなきゃいけないってマックスが言うのよ。ああ、英国のクリスマスがすごく恋しいわ！　わたしの代わりにクラッカーを鳴らして、ミンスパイを食べてちょうだいね。

愛情深いあなたの母親より

ハウスパーティーの出席者はまだひとりだけのようだ。わたしはダーシーの提案を受け入れて、ホース＝ゴーズリー夫妻を招待したけれど、レディ・ホース＝ゴーズリーからこんな返事を受け取った。

親愛なるジョージアナ。わたしたちのことを思い出してくれるなんて、あなたはとても優しいのね――ここであんなに恐ろしいクリスマスを過ごしたというのに！　申し訳ないけれど、わたしたちはすでに予定が決まっているのよ。バンティが、総督の息子ピーターと婚約したことは聞いているでしょう？　両方の家族がよく知り合えるようにということで、クリスマスはそちらに招待されているの。いたずら好きなダーシーがいるんだから、あなたたちのパーティーはきっととても楽しいものになるわね。彼にもよろしく伝えてちょうだいね。

「なんてことかしら」わたしはダーシーに手紙を渡した。「わたしの素晴らしいクリスマスの計画は、おじいちゃんとわたしたちだけになりそうよ」

「いいじゃないか。近所の人たちを呼んで立食パーティーをしよう。キャロルを歌うのもいいね。きみは、教会でキリストの生誕劇の手伝いをするのはどうだい？」ダーシーはわたしの顔を見て、仕方なさそうに笑った。「ぼくがいるじゃないか」静かな声で言う。「一緒に過ごせる初めてのクリスマスだ」

彼がわたしを抱き寄せた。「ええ、そうね。わたしはとても運がいいわ。でも、あなたとおじいちゃんと三人で、かくれんぼをするわけにはいかないでしょう？」

「リネン用の戸棚に隠れているきみをぼくが見つけたら、どういうことになるか想像してごらん」ダーシーはそう言って腕に力をこめた。

「だめよ！」わたしは笑った。「あなたはいたずら好きだって叔母さまが言っていたけれど、そのとおりね」

「豹（ひょう）は自分の模様を変えられないのさ」

「豹といえば、ケニアにいる英国の入植者の人たちは本当にひどかったわね」新婚旅行で遭遇した、きまりが悪かったり、危険だったりした出来事を思い出しながらわたしは言った。

「英国にいれば、わたしたちは安全ね。穏やかで素敵なクリスマスを一緒に過ごせるんだわ」

わたしはのちに、その言葉を口にしたことを後悔した。〝願いごとには気をつけろ〟という言い回しがある。一二月八日、一通の手紙が届いた。

「きみのお兄さんからだ」朝に届いた郵便物を取ってきたダーシーが、家紋が型押しされた封筒を差し出した。

「いいクリスマスをって、兄がカードを送ってくれたのね」わたしは封を切りながら言った。だが手書きの文字は兄のものではなかった。

「いやだ、フィグからだわ。なんの用かしら？」わたしは手紙にざっと目を通し、思わずつぶやいた。「嘘でしょう！」ぞっとしてダーシーに目を向けた。

「どうしたんだい？　悪い知らせ？」

「最悪よ」

「お兄さんになにかあったの？」

「それよりずっとひどいこと」

わたしは声に出して読み始めた。

親愛なるジョージアナ

祝祭の季節は元気で過ごしているかしら？　あなたも知っているとおり、毎年わたしたちはラノク城でクリスマスを過ごしているわ——一家の伝統ですもの。けれど今年は不測の事態に見舞われてしまったの。ちょうど寒さが厳しくなったときにボイラーが故障したのよ。年が明けるまで新しいものは準備できないと修理会社に言われて、仕方なくラノク城をあとにしてロンドンに来たの。

「それのどこがひどいんだい？」わたしがいったん読むのをやめると、ダーシーが訊いた。

「続きがあるの」わたしはその先を読む前に大きく深呼吸をした。

あなたはいま、大きなお屋敷に住んでいるから——まだ見せてもらっていなかったわね——わたしたちがそちらに訪ねていって、家族で素敵なクリスマスを迎えたらとても楽しいんじゃないかしらとビンキーに提案したの。あなたは家にいるんでしょう？　どこか異国の地に行くわけじゃないわよね？　問題なければ、二一日にそちらに行き、大晦日まで滞在しようと思うの。使用人はいるでしょうけれど、足りないようならハミルトンとミセス・マクファーソンを連れていくわ。ふたりには家族がいなくて行くところもないし、寒いお城に残していくわけにもいかないから。一緒に連れていけば、わたしたちがいないラノクハウスの暖房費を払う必要もないもの！

食料品も含めてロンドンからどんなものを持っていけばいいのか、知らせてちょうだいね。ビンキーとポッジは、あなたに会えるのをそれはそれは楽しみにしているの。昔のようだってビンキーは言っているわ。

あなたの愛すべき義理の姉
ヒルダ　ラノク公爵夫人

長い沈黙があった。

やがてダーシーが笑いだした。

「ハウスパーティーがしたいってきみは言っていたね。そのとおりになったわけだ」

「でもフィグよ――フィグと一〇日間もよ！」

「これでとりあえず、料理人の問題は片付いたね」ダーシーが指摘した。「ミセス・マクファーソンは素晴らしい料理人だっていつも言っていたじゃないか」

「そのとおりよ。それにクイーニーに教えられるくらい辛抱強いわ。でも、フィグと一〇日よ！」

ダーシーはわたしの肩に腕をまわした。「彼女がこの世でもっともうんざりする人間だということに異論はないが、きみの小さな甥と姪のことを考えてごらん。クリスマスに子供たちがいるのは、いいものだと思わないかい？」

クリスマスの朝のポッジとアディの興奮に満ちた小さな顔が脳裏に浮かび、わたしはうなずいた。「そうね、そのとおりだわ。フィグの言うところの、家族の素敵なクリスマスになるのね」

わたしたちは準備に取りかかった。ミセス・ホルブルックはビンキーとフィグの寝室を用意し、使っていなかった子供部屋に風を通し、子守とほかに一緒に来る使用人たちのためのベッドを準備した。

「メイドと従者は来るんですか、マイ・レディ？」彼女が聞いた。

「ええ、来るでしょうね。フィグはどこに行くにもメイドを連れていくから」

「執事には西棟のちゃんとした寝室を使ってもらおうと思うんです。奥さまのおじいさまの近くに」彼女はそれでいいかと確かめるようにわたしの顔を見た。「きっとお年でしょうし、最上階の使用人用の部屋はあまり使い勝手がよくないんじゃないかと思うんです」

「そのとおりね、ミセス・ホルブルック」わたしは満足して微笑んだ。「七〇歳にはなっているはずだけれど、引退する気はないみたいなの。家族はいなくて、ずっとラノク城で暮らしてきたの。祖父にもいい話し相手ができるわ。ここでは場違いな気がして、落ち着かないみたいだから」

「そうみたいですね」彼女はわたしの祖父が気に入っている。「ですが、わたしは執事という人種を知っていますけれど、それがどれほど低い身分の人であろうと、お客さまと親しくなるのは身の程知らずだと、ハミルトンは考えると思います」

笑わずにはいられなかった。「きっとそのとおりね。改めて考えてみると、身分だのなんだのってばかげていると思わない？」

「ばかげていますか？」彼女は疑わしそうな顔になった。「そうやって世の中はまわってきたんです。使用人が自分はご主人さまと同じくらい偉いんだって思い始めたら、世界はどうなると思います？　大混乱ですよ。そうなるに決まっています。ロシアを見てください。あの人たちは貴族を放り出した。だれもが同じになった。そうしたら、スターリンがどんな貴族よりもひどい振る舞いをするようになったんです」

うなずいた。「確かにそうね。とにかく、年配の男性たちには仲良くやってもらいましょう」

食料を注文した。ダーシーが着るサンタクロースの衣装は屋根裏で見つかり（少し虫に食われていたけれど、だれがサンタクロースをしみじみ眺めたりするかしら？）、わたしは地元の子供たちへのささやかなプレゼントを選んで包装するという楽しい一日を過ごした。約束していたとおり、フォートナムで買った食べ物とひと箱のシャンパン、クラッカーとヤドリギを持って、ゾゾが訪ねてきた。「だって、なにが起きるかわからないでしょう……」

「あのね」凍えるように寒い夜、わたしは布団のなかでダーシーに体をすり寄せた。「実は、だんだん楽しみになってきたの。わたしたち、自分たちの家で素晴らしいクリスマスを迎えるんだわ」

一二月一二日
アインスレー　サセックス

またもや〝計画どおりには……〟の事態に。今朝、また手紙が届いた。今度はどうすればいい？

「クリスマスカードが届いているよ」

わたしがキドニーとベーコンをお腹に詰めこんでいると、ダーシーが郵便物を手に食堂に入ってきた。祖父とふたりで散歩をしたあとだったし、寒さは食欲を増進させる。凍えた頬がまだちくちくしていた。顔をあげて訊いた。

「うれしいわね。だれから？」

ダーシーは一番上の封筒の消印を見た。「ノーフォークだ。だれか知り合いはいる？」

「この時期の国王陛下と王妃陛下以外に？　王家の紋章はある？」

「いや、ない」彼は封を切った。カードではなく、長文の手紙が出てきた。ダーシーは手紙を広げ、驚いた顔でわたしを見た。「なんとまあ。伯母のアーミントルードからだ。彼女から手紙をもらったことなんてあったかな？」

「結婚のお祝いにあのとんでもない絵を贈ってくれた人？」

「そう、その人だ。変わり者なんだよ。自分のことをたいした芸術家だと思っている。あの絵を最高の場所に飾っているかどうかを知りたいんじゃないかな」

「でもノーフォークに住んでいるわけじゃないでしょう？　ヨークシャーに住んでいるってあなたは言っていたわ」

「最後に連絡を取ったときはそうだった」

「それじゃあ、ノーフォークでなにをしているのかしら？」

手紙を読み進めるうちに、ダーシーの眉間のしわはどんどん深くなっていった。

「引っ越したそうだ。年を取るにつれ、北ヨークシャーは辺鄙すぎてわびしく感じるようになったらしい。なので、ウィンダム・ホールが空いたから引っ越したらどうだとメアリ王妃から言われて――」

「ちょっと待って」わたしは彼を遮った。「引っ越すようにって、メアリ王妃が彼女に勧めたの？　王妃陛下とあなたの伯母さまはどういう関係なの？」

ダーシーは指を一本立てた。「それについては、このあとだ。〝わたしがまだ若くて、夫が軍にいたころ、わたしが王妃陛下の女官だったことをあなたは知らないかもしれませんね。

わたしたちは生涯続く友情を育むようになり、またわたしが近くで暮らしてくれるとうれしいと陛下に言われたのです〟」

「なんてこと」わたしはしばし言葉を失った。「あなたの親戚には驚かされてばかりだわ。お父さまの姉妹なの？　それともお母さまのほう？」

「母の姉だ。確か、一番上だと思う」

「そう。結婚なさっていたとは知らなかったわ。あなたの話を聞いて、てっきり変わり者の独身女性だとばかり思っていた」

ダーシーは肩をすくめた。「実を言うと、ぼくも彼女のことはよく知らないんだ。ヨークシャーのはずれのほうに代々の屋敷がある男と結婚して、ずっとそこで暮らしていた。子供の頃に、一度だけ訪ねたことがあるよ。『嵐が丘』みたいに、すごくわびしいところだったという記憶がある。彼は何年か前に亡くなった。スペイン風邪が流行したときだったかな？　それともなにかの事故？　よく覚えていないよ」

「どうして彼女は今頃手紙を送ってきたの？　結婚のお祝いのお礼状をヨークシャーに送ったから、それが届いてなくて怒っているの？」

「それよりひどい」ダーシーは、フィグの手紙のときのわたしの言葉を真似て言った。

「どれくらいひどいの？」わたしは恐る恐る尋ねた。

「読むから聞いて」

親愛なる甥へ

わたしがヨークシャーの家を手放して（ひとりでポツンと暮らすには広すぎます）王妃陛下の親切な申し出を受け入れ、サンドリンガムの敷地のはずれにあるウィンダム・ホールで暮らすようになったことを、あなたも耳にしているかもしれませんね。

「このあと、女官の話が書かれていて、それから本題だ」

ヨークシャーで孤独な年月を過ごしたあとなので、今年のクリスマスは楽しんでもいいかもしれないという気になっています。あなたも知っているとおり、亡くなった夫とわたしに子供はいませんでしたから、これまでにぎやかな日々はありませんでした。けれど今年は、また若い人たちと楽しく過ごしたいと、突然、思いたちました。それにあなたの若い花嫁にはまだ会っていませんから（結婚式には招待されませんでした）、わたしの家で開くささやかなパーティーにあなたたちにも来てもらえたら、とてもうれしく思います。ずいぶんと急な誘いだということはわかっていますし、あなたたちもすでにクリスマスの予定を立てていることでしょう。ですから、あなたたちのお客さまもぜひ一緒にノーフォークに来ていただけないかしら？　わたしの家は大邸宅というわけではありませんが、充分な広さはあります。寝室が六部屋と子供部屋、使用人の部屋もたくさんあります。

「ヨークシャーの家はもっと広大だったよ。ひとつの棟が全部寝室だった」ダーシーはそう言ってから、さらに読み進めた。

「小さくはないわね」わたしはつぶやいた。

パーティーの話をすると、王妃陛下は顔を輝かせて、クリスマス期間中に訪ねてもらえるくらい近くに大切なジョージアナがいると思うとうれしいとおっしゃっていました。国王陛下の健康状態は急激に悪くなっていて、時間の問題ではないかとわたしは思っています。王妃陛下はあなたの花嫁のことをとても褒めていましたよ、ダーシー。辛い日々になりそうなときに、彼女がすぐ近くにいるというのは、王妃陛下にとって慰めになるのではないかと思います。

わたしは〝わお〟とつぶやきたくなるのを、ぐっとこらえた。これまで王妃陛下からいくつか頼み事をされてきたし、わたしと会うことを喜んでくださっているらしいのはわかっていたけれど、こんなふうに言われると不安になる。ダーシーの顔を見た。「どう思う？」

「仲介人の口を通した、王家からの呼び出しのように聞こえる」

「やっぱりそう思う？　王妃陛下はわたしに来てほしいけれど、そうすると正式なものになってしまうから、直接は招待したくないっていうこと？」

「ぼくにはそう聞こえるね」

「それじゃあ、行かなきゃいけないと思う」ダーシーは言葉を選びながら言った。「きみの願いがかなったと思っていいんじゃないのかな。ぼくたちだけじゃなくて、ピンキーとフィグは大人数のハウスパーティーの一部になるわけだから」

「そういう考え方もできるわね」わたしは言った。「でも、注文した食料はどうする？　村の肉屋に七面鳥を頼んでいるし、ひとつにはボタンが入っているとはいえ、クイーニーはいくつもクリスマス・プディングを作ったし……」

ダーシーはさらに手紙を読み進め、やがて顔をあげた。「それについても書いてある。〝ヨークシャーに住んでいたときよりは、使用人を減らしています。いまは執事、従僕、メイド頭、料理人、メイド、庭師だけです。近くの村のふたりの女性に大変な作業はお願いしていて、ハウスパーティーの際には人数を増やすこともできますが、そちらの料理人の助手やメイド、従者を連れてきてもらえると助かります。また、わたしの料理人はもう大人数の料理を作らなくなってしまったので、なにか食べ物を持ってきてもらってもいいかもしれません〟」ダーシーはにやりと笑った。「きみが注文した大きな七面鳥とクイーニーのクリスマス・プディングを持っていけるよ——ボタンが入ったものもね」

「でも、料理人の助手は？」わたしは顔をしかめた。「ミセス・マクファーソンを助手として連れていくわけにはいかないわ。それって侮辱だもの。彼女はわたしが生まれたときから、キッチンを仕切ってきたのよ」

「そうだな。きみの義理のお姉さんはケチすぎてロンドンの家を開けないようだから、彼女にはハミルトンと一緒にここに残ってもらおう。ミセス・ホルブルックやほかの使用人たちと楽しい時間を過ごせるんじゃないかな」

「そうね」そう応じたものの、すぐにわたしの顔から笑みが消えた。「でもそれって、料理人の助手としてクイーニーを連れていかなきゃいけないっていうことよね？ ああ、大変。大丈夫かしら。ほら、クイーニーは料理の腕はいいけれど、いろいろとしでかすじゃない？」

「きみがそうしてほしければ、ぼくが彼女と話すよ。行儀よくするように、強く言っておく。でもクイーニーは食べることが大好きだろう？ 大きなパーティーのための料理を準備するのは、天国にいる気分じゃないのかな？」

「だといいんだけれど」わたしは言った。「彼女がひとりで全部食べてしまわず、王妃陛下もいらっしゃらなければね。王家の方が近くにいるときに、事件を起こされるわけにはいかないわ」キドニーは皿の上で冷えて固まり、食べる気の起こらない茶色いなにかと化していた。わたしは皿を押しのけた。「招待をお受けするって、伯母さまに手紙を書かなきゃいけないわね。ビンキーとフィグはきっと喜ぶわ。フィグはああいう人だし、お高くとまっているから、王家の方々の近くにいられるのがうれしいでしょうね」そう言ったところで、わたしはあることに気づいて口をあんぐりと開けた。「おじいちゃんのことを忘れていたわ、ダーシー。どうすればいいと思う？　サンドリンガム近くでのパーティーなんて、きっと嫌がる。でも残していくのも、失礼よね」

「訊いてみるといい。彼に選んでもらうんだ。ミセス・ホルブルックとは仲良くやれそうなんだろう？　彼女ときみのスコットランドの使用人たちとなら、クリスマスを楽しく過ごせるんじゃないかな」

「そうね、おじいちゃんはそのほうがいいかもしれない。でも、わたしたちがおじいちゃんを邪魔者扱いしたなんて思ってほしくない。それにクリスマスを一緒に過ごせないのは寂しいわ」わたしは立ちあがってテーブルから離れ、太い薪が燃えている暖炉に歩み寄った。

「次はなにかしらね、ダーシー？　そもそもパーティーがしたいなんて、わたしが言い出さなければよかったんだわ。そう思わない？」

一二月二二日

変わった伯母さまのところに滞在するため、ノーフォークに向かう。わたしが思い描いていたクリスマスではない。無事に終わることを祈るばかり。

ダーシーが言っていたとおりだった。アーミントルード伯母さまから誘われた話をすると、祖父の顔が曇った。祖父は首を振って言った。

「そいつはだめだ。わしは身の置き所がないし、おまえもわしの扱いに困るだろう」祖父はわたしに手を重ねた。「だがわしのことは気にせんでいい。うちに帰るだけのことだ。ひとりでいるのは慣れているんだ。大丈夫だとも」

わたしは祖父の腕に手を置いた。「いいえ、おじいちゃん。帰らないで。ここにいてくれない？　ミセス・ホルブルックとはきっと気が合うだろうし、彼女もおじいちゃんがいると楽しいと思う。それに兄の執事と料理人も来るから、おいしいものが食べられるわ。ミセス・マクファーソンはとても腕のいい料理人なの。ごちそうが出てくるわよ！」

「ふむ」祖父は希望に満ちた小さな笑みを浮かべ、わたしの心は和んだ。「悪くはなさそうだな？　その執事がわしに妙な態度を取らんでいてくれるならだが」

「ハミルトンに話をしておくし、おじいちゃんとは絶対仲良くなれるわ。同じくらいの年なのよ。ふたりで、世界の情勢について文句を言い合えるわよ」


フィグの反応も思ったとおりだった。わたしは、彼女たちが我が家に向けて出発する数日前に、電話をかけた。

「予定の変更ですって？」フィグが険しい口調で訊き返した。「どういうことかしら？　わたくしたちを追い払うつもりなの？　こんな直前になって？」

わたしはダーシーの伯母からの手紙の内容を説明し、それから付け加えた。

「王妃陛下からの遠まわしのお誘いのようだから、断るわけにはいかないのよ」

「あら、そう」長い間があった。「あなたがいることが辛い時期の王妃陛下にとって慰めになるのなら、もちろんわたくしたちは行かなくてはいけないわね」再び、長い間。「サンドリンガムでクリスマスを過ごすなんて、めったにできない経験ですもの。ええ、そうよ、サンドリンガムに滞在するのも同然だわ……」

フィグの頭のなかの声が聞こえてくるようで、友人に自慢するさまを想像しているのがよくわかった。「ええ、そうなのよ、わたくしたち、サンドリンガムでクリスマスを過ごすの。

王妃陛下がとてもジョージアナを頼りにしているものだから……」

クイーニーも同じくらい喜んだ。「一緒に行って、手伝うのはかまいませんよ。そこの料理人が偉そうにあたしに命令したりしなければいいんですけどね」わたしがどれほど努力しても、彼女は決して礼儀正しい使用人にはならないと改めてわたしは悟った。

「そういう場があったら、わたしのことは〝マイ・レディ〟と呼ぶようにしなくてはだめよ。それに、ダーシーの伯母さまにはひと一倍礼儀正しくしてちょうだい。彼女のことも、〝マイ・レディ〟と呼ぶの。わかったかしら？」

「合点です、お嬢さん」クイーニーはそう言ってからくすくす笑い、手で口を押さえた。「またやっちまいましたね。父ちゃんはいつも、あたしは双子だったに違いないって言ってたもんですよ。ひとりの人間がこんなに抜けてるはずはないからってね」

わたしは喉元まであがってきたため息を呑みこんだ。レディ・アイガースのところにクイーニーを連れていこうだなんて、わたしは頭がどうかしているのかしら？　これまでのいくつもの大惨事を思い出した。そのたびにクイーニーはよくなっていると思ったけれど、やっぱりまたなにかが起きて、それが間違っていたことに気づくのだ。けれど、彼女が腕のいい料理人であることは事実だし、ミセス・マクファーソンを連れていくことは絶対にできない。つまりは、ただひたすら祈るしかないということだ。

だが結局のところ、クイーニーを連れていくことに決めたのは幸いだった。クリスマスは旅行するから、イブニングドレスは全部洗ってアイロンをかけておくようにと新しいメイドに告げると、彼女はおびえたような顔でわたしを見た。「旅行ですか？　でもあたしを連れてはいきませんよね？」

「もちろん連れていくのよ。着替えや服の手入れにメイドが必要ですもの」

そう応じると、彼女はあんぐりと口を開け、それから大粒の涙をこぼした。

「だめです、奥さま。あたしはクリスマスには行けません。だめなんです。母さんがいるんです。母さんは具合が悪くて、まだ生きている子供はあたしだけなんです。クリスマスにあたしに会えなかったりしたら、母さんはすごくがっかりします」

「でもメイジー、あなたを雇うときに、メイドは女主人と一緒に旅をするものだって話したはずよね」

「わかっています。でもあのときは、母さんはここまで悪くなかったんです。わたしを連れていかないでください。お願いです」メイジーは目にいっぱい涙をためてわたしを見つめた。「お願いします。このせいであたしをくびにできるってわかっています。そうされても仕方ないと思いますけれど、でも母さんのほうが大事なんです。クリスマスのあいだに母さんが死んで、あたしがその場にいなくてお別れができなかったら、あたしは絶対に自分を許せません」

こんな訴えには、スクルージですら抗えなかっただろう。わたしは表情を和らげた。

「わかったわ、メイジー。あなたはよく働いてくれるし覚えも早いから、いまあなたにやめてもらうわけにはいかない。今回はあなたなしでなんとかするけれど、今後わたしたちが旅をするときには、あなたにも来てもらうわよ」

メイジーがわたしの手を取ったので、キスをするつもりだろうかと一瞬ぎくりとしたけれど、幸いなことに彼女は思い直したようだった。

「後悔はさせません、奥さま。約束します。出発前には完璧に仕度をしますし、帰っていらしたときには倍も一生懸命働きます」

「メイドがいなくてもなんとかなると思うわ」メイジーのことをダーシーに話したあとで、わたしは言った。「わたしが届かないところのボタンはあなたが留めてくれるでしょう?」

ダーシーは顔をしかめた。「だが、アイロンをかけたり洗濯をしたり靴を磨いたりはできないぞ。散歩に出かけて、靴に泥がついたらどうする? ディナーの席でなにかをこぼしたら? アーミントルード伯母は、ぼくたちがメイドを連れてくると思っているよ。村でほかの子を探せないのかい?」

「教えている時間がないわ」わたしは答えた。「クイーニーがわたしのベルベットのイブニングドレスを洗おうとしたとき、どんなひどいことになったか思い出してみて」そこで言葉を切った。「クイーニーを連れていくんだし、彼女はメイドの仕事がどういうものかはだいたいわかっている。キッチンで仕事がないときに、必要に応じて彼女に手伝ってもらえばいいわ」

「聞いたことのないやり方だ」

「それなら、もっといいやり方を考えて」わたしはきつい口調で言い返し、途端に後悔した。

「ごめんなさい、ダーシー。この騒動のせいで神経質になっているみたい。厄介な義理の姉と問題のある料理人を連れて知らない人の屋敷を訪れたうえ、おそらくは国王陛下と王妃陛下に会いに行かなくてはいけないんだもの。わたしたちだけでクリスマスを過ごすことにすればよかったって、本当に後悔している」

ダーシーはわたしの肩を抱いた。「元気を出して。なにもかもうまくいくさ。きっと素晴らしい時間を過ごせるよ」

わたしは彼の顔を見た。「ひとつだけ約束して。お願いだから、最後の最後になってどこかに行ったりしないで。わたしひとりでアーミントルード伯母さまのところに行かせるようなことはしないでね」

「約束するよ」彼はそう言ってキスをした。

わたしは、自分が平静さを失っていたことに気づいた。これまでは自分の面倒だけを見ていればよかったのに、いまは大勢の人に対して責任を負っていて、その重みに押しつぶされそうになっていた。ロンドンの小さなアパートで、ダーシーと質素だけれど幸せに暮らしていればよかったと考えたところで、思い出した。ロンドンでいくつものアパートを見たけれど、わたしたちの手が届くのはとんでもなくひどい部屋だけだったのだ。

ビンキーとフィグがアインスレーに到着した。わたしたちは二三日に出発することになっていたので、少しでもアインスレーを楽しんでもらえるように、早めに来てはどうかと誘ったのだ。一行は一八日にやってきて、期待どおりに感心してくれた。フィグは、わたしは運がよくて今回ばかりはうまくやった、ぞんぶんに温められる家があるのはいいものだと何度も繰り返した。ビンキーは庭と家庭菜園が気に入ったらしい。子供たちは子供部屋にあった大きな揺り木馬に夢中だったし、ポッジはサー・ヒューバートの古い電車の玩具を見つけ出した。そんなわけで、すべてはなんの問題もなく進んだが、祖父だけが例外だったかもしれない。フィグが長広間にはいっていくと、暖炉のそばで紅茶を飲んでいる祖父がいたので、驚いて小さく声をあげた。「まあ、ジョージアナ、お客さまがいたなんて知らなかったわ。地元の農夫の人かしら？」

「祖父よ、フィグ。前にも会っているわ。ラノク城に滞在したことがあるの。覚えている？」

自然歴史博物館の興味深い標本を見るみたいに、フィグは祖父をまじまじと眺めた。

「ああ、そうだったわね。あなたのおじいさま」彼女は威厳たっぷりに堅苦しく手を差し出した。

「お会いできてうれしいですよ」祖父はそう言ってその手を握り、大きく上下に振った。

その後、わたしとふたりきりになると、祖父は言った。

「やっぱりわしは家に帰ったほうがよさそうだ。あの女性にはぞっとさせられたよ。わしをどんな目で見たか、気づいたか？　犬が持ってきたなにかを見ているようだったぞ」

わたしは祖父の肩に手を乗せた。

「おじいちゃんはわたしのお客さまなの。わたしはおじいちゃんにここにいてほしい。フィグよりもずっとね。だから彼女のことなんて気にしないで。あの人は、わたしにも同じことをするのよ。考えてみれば、彼女はどんな人にもあら探しをするわ。それが趣味なのね。それにあと何日かしたらわたしたちはいなくなるし、おじいちゃんは最高のお料理が並ぶ楽しいクリスマスを過ごせるんだから」

「そうか。それなら、なんとかやってみるよ」

わたしはクイーニーに、ミセス・マクファーソンにこの家のキッチンに慣れてもらい、少しずつ料理も任せていく必要があると告げた。穏やかな老婦人は、あたかもクイーニーが先生で自分が生徒であるかのように如才なく振る舞い、ふたりはとてもうまくやっているようだった。

「あのおばさんが、エクレアの作り方を教えてくれたんですよ」お茶と一緒に運ばれてきたものを褒めると、クイーニーが言った。「今夜のディナーになにが出てくるか、絶対わからないと思いますよ。なんだか気取ったやつですよ。フランス人がチキンとワインで作るなにかみたいです」

すべきことはすべて終わり、あとは荷造りをして出かけるだけになった。わたしはヘイワーズ・ヒースに行き、万一、ほかの招待客たちと贈り物の交換をすることになった場合に備えて、ちょっと奮発して洋酒入りチョコレートを買った。ダーシーの伯母にはなにを贈ればいいだろうと考え、骨董品店のウィンドウで見かけた見事な牡鹿の絵にしようかという誘惑にかられたが、結局はケニアで買ってきたキリンの像を贈ることに決めた。ナクルの市場の屋台で見かけてとても安かったので、たくさん買って持って帰ってきたのだ。一番小さなものはポッジとアディのプレゼントにすれば、動物園やノアの方舟に使えるだろう。ビンキーとフィグにもなにか贈らなければならないと気づいて、なにがいいだろうとダーシーに訊いてみた。

「ビンキーにはスコッチがいいんじゃないかな」彼は言った。「スコッチなら間違いないよ」

「高いわよ。でも、そうね。たぶん兄にはそういう楽しみがほとんどないだろうから、喜んでもらえるわね。でもフィグには？」

ダーシーがにやりと笑った。

「いいわ、気にしないで。わたしが考えているものは贈らないようにする。スリッパかスカーフがいいわね。ラノク城はいつも寒いから」

残るはダーシーだけだ。限りのある予算で彼にプレゼントを買うのはとても難しい。そのとき、子犬はどうだろうと思いついた。完璧だ！

一二月二二日までには、すべての手はずが整った。ダーシーとわたしは、様々な食料品と荷物を全部のせてベントレーで行く。ビンキー、フィグ、子供たち、子守は、借りた車で行き、ロンドンへは列車で帰る。使用人たちは列車で向かい、駅からは地元で借りた車に乗る。なにもかもがあっけに取られるほどスムーズに決まった。

二一日には全員で出かけていき、小さなトウヒの木を切り倒した。子供たちにその飾りつけをさせているあいだに、従僕たちの手を借りてダーシーとビンキーが窓と暖炉にヒイラギと蔦を飾った。その後ダーシーにサンタクロースの扮装をしてもらい、わたしたちは村の集会所でささやかなパーティーを開いた。幸いなことに、食べ物は〝女性信徒組合〟が用意してくれたので、わたしたちがしたことといえば、絶好のタイミングでダーシーに登場してもらい、それらしく陽気にプレゼントを渡すだけだった。ほんのささやかなプレゼントに村の子供たちがあまりに大喜びするので、わたしは驚くと同時に申し訳なくなった。

その日の夜には近隣の上流階級の人たちを招いて、ミンスパイとホットトディ（酒と水に蜂蜜、ハーブ、スパイスを混ぜた飲み物）を振る舞った。驚くほどうまくいった。ミンスパイからボタンは出てこなかった。だれもが気持ちよく陽気で、自家製のワインや数羽のキジといった贈り物を持ってきてくれた。わたしは不安が解けていくのを感じていた。わたしたちは、なんの問題もなくふたつのイベントをこなした。このあとは、ほかの人が祝祭を仕切ってくれる場へと出かけていくのだ。

二二日には荷造りを終え、翌朝の出発に備えて使用人たちが荷物を車に積み込むのを見守った。その夜ディナーの席についたわたしは、ようやくわくわくし始めていた。大がかりなクリスマスのハウスパーティー——まさしくわたしが望んでいたものだ。わたしの家で開くわけではないけれど。

クイーニーが——ミセス・マクファーソンの指導のもと——とてもおいしいキジ料理を作りあげた。

「ジョージアナ、素晴らしく腕のいい料理人を雇ったのね」フィグが言った。「この家に以前からいた人なの？　あなたは運がいいわ。まあ、キジは我が家でも定期的に食卓にのぼりますけれどね。あのあたりにはキジがたくさんいて、冬のあいだビンキーには狩りに行く時間があるらしいの。意外なことに、時々は仕留めてくるのよ」

「だがこのキジもとてもおいしいよ、フィグ」ビンキーは励ますような笑顔をわたしに向けた。「ワイングレイビーがおいしいね。わたしたちのグレイビーにはワインを使っていないだろう？」

「当たり前ですよ。近頃のフランスワインの値段を考えれば、とんでもないわ。特別な機会に自分たちへのご褒美にするのがせいいっぱいよ。でも、あなたたちはサー・ヒューバートのワイン・セラーのものを飲めるんでしょう、ジョージアナ？」

「ええ、もちろん」わたしはにこやかにほほ笑んだ。

メインコースの皿がさげられたところで、わたしたちには執事がいないので当面その役割を担っているハミルトンが、いかにも執事らしい驚くほどの密やかさで食堂に姿を見せた。

「お邪魔をして申し訳ありません、マイ・レディ」彼は言った。「突然のお客さまです。応接室にお通ししておきました」

「来客？」わたしは言った。「夜のこんな時間に？　いったいだれかしら？」

「わたしを応接室に通すなんて。まったく生意気ね」黒いミンクのロングコートをまとった金髪の小柄な女性が、ハミルトンの脇をすり抜けて入ってきた。「食べるものが残っているといいんだけれど。お腹がすいて死にそうなのよ。夜が明けてからずっと移動し続けだったんですもの」

「お母さま！」わたしは声をあげた。「ここでなにをしているの？」

一二月二二日
アインスレー　サセックス

今年のクリスマスは驚きの連続だ！　次はなにが起きるだろう？

わたしは思わず立ちあがったので、ナプキンが床に落ちた。よくしつけられた男性がそうするように、ダーシーとビンキーも立ちあがった。母はわたしたちの驚いた顔を順に眺めながら言った。

「あら、ずいぶんと温かい歓迎だこと。だれも〝会えてうれしい！〟とは言ってくれないのかしら？」

「だって、来られないってお母さまは手紙に書いていたじゃないの」わたしは言った。椅子をうしろに押しのけ、母に近づいてハグをする。「もちろん会えてうれしいわ。でも驚いたわ。マックスはどこなの？」

「わたしのなかでは、シュプレー川の底に死体になって沈んでいるわ」美しい青い瞳が憎々しげな光を帯びた。

「まあ、なにがあったの？」

「彼の母親よ。それがすべて。彼はいつもクリスマスイブを母親と過ごすって書いたでしょう？　それだけなら、かまわなかったの。それなのに彼女ときたら、クリスマス当日も彼にそばにいてほしいって言いだしたのよ。ひとりきりで、夫の死で悲嘆に暮れていて、この世界にはもう愛する息子しかいないからって。そうしたらマックスは恥知らずにも、わたしにひとりでゲッベルスたちのところに行けって言ったの。あとで合流するからって」

母は優れた女優だけができるまなざしで、わたしたちをひとわたり見まわした。

「想像してみて！　このわたしが、ナチスの一団とクリスマスを過ごすですって？　ありえないわ。わたしよりも母親を選ぶなら、会いたいと言ってくれて、歓迎してくれる人のところにわたしは行くって言ったの」

「当然ですよ」ビンキーが言った。彼は幼い頃に義理の母親になったわたしの母のことが、昔から大好きだった。

「来てくれてうれしいわ。お母さまがいると楽しいもの」わたしはそう言ってから、ドア口に立ったままのハミルトンに視線を向けた。「テーブルにもうひとり分の席を用意するように、メイドに言ってくれる？　キジは温め直す必要があると思うわ。それまで、公爵夫人にはネギとジャガイモのスープをお願い」（正式には母はもうラノク公爵夫人ではないが、ハミルトンは母の執事だったので当時のことを知っている。母は卑しい身分の出であるうえ、偉そうな態度を取るので、ハミルトンは昔から母のことがあまり好きではなかったと思う）

「承知いたしました、マイ・レディ。公爵夫人のコートをお預かりしましょうか？」

母は優雅な仕草でコートを肩から滑らせた。「ありがとう、ハミルトン」魅惑的な笑みを彼に向ける。「あなたにここで会えるなんてうれしいわ。ビンキーとフィグが来ているなんて知らなかったものだから」

ハミルトンはミンクのコートを受け取りながら曖昧にうなずき、お辞儀をして部屋を出ていった。母はどの席がいいだろうかとテーブルを見回した。

「あらまあ、お父さん。こんなところで会えるなんて驚いたわ」母はそう言うと、祖父に近づいてはげた頭のてっぺんにキスをした。「これで全員集合したわけね」ダーシーの隣の椅子を引き、フィグに笑顔を向けてから腰をおろした。ダーシーがテーブルのうしろに立っていた従者に合図をすると、母のグラスにワインが注がれた。母はごくりとひと口飲んだ。

「ひどい旅だったわ」母はグラスを置いて言った。「そのほうが速いから、飛行機にしようと思ったの。でもね、冬には飛行機なんて乗るもんじゃないわ。まるで拷問よ。一〇時に離陸するはずだったの。それが強風のために遅れて、ようやく飛び立ったと思ったら、ものすごく揺れて、みんな気分が悪くなった。それからエンジントラブルでアムステルダムにおりなくちゃならなくなったの。故障が直るまで凍えるような待合室に座らされて、イギリス海峡を飛んでいるあいだもひどく揺れたから、またみんな吐きそうになったのよ。幸いなことにわたしの席は一番前だった。新しいミンクのコートの上に吐かれたりしたら、その人を絞め殺していたわね」

「素敵なコートですね」フィグがうらやましそうに言った。

「早めのクリスマスプレゼントにマックスが買ってくれたの。彼に返そうと思っているのよ。いいえ、やっぱり返さない。彼にはたっぷりと払ってもらうつもりよ」

メイドがあわただしくやってきて母のために席を作ると、続いて熱いスープを入れたスープ皿を手にしたクイーニーが現れた。中身を母の膝にこぼすことなくスープ皿をテーブルに置くまで、わたしは息を止めて見守っていた。

「そいつをお腹に収めたら、気分もよくなりますよ」クイーニーが明るく言うと、フィグがぞっとしたように眉を吊りあげた。

クイーニーは、温め直すためにキジとジャガイモの大皿を持ち去った。

母はスープを口に運び、うなずいた。「おいしいスープね。あの子がようやくましになったわけじゃないわよね？」

「ミセス・マクファーソンが来ているの」わたしは答えた。「たぶん、彼女のレシピだと思うわ」

「ミセス・マクファーソン」母はため息交じりに言った。「彼女のお料理をどれほど夢に見たことか。絶対に彼女を辞めさせてはだめよ、ビンキー」

「たいした腕ですよね」ビンキーはまるで自分がほめられたかのように頬を緩めた。

「クイーニーも悪くはないんだけれど、作れるのは自分が知っているものに限られるのよ。でもちゃんと、ベテランの料理人から学んでいるわ。ふたりがもっと長く一緒にいられないのが残念よ」

「あら、どうして？」スープを飲む合間に母が尋ねた。

「わたしたちがまだここにいて、お母さまは運がよかったのよ」わたしは言った。「明日、出発することになっているの」

「出発？」

「ええ。ダーシーの伯母さまから、ノーフォークにあるご自宅に招待されたの。だから、明日の朝、みんなで向かうのよ」

「どうしてわざわざダーシーの伯母さまのところに行くの？　あなたはアインスレーで迎えるクリスマスを楽しみにしていたんだとばかり思っていたわ」

「楽しみにしていたわ」わたしはうなずいた。「でもダーシーの伯母さまは王妃陛下と親しいらしいの。国王陛下と王妃陛下がいまサンドリンガムにいらっしゃるのは知っているでしょう？　伯母さまのお宅はその地所のはずれにあるのよ。伯母さまの招待は王妃陛下からの間接的な呼び出しみたいなものだから、断ることはできなかったの」

「まあ、王家のクリスマスだなんて！」母は芝居がかったため息をついた。「国王陛下と過ごすのがどれほど退屈なのか、あなたもよく知っているでしょう？　毎年、同じことのくり返し。陛下がラジオでスピーチをしているあいだ、じっと座って聞いていなくてはならないのよ。六時になるまでお酒は出てこないし、いいワインもなくて……」

「いや、ぼくたちが王家の儀式に参加することはないと思いますよ」ダーシーがあわてて言った。「ぼくの伯母は、自分の家でパーティーを開くんです。ただ、王妃陛下がまたジョージーに会いたがっていると、伯母が言っていたというだけなんです。国王陛下の具合もよくないですし、断るのは不作法だということになったんです」

「そこは大きなお屋敷なの？　大勢、招待されているの？」母が耳をそばだてた。

「わかりません」ダーシーが答えた。「伯母がヨークシャーから越したことも知らなかったんです」

「ヨークシャー？」母の表情がとたんに変わった。「あの伯母さんじゃないわよね？　アイガース伯爵の未亡人の？　イルムガルトって言ったかしら？」

「アーミントルードです」ダーシーが言った。

「でも彼女は少しいかれてるんじゃなかったかしら？　それにわたしの記憶が正しければ、伯爵のほうは少しなれなれしすぎたわ。暗い廊下の壁に押しつけられて、体をまさぐられたことがあったの。彼女はなにも気づいていないみたいだった――いつも塔の上で絵ばかり描いていたわね。荒れ地にあるひどくわびしい家に、一度だけ滞在したことがあるのよ」

「確かに伯母は……変わったところがあります。でも、もうすべて手配済みなんですよ。ぼくたちは明日の朝、出発しますが、あなたもどうぞ一緒にいらしてください。ちょっと窮屈ですが、ベントレーに乗れますよ。大きなパーティーにひとりくらい増えても、どうということはないはずです。寝室が六部屋あるそうですし」

「大変に素晴らしいことね」母が言った。ビンキーとフィグがいるところでは、母はパブリックスクール出身者のような言葉遣いをすることにわたしは気づいていた。「ビールジョッキを打ち鳴らしながら、愛国的な歌を歌うあの不愉快なナチスたちよりはるかにいいわ」

小柄な女性にしては驚くほどの量の食べ物とワインを胃におさめているあいだ、母は無言だった。わたしは母を眺めながら、この女性――これほど小柄で、これほど美しくて、これほど自己中心的で、そのうえ男性に対して圧倒的な影響力を持つ――からよくもわたしが生まれたものだと何度目かに考えていた。ビンキーとダーシーですら、母の話にはじっと耳を傾けている。母のせいで、アーミントルード伯母と問題が起きないことを願うばかりだ。

その夜遅く、寝室とバスルームを案内していると、母がわたしの首に腕をからめてきた。

「本当のことを言うとね、ダーリン、わたしはずっとここにいたいの。ドイツで起きていることを見るにつけ、あそこはわたしの場所じゃないって感じるのよ。マックスがとても愛情深くて献身的だからあそこにいるだけなの」

「そして、とてもお金持ちだからね」わたしは言い添えた。

「それもあるわ」母は認めた。「でも、今後あまり献身的でなくなるのなら――ほかの選択肢も考えておかなくてはいけないわね。最近、ヒューバートから連絡はあった？　帰ってくる予定はないの？」

なるほど、そういうことね。ひとりきりの子供と一緒にいたいわけではなく、ほかの選択肢を考えているだけ。お母さまらしい。

「メイドは連れてこなかったの？」わたしは尋ねた。

「連れてこないことにしたのよ。あの子は旅が嫌いだし、来るとしたらもちろん列車になるでしょう？　とんでもなく時間がかかるもの。あなたのメイドを貸してくれるわよね？」

「リスクを負う覚悟があるのならね」

母はけげんそうな顔をした。「可愛らしい新しいメイドがいるんだと思ったけれど。地元の子よ」

「いるわ。でも、クリスマスは一緒に来るのを嫌がったの。母親が重体なんですって。だからわたしたちは、クイーニーの手を借りることになるわね」

母はぎょっとしたようだ。「クイーニーがあなたのメイド？　ジョージー、わたしはいろいろなことに我慢できるけれど、クイーニーにはわたしの服から一キロ以内に近づかせないわ。あの子は、手を触れたあなたのものを全部、だめにしてしまったんじゃなかった？」

「ほとんど全部ね」

「結婚式では靴を片方入れ忘れて、あなたはわたしの靴を無理やり履かなきゃいけなかったわよね？」

「そうだったわ」

「そういうことなら、わたしはメイドなしで我慢するわ」母が言った。「ミンクのコートにアイロンをかけようとするあの子が目に浮かぶようよ」

「フィグがメイドを連れてきているの。必要なときは彼女を借りればいいわ」

「フィグに借りを作るつもりはないわ」母はわたしを軽く抱きしめた。「でも、クリスマスにたったひとりの娘と一緒にいられて、本当にうれしいのよ。孫にも早く会いたいわ」

「わたしもよ」

「兆候はないの？」

「まだ」

「そう。でも作ろうとするのも楽しいものよね？」母はいたずらっぽくウィンクすると、自分の寝室へと入っていった。

一二月二三日
移動途中

兄、フィグ、子供たち、クイーニー、そしてお母さまと一緒に、ノーフォークにいるアーミントルード伯母さまのところに向かう。次はなにが起きるのだろう？　キングコングが玄関に現れて一緒に行きたいと言いだしても、わたしは眉ひとつ動かさないと思う。

わたしたちは夜明けと共に出発した。借りた車はそれより早く到着して、まず使用人たちを駅まで運び、それからビンキー一家を乗せた。そちらのほうが余裕があるから、一緒に行ってはどうかとわたしは母に声をかけた。母はあきれたように天を仰いだ。

「冗談じゃないわ、ジョージー。クリスマスは楽しいものよ。フィグと過ごす五時間だか六時間ほど楽しくないものなんて、とても想像できないわ。生まれた彼女をひと目見た母親が溺れさせなかったのが不思議なくらいよ」

わたしは笑いをこらえた。「彼女のお母さんはもっとひどいの」囁くように言う。「レディ・ウォームウッド。会ったことはある？」

「ないわ。あなたのお父さんからわたしが逃げた理由のひとつが、あの手の人たちに会わなきゃいけないっていうことだったの。でも、ビンキーが親切にもわたしの小さなスーツケースを彼の車にのせてくれるって言うから、あなたたちの車の片隅にわたしが収まる場所ができたと思うわ」

母の言う小さなスーツケースというのは、ものすごく大きなスーツケースがふたつと帽子箱と化粧ケースであることがわかった。わたしたちはその半分をこちらの車に積み、小さめの荷物をビンキーの車にのせることにした。ビンキーが寛大にも後部座席の子供たちと子守のまわりに荷物を積みこもうとするのを見て、フィグがなにかを言いかけた。もちろん母は、六歳の子供がノーフォークまでの長い道のりを帽子箱と化粧ケースにはさまれて座っていなければならないことなど、気づいてもいなかった。自分がゆったりと座っていられるように、後部座席に置かれているものをせっせと並べ替えている。

「気をつけて、お母さま。それはシャンパンだから」わたしは警告した。それを聞いた母の動きが慎重になった。母はシャンパンが大好きなのだ。

「シャンパンをひと箱？　どこで手に入れたの？」

「ザマンスカ王女よ。ほら、ゾゾ。彼女は来られないんだけれど、おいしい食べ物とシャンパンを買ってくれたの。食べ物のほとんどはアインスレーに残る使用人たちのために置いていくんだけれど、シャンパンを持っていけば喜ばれるだろうと思って。それから大きな七面鳥も」

祖父が見送りにやってきた。わたしは祖父を抱きしめた。「クリスマスを一緒に過ごせなくて、ごめんなさいね。クリスマスツリーの下にプレゼントを置いておいたから」（祖父にはカシミアのスカーフを買った）

車が走り出し、手を振る祖父を見ていると罪悪感が湧き起こった。けれど、祖父が一緒に来られないのは仕方ないと思うほかない。むこうに祖父の居場所はないだろうし、そもそも本人がまったく楽しめないだろう。少なくともここにいれば、ミセス・ホルブルックと楽しい時間を過ごせるはずだ。それに、ハミルトンには話をしておいたから、ふたりでチェッカーをすることがあるかもしれない。英国の階級システムというのは本当にばかげていると、わたしは改めて思った。

ダーシーの運転でわたしたちは出発した。クリスマスを家族と過ごせるように、運転手は連れていかないことにしたのだ。あたりは霧に包まれていた。野原には幽霊のような木々がそびえ立ち、牛や羊たちは惨めそうに見える。わたしは膝掛けをしっかりと脚に巻きつけた。

「ミンクを持ってきて本当によかったわ」母が言った。「車のヒーターを入れてくれないかしら、ダーシー？」

「温まるまで時間がかかるんですよ」ダーシーが応じた。「でもミセス・マクファーソンがスープの入った魔法瓶を持たせてくれましたよ」

「彼女は宝物ね。ラノク城でパーティと暮らしていたのは、彼女がいればこそよ」母は一度言葉を切った。「ほとんどね」

ダーシーはちらりとわたしを眺め、わたしは笑いたくなるのをこらえた。

「伯母さまにいい料理人がいるといいわね」母が言った。「アイガースではどんな食事を出してくれたのか、思い出そうとしているところなの。そんなに悪くなかったと思うわ。あそこでの滞在の唯一の取り柄だった。昔の使用人を全員連れてきているのかしら？　彼女があんな不気味な家から逃げ出したのも、無理ないと思うわ。いまはもっと普通の人らしくなっているんじゃないかしら」

「それは考えにくいと思いますよ」ダーシーが言った。「結婚祝いに彼女がくれた絵を見るかぎりでは」

母はくすくす笑い、それから小さく息を吞んだ。「あら、大変。暖かい服をもっとたくさん持ってくればよかったかもしれない。あのお城は凍えるくらい寒かったのよ。そうじゃない、ダーシー？　ラノク城がリビエラに思えるくらいよ。それに陰鬱なの。これから行くところもそんなふうなら、パンくずで目印をつけておかないと自分の部屋にも戻れないわよ。あんなに複雑でわかりにくい家は見たことがないわ」

それ以上なにも言わないでほしいとわたしは思った。それでなくても不安になっているところに、母はいかれた伯母のいる恐怖の館の絵を描いてみせたのだ。車は幹線道路をロンドンに向かって進み、新しい二軒長屋が立ち並ぶ郊外の緑の多い地域を通って、キングストン・アポン・テムズへとやってきた。クラッパムを抜ければ、そこはもう無秩序に広がる町だ。田園地方の靄は、煙のような町の霧に変わっている。ダーシーはフロントガラスの向こうに目を凝らし、のろのろと運転しなくてはならなかった。ウェストミンスター・ブリッジでテムズ川を渡ると、ウェスト・エンドのひどく混み合った道路を避けてメリルボーンからパディントンに向かい、さらに空気の悪いカムデン・タウン、トッテナム、エドモントンを抜けて、ようやくまたエセックスの緑豊かな景色のなかに出た。

「あそこを抜けてほっとしたよ」ダーシーは安堵のため息をついた。「まともに外も見えないんだからね。よくあんなところで暮らしていると思うよ。肺にさぞ悪いだろうな」

「おじいちゃんがそうよ」わたしは言った。「生まれてからずっとイースト・エンドで暮らしてきたせいで、肺が悪くなってしまったのよ。お母さまがおじいちゃんのためにエセックスのあの家を買っていなかったら、いまごろ死んでいたと思うわ」

「人はできることをするものよ」母は恩着せがましく言った。「あなたの運転は素晴らしかったわ、ダーシー。わたしなら、五分で道に迷っていたところよ」母は腕時計を見た。「そろそろ休憩して、食事にしたほうがいいんじゃないかしら？　もうすぐ昼食の時間よ」

「このまま走り続けたほうがいいと思います」ダーシーが言った。「霧がまたひどくなると困りますから」

「ミセス・マクファーソンがピクニック用のランチを用意してくれたの」わたしは言った。「あなたは運転していてね。わたしが渡すから」

「それはいい考えだ」

わたしはコップに入れたスープを配った。スープは歓迎されたものの、ハムサンドイッチやソーセージロールを楽しむには寒すぎた。

「着いたときに、昼食が終わってしまっていないといいのだけれど」母は小柄でほっそりしているにもかかわらず、旺盛な食欲の持ち主だ。「ほんの少しくらい、きっと取っておいてくれているわよね」

母にとってのほんの少しは、五皿のコース料理のことだろう。わたしはといえば、少し車に酔っていたので、ダイジェスティブ・ビスケットがあったことにほっとした。車が起伏のある田園地方に入ると、母はすぐに眠ってしまった。わらぶき屋根のコテージが並ぶ可愛らしい村が次々と窓の外を通り過ぎていく。やがて景色はより平坦になり、遠くまで見渡せるようになっていった。そのうえ、どんどんわびしくなっていく。野原や木々の合間に雪が積もっているのが見えた。不意に太陽が顔を出し、あたりの景色は突然、美しく変わった。ビスケットのなかにチョコレート・ビスケットを見つけて、わたしは気持ちが明るくなった。これから楽しい時間を過ごせるのだし、なにより、なにも準備しなくていいのだ！

車は市の立つキングズ・リンの町に差しかかった。だれもがせっせとクリスマスのための買いだめをしていて、ガチョウや小さなトウヒの木を抱えてよろよろと歩いている。街角ではキャロルを歌っているグループがいる。〝善良なるウェンセスラスは……〟という歌声が流れてきた。なにもかもが華やいでいて、子供の頃にだれもが経験した、サンタクロースはなにを持ってきてくれるのだろうというわくわくする気持ちが湧き起こった。

「地図を見てくれないか、ジョージー。ここからはきみが責任を持って案内するんだよ」ダーシーが言った。「このあたりのことは、ぼくはさっぱりわからない」

わたしはごくりと唾を飲みこんだものの、〝わお〟と言いたくなるのはこらえた。

「いまはハンスタントンに向かっているのね？」わたしは通り過ぎる標識に目を凝らした。

「そうだ。でも、じきに道を逸れなきゃいけない。サンドリンガムを見つけて、どこで曲がればいいかを教えてくれないか」

わたしは地図を見つめ、間違わないことを祈りながら、指で道をたどった。

「まずい」ダーシーがつぶやいた。「思ったとおりだ。またいまいましい霧が出てきた」

まわりの風景がかすんでいき、標識を読むのが難しくなった。一度、カーブを曲がったところで、のろのろと走るトラクターに危うくぶつかりそうになったものの、狭い道路を走る車はほかにはなかった。右も左も木ばかりで、葉を落とした枝が頭上で天蓋を作り、車の屋根にぽたぽたと雫を落とした。

「ここを右に曲がって」十字路に差し掛かったところで、わたしはサンドリンガムの標識を見つけて言った。

「いや、左だ」ダーシーが反論した。

「あれを見て。サンドリンガムは右って書いてある」

ダーシーは標識にさらに目を凝らした。「左もだ」そう言って笑う。「どっちもそうだよ。

どっちに行っても、見逃しっこないということなんだろうな」

彼はわたしの顔を見て笑った。

「元気を出して。きっと楽しくなるよ」

「地図を見ていたものだから、酔ったみたい。お茶を飲めば、気分もよくなるわ」

幸いなことに、サンドリンガム・ハウスに通じる道路には警備の警官がいて、ワイモンダム・ホールへの行き方を教えてくれた。わたしたちだけでは見つけられなかったと思う。王家の住居は美しいふたつの湖がある芝地に建っているが、地所は密集した森に囲まれている。わたしたちは木々の合間の細い道を進んだ。あまりに細くて、張り出した茂みが車の両側をこするほどだった。

「伯母が陰気くさいところで暮らしているのはわかっていたよ」ダーシーが言った。「きっとヘンゼルとグレーテルの家みたいなところだ」

「オーブンで子供たちを焼いていても、驚かないわね」母が口をはさんだ。「ポッジとアディには目を光らせておかないといけないわ」

やがて森が途切れた。広々とした前庭があり、その向こうに家が立っている。ラノク城を小さくしたような家――小塔と小さな窓がある要塞のような家の成れの果て――なのだろうとわたしは覚悟していたが、前方に見えてきたのはサンドリンガム・ハウスによく似た、窓が白く縁取られたがっしりしたレンガ造りの家だった。それほど豪華な屋敷ではない。貴族というよりは、裕福な農夫が建てるような家だが、とても居心地がよさそうだ。わたしはほっとして息を吐いた。

後部座席で母が身じろぎした。「あら、着いたの？」

「ええ」

「あれがそうなの？」

「そうみたい」

「まあ。悪くないじゃないの」母は満足そうに小さく鼻を鳴らした。「ゲッベルスの趣味の悪い田舎の家よりずっといいわ。なにより、ビンキーとフィグより先に着いたのね。よかった。ふたりが迷わないといいけれど」

わたしたちは笑い、ダーシーが車を降りて母とわたしのためにドアを開けてくれたときには、だれもが上機嫌だった。玄関のドアが開いたとき、わたしは先頭に立っていた。犬が尻尾を振りつつ、吠えながら飛び出してきた。

「静かになさい。いますぐ戻っていらっしゃい！」威圧的な声だった。ドア口に、簡素な灰色のワンピースを着て時代遅れのお団子に髪をまとめた長身で痩せた女性が、表情のない顔で立っていた。しばらく前、ベリンダとわたしが出会った恐ろしい家政婦のことが、途端に脳裏に浮かんだ。あのときはいい結末にはならなかった。

「レディ・アイガースと約束しています」わたしは言った。「レディ・ジョージアナとジ・オナラブル・ミスター・オマーラ、そして――」

女性の目に面白そうな表情が浮かんだ気がしたが、そのときダーシーが背後から足早に近づいてきた。

「どうしたんですか、アーミントルード伯母さん、自分で玄関のドアを開けるなんて？」

わたしは「あなたは家政婦？」と尋ねようとしていたところだった。まさに間一髪だった。

一二月二三日
ワイモンダム・ホール　ノーフォーク

うれしい驚きだった。いかれた伯母さまはごく普通に見える。家は綺麗で、暖かくて、居心地がいい。きっと楽しめるだろうと思う。

「家の玄関を自分で開ける習慣は、わたしにはありませんよ」レディ・アイガースが言った。「でもたまたま窓の外を眺めていたし、ヘスロップがここ最近ひどく耳が遠くなったので、あなたたちがドアの外で午後中ずっと立っていることになるかもしれないと思ったものですからね。爪先を凍えさせるわけにはいきませんよ。さあ、お入りなさい」

わたしたちはとても人懐っこい数匹の犬に囲まれながら、玄関ホールに入った。わたしはまったく違うレディ・アイガースを想像していた。いかれた人だと聞かされていたし、とんでもなく奇妙で不快な絵を描いているから、だらりとした派手なローブに長いスカーフを巻いた、髪がぼさぼさで目つきのおかしな女性を思い描いていたのだ。いま目の前にいる女性は、メアリ王妃陛下の友人にふさわしく見える。つけている装身具は上等な真珠のネックレスだけだった。

「元気にしていたの？　ダーシー」彼女は教養のある深い声で訊いた。「最後に会ったのはずいぶんと前のことだから、わたしのことがわからないのではないかと思っていましたよ。あなたの結婚式には招待されませんでしたからね」

「すみませんでした、伯母さん」ダーシーは敷居をまたぎ、彼女の頰にキスをした。「ジョージーのお兄さんの家の応接室の広さが限られていたことと、国王陛下と王妃陛下をお呼びしていたので、招待客の数を絞らなくてはならなかったんです。あまり混雑させるわけにはいきませんでしたから。それに、伯母さんはまだヨークシャーにいるのだとばかり思っていましたよ」

「幸いなことに、二年ほど前に逃げ出したんですよ」彼女が応じた。

「まあ」わたしは思わず声をあげた。「あの素晴らしい絵のお礼状をアイガース・アビー宛てに送ってしまいました。礼儀知らずだと思われたんじゃないですか」

わたしに向けられたまなざしはとても温かかった。「わたし宛ての手紙は転送されてきましたから、あなたからの素敵な手紙も受け取っていますよ。初めまして。ようやくお会いできたわ」彼女はそう言って、手を差し出した。頰にキスしなくてすむことがわかって、ほっとした。彼女はわたしの背後に目を向けた。「これで全員なの？　あとからもっと来るんでしょう?」

「兄と妻と子供たちが二台目の車に乗っています」わたしは答えた。「それから……」

わたしが最後まで言い終えるのを待つことなく、ミンクのコートに身を包んだ母がわたしたちの隣に立った。「覚えていらっしゃるかどうかはわかりませんが、レディ・アイガース、一度、お宅に滞在したことがあります。わたしがまだ――」

レディ・アイガースは母に手を差し出した。「公爵夫人。光栄です。思ってもみませんでしたよ」彼女が膝をついてお辞儀をするのではないかと、わたしは一瞬考えた。母もそう思ったようだ。

「残念ながら、もう〝公爵夫人〟ではないんです」母が応じた。「でも、義理の息子が公爵ですから、公爵未亡人と名乗ってもいいのかもしれません。ご機嫌いかがですか、レディ・アイガース?」

「おかげさまでとても元気です。ありがとう。あなたはおひとりで?」

「家族だけです」母が答えた。

「それはよかったこと」

母をだれかとくっつけるつもりだろうかと、わたしは考えた。たとえば、頭のおかしないとことか。けれど彼女は言葉を継いだ。「これで人数が偶数になりますね。わたしは奇数が嫌いなんですよ。あなたはどうですか?」

「ええ、もちろん」母が言った。「まとまりに欠けますもの」

あげます」

「ともあれ、ようこそお越しくださいました。ご主人は亡くなられたんですね。お悔み申し

「どの人のことかしら？」母が訊き返した。

「公爵ですよ、もちろん」

「ああ、そうですよね。かわいそうなパーティ。彼はいろいろな点でいい人でした。たまた ま、とんでもないスコットランドのお城に住んでいたというだけで。そういえば、アイガース卿も亡くなられたようでお気の毒です」

レディ・アイガースの目が、また面白そうに輝いた。「でもあなたと同じように、荒れ地にあるお城から逃げ出せたのはよかったと思っているんですよ。さあ、いつまでもこんな寒いところにあなた方を立たせておくわけにはいきません。お部屋に案内しましょう」彼女はホールのテーブルに置かれていた小さなベルを鳴らした。「ジェームズ、アニー、お客さまがいらしているのよ。荷物を運んでちょうだい」走ってくる足音が聞こえた。「オマーラご夫妻は正面に面した左側の大きな部屋よ。公爵未亡人にはその隣の部屋を使っていただきます。それから子供づれのご家族がいらっしゃるの。ラノク公爵とそのご家族だから、心しておくように」彼女はふたりに向かって指を振った。「子供部屋をきちんと準備しておくのよ」

二人の使用人のうしろから、年配の男性が現れた。腰は曲がり、頭ははげあがってごくわずかに白い髪が残るだけだ。「申し訳ありません、奥さま」彼が言った。「食料貯蔵室で銀器を磨いておりましたもので、呼び鈴が聞こえませんでした」

「いいのよ、ヘスロップ」彼女は優しく言った。「たまたま窓の外を見ていたら、みなさんが来るのが見えたの」

「ほら、この厄介者たちをどうにかしてちょうだい、ジミー」ダーシーの伯母は犬たちを撫でながら言った。「お客さまを困らせているじゃないの」

「とんでもない。犬は大好きです」わたしは言ったが、従僕とメイドはすでに犬の首輪をつかんで引きずっていくところだった。母はほっとした様子だ――犬たちはミンクに興味津々だったから。

「ようやく平和になりましたね。あの子たちは人懐っこいのはいいのだけれど、少しばかり大げさなんですよ」ダーシーの伯母はわたしたちに視線を戻した。「あなたたち、食事はすみましたか？」

「まだです」ダーシーが答えた。「車でサンドイッチをつまみましたが」

「それなら、昼食を用意しましょうね。ヘスロップ、お客さまが食事をなさると料理人に伝えてちょうだい。その前にブランデーを用意してもらおうかしら。みなさん、凍えているでしょうからね」彼女は母の腕に手を置いた。「でもまずは着替えをなさりたいでしょう？」

彼女はあたりを見回し、それから大声で呼んだ。「ショーティー！」上級曹長が行進のときに張りあげるような声だった。

パタパタと走る足音がして、ぽっちゃりした小柄な女性が駆けこんできた。

「ほら、ショーティー、早くしなさい」レディ・アイガースはいらだたしげに言った。

「お客さまはお着きになったんですか、レディ・A？　呼び鈴は聞こえませんでしたけれど」

「わたしが窓から見ていて、自分でドアを開けたからですよ。みなさんをお部屋に案内してくれるかしら」

「喜んで」女性はそう言うと、恥ずかしそうに微笑んだ。

使用人を〝ちび〟（ショーティー）なんていう嫌なあだ名で呼ぶなんて、レディ・アイガースは意地が悪いと思ったけれど、それも彼女が口を開くまでのことだった。「初めまして。わたしはレディ・アイガースのコンパニオンのジェミーナ・ショートです」

あらまあ。不運な名前の持ち主がまたひとり。それでも、わたしのように背が高くてやせている人間にショートという名前がついているよりはましだろうと思った。

わたしたちは階段をあがり、大きな寝室に案内された。洗練とかお洒落とかいう言葉がふさわしい部屋ではなかった。さびれたと表現すべきだろうか。家具は使い古され、床の敷物は色褪せている。けれど清潔だったし、充分に暖かい。レディ・アイガースは家具付きでこの家を借りているだけで、価値のあるものはすべてヨークシャーに置いたままにしているのだろうかと、わたしはいぶかった。

「なにか必要なものがあったらおっしゃってください」ミス・ショートが言った。「タオルは洗面台の脇の椅子の上です。バスルームは廊下の突き当たりにあります」そう言い残し、彼女はまた家ネズミのように小走りに去っていった。

ダーシーとわたしは戸惑ったように笑みを交わした。「思っていたのとは違うな」そう言ったところで、ダーシーの顔が険しくなった。「なんとまあ。壁に彼女の絵が飾られているとは、名誉なことだ。なにもかもが普通すぎて、おかしいと思っていたんだ」

ベッドの背後の壁に目をやると、身の毛がよだつとしか言いようのない大きな絵が飾られていた。少なくともわたしには、巨大なヒキガエルが家をガツガツ食べているように見える。それとも、普通の大きさのヒキガエルが小さな人形の家を食べているのかもしれない。オレンジと赤の絵具が飛び散っているので、はっきりとはわからなかった。

「ベッドの上でよかったわ。あそこなら見なくてもすむもの」ミス・ショートが部屋の外にいるかもしれないので、わたしは小声で言った。

「気をつけないと、夜中に落ちてきて寝ているぼくたちの頭にぶつかるかもしれないよ」

「それならあなたがお行儀よくして、ベッドを揺らさないようにすることね」わたしは挑発的な笑みを浮かべた。

「そいつは残念だ」

コートを脱いで髪をとかしていると、ドアをノックする音がした。「まだ用意ができないの？」母の声だ。「お腹が空いて死にそうなのよ」

わたしはドアを開けた。母が小さな足でいらだたしげに床を叩いている。

「お母さまはいつもお腹を空かせているのに、どうして少しも太らないの？」わたしは尋ねた。

「新陳代謝がいいんでしょうね」母が答えた。「それに、わたしは普段、セックスにたっぷりのエネルギーを使っているから」

訊かなければよかったと思った。

「部屋はどうですか？」廊下を歩きながら、ダーシーがあわてて話題を変えた。

「まあまあね」母はそつなく答えた。「ベッドに布団がちゃんとかかっているかどうか、わたしが気になるのはそれだけだから」

ブランデーグラスののったトレイを手にした年配の執事が、暖炉の炎が赤々と燃える大きな応接室にわたしたちをいざなった。オークの羽目板張りの壁に平凡な二枚の絵が飾られた、居心地のいい部屋だった。干し草をのせた荷車の傍らに立つふたりの子供や高原のなかの牡鹿といった、英国の田舎の家でよく見るような絵だ。レディ・アイガースのスタイルとはまったく違っていて、消化不良を起こすことはなさそうだった。

わたしたちは長いオーク材のテーブルについた。メイドがボリュームのあるスープを運んできた。とてもおいしい。クイーニーが腕のいい料理人の下で働くことになったのがわかって、わたしは安堵のため息をついた。ちゃんと指示を与えてくれるだろうから、クイーニーがへまをしでかすこともないだろう。スープのあとはミートパイとカリフラワーのチーズ焼き、そのあとはカスタードをかけたプディング。どれも平凡な料理だけれど、とても満足できた。コーヒーが運ばれてくると、レディ・アイガースも食卓に加わった。

「寝室は問題ないかしら？」彼女が訊いた。「ここには最低限のものしかないんですよ。一番いい家具は置いてこなくてはならなかったから。わたしが追い出されたことは聞いているかしら?」

「いいえ。なにがあったんです?」ダーシーが尋ねた。

「わたしたちには子供がいなかったから、ロディが死んだあと、弁護士たちは熱心に相続人を探したんですよ。見つかったのが、またいとこの子供だか、その子供だかだった。ハロルドという名の粗野な男。人にへつらうばかりのたちの悪い太った小男でした。ハロルドなんていう名前の伯爵を想像できますか?」彼女は身震いした。「ともあれ、ハロルドは妻と鼻水を垂らした三人の行儀の悪い子供たちを連れてやってきて、すぐに家を出ていけとわたしに言ったんです。ロッジを提供してはくれたけれど、大切な犬を置いておけるようなところではなかった」彼女はそこで言葉を切ったので、感情をコントロールしようとしているのだとわかった。

「なんてひどい」わたしは言った。「どうなさったんですか?」

「途方に暮れていたと言っていいでしょうね。もちろん、そのロッジにとどまって、ハロルドがわたしたちの財産と評判を台無しにするのを見ているつもりはありませんでした。そうしたら、お優しいメアリ王妃がわたしの苦境に気づいてくださったの。地所にあるこの家がしばらく前から空いているから、越してきたらどうかと言ってくださったんですよ。そうすれば、サンドリンガムに来たときには近くにいられるからと。もちろんわたしはお受けしました。でも落ちぶれた暮らしであることは間違いありません。置いている家具は、ハロルドが欲しがらなかったものと、王妃陛下が見つけてくださったものだけ。けれど、執事と料理人が一緒に来てくれたのはうれしかったですね。ハロルドはもっとお給金を払ったでしょうから。でもふたりとも年だから、彼はどちらもくびにしていたかもしれない。ここでは新しいメイドをふたりと従僕を雇って、なんとかやっているんです」

「料理人の助手と食料をいくらか持ってきましたよ」ダーシーが言った。「でも、そんな状態なのにどうして大がかりなハウスパーティーを開こうと思ったんですか？」

「いい加減いやになったからだと言えばいいかしら。一年のほとんどがそうなのだけれど、王家の方々がいらっしゃらないときは、ここはとても寂しいところなの。本当に退屈。だからもううんざりだって思ったんですよ。今年は華やかなクリスマスを過ごそうと思って、あらゆる人に招待状を送ったんです」

「あらゆる人がいらっしゃるの？」母が訊いた。

「楽しいときを過ごすには充分な人たちですよ。いろいろな人たち。ディナーのときに会えますよ。あとからいらっしゃる方もひとりいますしね」レディ・アイガースは謎めいた笑みを浮かべ、砂利を踏みしだくタイヤの音に気づいて言った。「あなたたちのお連れが着いたようですね」

その言葉どおり、車からビンキーとフィグが降り立ち、続いて子供たちと車に酔った様子の子守が姿を見せた。

「本当にひどいドライブだったわ」部屋に入ってきたフィグが文句を言った。「まずアディが車に酔ったので、止まらなくてはならなかったの。次に子守が酔って、また止まらなくてはいけなかった。そうしたら今度は運転手が道に迷ったのよ。まったく役立たずなんだから。ひどい運転手だったわ。ぐるぐると行ったり来たり。こんなことなら、スコットランドからわたくしたちの運転手を連れてくればよかった」

「きみが連れてこないと決めたんだよ、フィグ。覚えているだろう？」ビンキーが言った。「節約のために」

フィグは鋭いまなざしを彼に向けたが、それ以上はなにも言うことなく、この家の女主人と初対面の挨拶を交わした。彼女たちが昼食をとっているあいだ、ダーシーとわたしは散歩に出かけ、母は部屋で休んだ。車のなかで母はほとんどずっと寝ていたが、退屈になると母はいつも眠ってしまうのだ。

「なんだか妙な話だね」ダーシーが言った。「生活に窮しているのは明らかなのに、伯母は大掛かりなハウスパーティーを開こうとしている。ぼくがよく言っていたように〝いかれて〟いるよ」

「自分の描いた絵を何枚か売ったんじゃないかしら」わたしの言葉にダーシーはくすくす笑った。

わたしたちは、サンドリンガム・ハウスが見えるのではないかと思いながら葉を落とした森のなかを歩いたが、地面がひどくぬかるんできたのであきらめて家に戻ると、ちょうど駅から使用人たちを乗せてきた車が到着したところだった。

「ずいぶん長くかかったね」運転手が後部座席のドアを開けたところで、ダーシーが言った。「列車のほうが車より速いだろうと思っていたのに」

「順調に進んでいたんです、旦那さま。クイーニーがいなくなるまでは」ビンキーの従者は、クイーニーに不愉快そうな視線を向けた。

「クイーニー？」彼女がちょうど車から姿を現した。「見つかったようだが」

「はい。ですが、列車に乗り遅れてしまいました」従者が言った。

「なにがあったの、クイーニー？」わたしは尋ねた。

クイーニーは反抗的な目つきでわたしを見た。「あたしはなにか食べたくて、死にそうになってたんですよ。なのに、キングズ・クロス駅で食堂に行かせてもらえなかったんです。なんで、自動販売機でチョコレート・バーを買おうと思ったら、お金を取られちまったんですよ。詰まったんです。もう硬貨を二枚入れてましたから、あきらめるつもりもないし、お金を黙って取られるつもりもなかったんで、機械をぶったたいてやったんです。そうしたら改札係がやってきて、あたしをチンピラ扱いして、警察を呼ぶって言ったんです」

「わたしたちが彼女を助け出したときには、列車は出てしまっていたんです」従者はそう言うと、同意を求めるようにフィグのメイドに向かってうなずいた。

「クイーニー、どうしてそんなことをしたの？　借りた車が駅であなたたちを待っていてくれたのは、運がよかったのよ」

「あたしはなにも間違ったことはしてませんよ」クイーニーは言った。「あたしのお金を盗んだのはあの機械なんです。なのに、あたしはまだなにも食べてないんですよ」

「なかに入りなさい。お仕着せに着替えて、料理人のところに行くのよ。食事の時間までお腹がもつように、彼女がなにか食べさせてくれると思うわ。やる気があることをわかってもらうようにしないとだめよ。彼女は腕のいい料理人だから」

「合点です」クイーニーはそう言うと、嬉々としてその場を離れていった。

「あの子といると、酒を飲みたい気分になるよ」ダーシーは首を振った。

ウィンダム・ホール（というのが、正しい発音らしい）　ノーフォーク

ちょっとした問題はいくつかあるけれど、楽しい時間が過ごせそうだ。そう、ひとつ問題はあるけれど……。

ディナーのための着替えをクイーニーに手伝ってもらうのはやめた。ホックを留めたり、ルビーのネックレスをつけたりするのには、ダーシーの手を借りた。鏡に映る自分の姿は、それほど悪くない。それどころか、なかなか洗練されている。ハンサムな夫がいる既婚婦人。わたしは小さく微笑んだ。

階段をおりていくと、ホールの反対側にある広間から話し声が聞こえてきた。その部屋にはビンキーとフィグがすでにいて、ひと組の夫婦と話をしていた。レディ・アイガースは暖炉の脇で、別の夫婦――癖のある灰色の髪をやや長めに伸ばしたいかめしい顔つきの長身の男性と濃い化粧をしているので年齢がよくわからないがりがりに痩せた女性――と一緒にいる。

「ああ、妹が来ましたよ」ビンキーが言った。「ジョージー、こちらはレッグ・ホーン少佐ご夫妻だ。少佐は国王陛下の狩りを手伝っておられるんだ」

「お会いできて光栄ですよ」わたしたちは握手をかわした。彼の指が手のひらをすっと撫でたが、たまたま当たったのだろうと思った。だがそのあとで、彼の視線が値踏みするようにわたしの体をなぞったことに気づいた。派手な男性の妻がしばしばそうであるように、茶色いドレスを着た茶色がかった髪のミセス・レッグ・ホーンは、表情に乏しい生気のない女性だった。握手をしたものの、まるで魚に触れているような気がした。

「ですが今年は、国王陛下に野外活動ができるかどうかは疑問ですね」少佐は一部の男性が持つ朗々たる声で言った。行進の際に大声で命令をくだしているからかもしれない。「残念なことに、陛下の健康状態は悪化しているんですよ」

「まあ」わたしは言った。「サンドリンガムの新鮮な空気を吸えば、またお元気になられると思っていたのに」

「王妃陛下はとても心配なさっています」レディ・アイガースが言った。「明日、会いに行ったときにその話も出ると思いますよ、ジョージアナ」

「明日ですか?」

「ええ。先日、王妃陛下とお茶をしたときに、一連の催しが始まる前に会いにきてほしいとおっしゃっていましたから。とてもあなたに会いたがっておられますよ」

フィグは悪意そのものといった表情をわたしに向けた。王妃陛下が彼女に会いたがったことは一度もない。

「わかりました。時間はおっしゃっていましたか？」

「一一時頃が都合がいいのではないかしら。そうそう、サンドリンガムでは時計を三〇分早めていることは知っていますよね？」

「そうでした」わたしはうなずいた。「思い出させてくれてありがとうございます。国王陛下は時間に遅れることがお嫌いでしたよね。早めに行くようにします」

「ダーシーに車で送ってもらうといいですよ。自由に使える車がなくなったので、歩くにはかなり距離があることがわたしにもわかっていますからね」

「こちらの若い女性が英国王妃と行き来する間柄だとは驚きましたよ」大柄な男性の言葉を聞いて、彼がどこか違って見える理由をわたしは悟った。アメリカ南部特有のゆっくりした話し方だ。彼は手を差し出しながら、前に歩み出た。「初めまして。わたしはサウスカロライナから来たハントリー大佐です。こちらは妻のミセス・ハントリー」

「ジョージアナ・オマーラです。彼は夫のダーシーです」

「ジョージアナは国王陛下の親戚なんですよ」わたしたちが握手を交わしているあいだに、レディ・アイガースが告げた。「彼女のお父さまがヴィクトリア女王の孫なんです」

「聞いたかい、ドリー？」大柄な男が言った。「きみは、王家の人間と一緒にいるんだよ。驚いたね。国に帰ったら、カントリークラブでブリッジをするときに自慢できるぞ」

「今回のささやかな集まりをすることになったのは、大佐ご夫妻が理由のひとつでもあるんですよ」レディ・アイガースが言った。「こんな楽しい時期を英国でふたりきりで過ごされるとお聞きしたんです。でも機会があればぜひ行事には参加したいということだったので、直前になってハウスパーティーを開くことにしたんです」

「本当にご親切にありがとうございます。ありがたいね、ドリー？」

「みなさん、シェリーはいかが？」レディ・アイガースが、飲み物をのせたトレイを持って部屋の片隅に立つミス・ショートに向かってうなずいた。

「バーボンはありますかな？」大佐が尋ねた。

「ごめんなさい、それがどういうものなのかわたしにはわからないんですが、ウィスキーでよろしければご用意できます」

「それがバーボンですよ——ウィスキーのことです」大佐は笑いながら言った。

「レディ・アイガースが言っているのはスコッチですよ」少佐が辛辣な口調で言った。「それこそが本物のウィスキーだ」

つかの間のぎこちない沈黙のあと、少佐はわたしに尋ねた。「狩りはなさるのかな、レディ・ジョージアナ？　もちろんご主人はなさるんでしょうね」

「やめてちょうだい、アーチー。殺生の話はもうたくさん」彼の妻が言った。「あなたときたら一日中、どれほどたくさん殺したかを自慢しているんだから」

再び流れた気まずい沈黙を破ったのは、非の打ちどころのない金色の髪（美容師のおかげだろうと、わたしは考えるようになっていた）をさらに引き立てる金色のイブニングドレスをまとった母の登場だった。ドア口に立った母が、あの甘い声で「あら、遅れたかしら？お待たせしなかったのならいいんだけれど」と言うと、だれもが母を振り返った。

男性たちは全員があんぐりと口を開けて、母を見つめている。わたしに母と同じような力がなくて本当によかった。

「どうぞお入りになってくださいな、公爵夫人」レディ・アイガースが言った。実際以上に母と親しい間柄であることをほのめかそうとしているようだ。「こちらはラノク公爵未亡人です」

母は離婚しているからもう公爵未亡人ではないとフィグが言おうとしたが、ビンキーが彼女の脇腹を肘でつついて首を振った。部屋にいた男性全員——ダーシーも含めて——が、母のためにシェリーを取りに行った。

「わたしたちの失礼は大目に見ていただけますかな、公爵夫人」大佐が言った。「貴族の称号はまだよくわかっていないんですよ。陛下とか殿下とか」

「どうぞご心配なく」母は輝くような笑みを浮かべた。「わたしはクレア。これから数日間、楽しいパーティーを一緒に過ごすんですから、下の名前で呼び合うのはどうかしら」

「なんとも寛大な人だ。とても友好的だ」大佐が言った。「英国人というのは堅苦しくて、よそよそしいと聞かされていましたが、それが本当ではないことがよくわかりましたよ。そうだな、ドリー？」

「いまのところは」ドリーが言った。「歓迎していただいています」

「あなたたちはふさわしい人たちに囲まれているということですよ」レッグ・ホーン少佐はよく響く声でそう言って笑った。

わたしはシェリーをひと口飲み、部屋を見まわした。中央に暖炉があって、ソファや椅子があちらこちらに置かれた平凡な部屋だ。レディ・アイガースの絵はここにもなく、当たり障りのない風景画が数枚飾られているだけだ。火が焚かれているにもかかわらず、この部屋はなにかが欠けているかのようにひんやりとして感じられる。クリスマスの気配がまったくないからだと、わたしは気づいた。飾りもなければ、ツリーもない。レディ・アイガースはわたしの落胆に気づいたらしく、こう言った。「明日はみなさんですることがあるんですよ。この家にふさわしい飾りつけをしていただきます。サンドリンガム・エステートから見事なツリーが届いているんです。緑の草木を集めるのは、わたしたちの仕事です」

「それは楽しそうだ」少佐が言った。

「すべてがうまく運ぶことを祈りましょう。去年のようなことはもうごめんですもの」ミセス・レッグ・ホーンが訳知り顔でレディ・アイガースを見た。

「去年なにがあったの？」母が訊いた。

「ボクシング・デイの狩りで起きた事故のことを言っているんだと思いますよ。気の毒な男性が馬から落ちて、首の骨を折ったんです。悲劇でした」レディ・アイガースは首を振った。

「王家の家臣のひとりでした。秘書官かなにかだったんじゃないかしら」

「あまり乗馬がうまくなかったと聞いていますよ」レッグ・ホーン少佐が言った。「あんな難しい地形での狩りに、参加するべきじゃなかったんだ。柵を越えられなかったんですよ」

「ボクシング・デイに狩りがあるんですか？」ダーシーが訊いた。「しまった、狩り用の赤い上着を持ってくるんだった」

「ちゃんとした狩りではなくて、ペーパーチェイスのようなものですよ。国王陛下が狩りをなさるあいだ、若い人たちに楽しみを与えておくんです」少佐が言った。

「残念ですが、今年はどちらも行われませんよ。国王陛下の健康状態が微妙ですから」レディ・アイガースが応じた。「陛下の調子がよろしければ、どこかでこぢんまりとするかもしれませんけれどね。陛下は狩りがとてもお好きですから」

「ペーパーチェイスってなんですか？」ドリー・ハントリーが尋ねた。

「馬に乗った人が紙を点々と残しながら逃げていき、残った人たちが彼を追いかけるんですよ。楽しいお遊びです」レディ・アイガースはそう言うと、顔をほころばせた。「ミットフォード夫妻が子供狩りをしていたのを覚えています？」

「子供狩り？」ドリーがぞっとしたように訊き返した。「冗談ですよね？」

レディ・アイガースの顔には笑みが浮かんだままだ。「もちろん本当ですよ。子供たちは大好きでしたね」

フィグはビンキーをにらみつけた。「わたしたちは絶対に子供狩りなんてしませんからね、ビンキー。なんて野蛮なのかしら」

ヘスロップがドア口に現れ、小さな銅鑼を鳴らした。「ディナーの用意ができました、奥さま」

「行きましょうか?」レディ・アイガースが言った。「公爵ご夫妻が先頭に立ってください。そのあとを公爵未亡人とレディ・ジョージアナ」

わたしはいつものようになんてくだらない習慣——ディナーの席に階級の順番で入っていく——だろうと思いながら、ダーシーと母と腕を組み、ふたりにはさまれる形でビンキーのうしろに立った。毎回とても嫌な気分になる。いまもそうだ。レッグ・ホーン少佐はわたしのうしろに並んだが、ハントリー大佐に南部のゆったりした口調でこう言われた。

「大佐は少佐よりも上の階級だと思うがね」

レッグ・ホーン少佐の顔が真っ赤に染まった。なにか言おうとして口を開いたが、それを押しとどめるように彼の妻が腕に手を置いた。「もちろんだ。行きたまえ」鋭い口調で言う。テーブルにつくために列が崩れると、少佐はまわりにいる人たちに聞こえるような声でつぶやいた。「わたしはあの近衛師団連隊にいたんだ。軟弱なアメリカの連隊とはわけが違う」

わたしの席は少佐とドリー・ハントリーのあいだで、大佐の向かいだった。腰をおろしながら、大佐は励ますようにわたしに微笑みかけた。

「空いている席があるようね」レディ・アイガースの右側の空席に気づいて母が言った。

「まだどなたかいらっしゃるの?」

「そのはずなんですよ。でもおふたりは海外から来られるので、いつになるのかはだれにもわからないの。待たないでほしいと言われています」

「なんてこと」ミス・ショートが突然声をあげたので、わたしたち全員が彼女を見た。

「どうしたの、ショーティー？」レディ・アイガースが訊いた。

「テーブルに一三人だなんて。不吉です。テーブルに一三人いるときは、必ずだれかが死ぬんです」

「くだらん」少佐が言った。「老女の迷信だ」

レディ・アイガースが母に人数は偶数だと言ったことを思い出した。ミス・ショートを勘定に入れていなかったことがよくわかった。

従者がクルトンの入ったコンソメスープを運んできた。ワインが注がれた。

「シャンパンをひと箱、持ってきてくれたのね、ダーシー」レディ・アイガースが言った。

「友人のザマンスカ王女からいただいたんですよ」ダーシーが答えた。

「本当にありがたいわね。しばらくはおいしいものがいただけますよ。新しく伯爵になったあの遠い親戚が、亡くなった夫の遺産で暮らしているのかと思うと、はらわたが煮えくり返りそうになるんです」

「彼をここに呼んで、狩りの最中に殺してしまえばいいんだわ」母が言った。

全員が笑った。

レディ・アイガースは首を振った。「そうしたら、もっと遠い親戚が現れるだけですよ。わたしはただの女で、生まれながらにあの家の一員だったわけではないんです。だれであれ、家を継いだ人間に追い払われることになっていたんです」

「まったく不公平だ」ビンキーの声には熱意がこもっていて、フィグは苦い顔で彼を見た。

「どこからも何キロも離れた、あの殺風景でわびしい荒野よりは、ここのほうがずっと暮らしやすいんじゃないかしら」母が言った。

「そのとおりですね」レディ・アイガースが言った。「ここのほうがずっと社会に貢献できるでしょうね」

パセリソースをかけたヒラメの切り身に続いて、かりかりのローストポテトとパースニップとヨークシャー・プディングと共に、ローストビーフの塊が運ばれてきた。

「肉を切り分けるのがお上手な方はいらっしゃるかしら？」レディ・アイガースが期待をこめてテーブルを見回した。

「わたしは遠慮しておく」大佐が言った。「わたしがいるところでは、そういうことは使用人がするんですよ」

わたしはダーシーを見たが、彼は首を振った。「もっと経験のある人に任せるよ」

「よければ、わたしがやりますよ」レッグ・ホーン少佐が手をあげた。

「だめよ、レギー。あなたは肉を台無しにしてしまうわ」彼の妻が押しとどめた。

「身分が一番上の男性として、その役目を担いませんか？」レディ・アイガースが、ビンキーの前に大皿を置くようにと身振りで示した。ビンキーは辞退しようとしたが、結局言われたとおりに切り分け始め、見事にやってのけた。わたしは最近になって、兄を過小評価していたことに気づき始めていた。

肉が切り分けられるのを待っているあいだ、わたしはなにかが脚に触れるのを感じた。猫だろうかと思って、下を見た。猫ではなかった。少佐が脚を伸ばして膝でわたしの脚に触れていた。わたしは見くだすようなまなざしを彼に向け、脚を遠ざけた。どうしてこの手の男たちは、こういうことをしても許されると考えるのだろう？　少なくとも今回は、以前のように手ではないだけましだった。あのときは、フォークを突き立ててやったのだ！

肉を食べ始めたちょうどそのとき、玄関ホールから声がして、顔を赤く染めたヘスロップが慌てた様子でやってきた。「奥さま、デイヴィッド王子がいらっしゃいました」

レディ・アイガースが立ちあがった。「まあ、よかったこと。それでは臨港列車に乗ることができたのね」

デイヴィッド王子が部屋に入ってきたので、彼女は言葉を切った。「やあ、来ましたよ。遅くなって申し訳なかった。ロンドンからのドライブはひどいものだったよ。なにか食べるものを残しておいてくれているといいんだが。とても空腹なんだ」

彼はテーブルを見回した。わたしたち全員が立ちあがっている。

「おやまあ、ビンキー。ジョージー。素晴らしい。知っている顔がいる。わたしは知らない人たちと食事をするのが苦手でね。動物園の動物を見るような目で見られているような気がするんだ」

「ひとりじゃありませんよね、サー？」レディ・アイガースが恐る恐る尋ねた。

「もちろんだ。ウォリスは鼻におしろいをはたいている。それともほかに女性がするべきなにかをしているのかもしれないな。すぐに来るはずだ」

そしてわたしは、パーティーのもうひとりのメンバーがミセス・シンプソンであることを知った。

一二月二三日
ウィンダム・ホール　ノーフォーク

残りのメンバーはだれなのだろうと考えていたときには、ミセス・シンプソンだとは夢にも思わなかった。なんてこと。クリスマスを彼女と過ごすなんて。けれどお母さまは嬉々として彼女とやり合うだろうし、それを見ているのはきっと楽しいはず。

ミセス・シンプソンが来るまで、王子は席につこうとはしなかった。「いいから食事を続けて」彼は言った。「冷めてしまうよ」けれどだれもが、王子が座るまでは食べてはいけないような気がしていた。大佐が肉を切り始めたが、妻にひとにらみされてフォークを置いた。料理がすっかり冷めてしまった頃、ようやくミセス・シンプソンが現われた。黒いレースのドレスを着ている。ディナーパーティーの席で、ゾゾ王女がまさに同じものを着ていたことがあって、ミセス・シンプソンはひどく不機嫌になったものだ。ドレスそのものはシンプルだが、ミセス・シンプソンは全身をダイヤモンドで飾り立てていた――ダイヤモンドのネックレスにイヤリングにブレスレット。キラキラと輝いている。

「みなさんをお待たせしてしまってごめんなさいね」彼女の言葉にはわずかにアメリカなまりが残っていたが、それも王子の友人たちと何年も過ごすあいだに洗練されていた。「メイドをスイスに残してきたので、時間がかかってしまったの。ここには長居はしないから、ロンドンの家に直接行っていればいいと言ったのよ」

「ここに座るといい、ダーリン」デイヴィッド王子が言った。ふたりの関係を知らない人たちが、息を呑んだのがわかった。彼は椅子を引いてミセス・シンプソンを座らせてから、自分も腰をおろした。

「そういうわけなので、二、三日のあいだ、どなたかメイドを貸していただけないかしら？」彼女は皆の顔を見まわした。

母とわたしは視線を交わした。「ほら、クイーニーを貸すと言いなさい」母の目はそう言っていた。心が揺れた。ダーシーも母の視線に気づいたようで、諫めるように眉間にしわを寄せてわたしを見た。わたしは笑いたくてたまらなくなって、万一噴き出してしまったときのために、ナプキンで口を押さえた。幸いなことに、レディ・アイガースが先に手をあげてくれた。

「わたしのメイドが喜んでお手伝いしますよ。ヨークシャーの田舎の娘で、パリやほかのところで訓練は受けていませんけれど、ホックを留めたり、髪をとかしたりはできるはずですから」

「ご親切に」ミセス・シンプソンが言った。

ふたりにワインが注がれた。デイヴィッド王子はひと口飲んで、満足そうにうなずいた。

「これはわたしたちが送ったものかな？　悪くないでしょう？」

「ええ、殿下。ありがとうございます」

「海外から戻ってきたばかりなんですか、サー？」ビンキーが尋ねた。デイヴィッド王子は親戚――はとこにあたる――ではあるけれど、彼のことは〝サー〟と呼んでいる。それが慣習だ。

「スイスでスキーをしていたんだよ」目の前のスープ皿にスープが注がれているあいだに、王子が答えた。クイーニーが給仕を命じられないようにとわたしは祈り続けていた。ミセス・シンプソンの膝にスープをこぼすところをありありと想像できる。「素晴らしかったよ。さらさらのパウダースノー。そうだったね、ウォリス？」

「わたしたちが行くところ、どこまでも付きまとういまいましい新聞記者以外はね」ミセス・シンプソンは天を仰いだ。「斜面を滑ってきたら、カメラを構えた不愉快な男たちが下で待ち構えていて、あれこれと質問を浴びせてくるの。本当にうっとうしかったわ」彼女はそう言いながら、テーブルを見まわした。「あら、ホーマー、ドリー、いらしたのね。うれしいわ」

「きみはとても元気そうだね、ウォリス」ハントリー大佐が言った。

「そうありたいわ」ミセス・シンプソンの視線が流れ、わたしの上で止まった。「ジョージアナ。ここで会えるとは思わなかったわ。元気なの？　最後に会ったのはアフリカだったかしら？」

「そうでした」わたしは答えた。「大変でした」

「あら、どこかのばかな男が命を落としたからといって、わたしの休暇が台無しになることはないわ。知り合いだったわけじゃないし、不愉快な男だったと聞いていたしね。そのあとデイヴィッドは、ほかの場所で王族としての仕事を国王陛下から命じられたから、どちらにしろゆっくりはできなかったのよ」

「だが、ポロは楽しかった」王子が言った。

「ポロ！　あなたたち男性ときたら、狩りとポロのことしか考えていないんだから。退屈極まりないわ」ミセス・シンプソンは、そこでようやく母に気づいた。「あら、女優じゃないの」

「公爵未亡人よ」母が応じた。「ご機嫌いかがかしら、ウォリス？」

「ナチのお友だちはどうしたの？」

「よきナチス党員は国に残してきたわ」母はさらりと答えた。「ところで、ベルリンでだれとばったり会ったと思う？　あなたのお友だちのリッベントロップよ。よろしくって言っていたわ」

ミセス・シンプソンの笑みは少しも揺らがなかったけれど、そのまなざしが剣のように鋭くなったのがわかった。お母さまに一点と、わたしは心のなかでつぶやいた。ドイツの大使とミセス・シンプソンは友だち以上の関係だという噂があった。母とミセス・シンプソンのやりとりはこれまで何度か見てきたが、母は決して彼女に引けを取らない。

わたしたちの冷めたビーフがさげられ、王子とミセス・シンプソンがメインの料理を食べ終えるのを待って、デザートが運ばれてきた。

「面白いデザートですな」ハントリー大佐がデザートをつつきながら言った。「これはなんと言うんですか？　地元の名産ですか？」

「わかりません」レディ・アイガースが答えた。「チェリーのブランデー漬けを添えたスフレのはずだったんですけれど」

これがなんなのかわたしはすぐにわかったけれど、王子が口を開くまで黙っていた。

「おやおや、これは渦巻きプディングじゃないか。ジャムの渦巻きプディングなんて、子供の頃以来だ」

なにがあったのかは明らかだった。クイーニーがスフレを作るときに手を出して、台無しにしてしまったのだ。料理人はパニックを起こし、クイーニーがデザートとして渦巻きプディングを作ったのだろう。わたしは「申し訳ない……」と言いかけたが、大佐が遮って言った。

「これはうまい。ボリュームもある。こんな天気のときには、こういうものがいいんですよ」

全員がうなずいた。

「もう何年も食べていなかったな」ビンキーが言った。「これからもっと食べるようにしないかい、フィグ？」

ダーシーがわたしを見てウィンクをした。

葉巻とブランデーを楽しむ男性陣を残し、わたしたちは食堂をあとにした。ミセス・シンプソンだけは王子と一緒に残り、少佐の不興を買っていた。やがて男性たちもやってきて、家の飾りつけのための草木を集める話になった。

「一緒に来られますか、サー？」レディ・アイガースが尋ねた。

「もちろんだとも。とりあえずいまはあっちの屋敷に行って、陛下がベッドに入る前に挨拶をしておくべきだろうな――父の健康上の理由で、わたしたちはスキー旅行を切りあげて帰ってこなくてはいけなかったんだから」

「どれほどお悪いのかしら？」フィグが訊いた。

「あまりよくないようだ」デイヴィッド王子が答えた。「数年前に体調を崩してから、ずっとよくないんだ。肺が弱っているようだ。あと数年は持ちこたえてくれるように祈っているんだが。いま国王になることだけはなんとしても避けたい」彼はそう言ってミセス・シンプソンの手を握りしめた。

「ミスター・シンプソンは今回は一緒じゃないのかしら？」母が愛想よく尋ねた。

「ミスター・シンプソンはもういないの」

「亡くなったの？」

「わたしにとっては」ウォリスは小さく微笑んだ。「いまでもいい友人同士なのよ。でも離婚の手続きが始まっているの。あまり長くかからないことを願うわ。すべてが片付く前にデイヴィッドが国王になったりしたら……」

「わたしは行かなくては」デイヴィッド王子が立ちあがり、レディ・アイガースの手にキスをすると、わたしたちに手を振ってドアの方へと歩きだした。ミセス・シンプソンがそのあとをついていく。彼女が部屋を出ていくのを待ちかねたように、ミス・ショートがレディ・アイガースに小声で言った。「まさかあの人、王子と結婚するつもりじゃないですよね？考えられない」

「彼女はそのつもりですよ」レディ・アイガースがささやき返した。

それから間もなく、人々は部屋に引き取った。

「この茶番劇の意味がわかったよ」ダーシーが言った。「きみは？」

「ミセス・シンプソンをサンドリンガムの近くに置いておく言い訳っていうこと？」

「そういうことだ」彼は首を振った。「伯母がミセス・Sと彼女のアメリカ人の友人を招待できるように、王子が多額の小切手を送ったんだろうな」

「彼女が近くにいることを知ったら、国王陛下と王妃陛下はひきつけを起こすわ」

「きみはまだ寝ないの？」

ホールから動こうとしないわたしにダーシーが訊いた。

「クイーニーと話がしたいの」

「プディングのこと？」

「そうよ」

彼は微笑んだ。「知らないままでいるほうがいいと思うよ。行こう」彼はわたしの手を取って階段をあがった。

わたしは寝間着に着替え、トイレに行くために廊下を進んだ。すでに照明は落とされ、廊下の突き当たりにある一個の電球だけがぼんやりした光を放っていた。男性が立っているのが見えた。わたしは礼儀正しくお辞儀をし（トイレから出てきたときにするように）彼の脇を通り過ぎようとしたが、彼は動こうとしなかった。薄明かりのなかに浮かびあがったのは、赤と白のストライプのガウンを着た、まったく見栄えのしない少佐だった。まるで、マーマレードの壺の赤バージョンのようだ。

「失礼」わたしは一歩片側に寄った。

彼も同じほうに移動して、わたしの行く手を遮った。

「きみはとても魅力的だ」彼が低い声で言った。「ちょっとしたお楽しみはどうだね？　いつもと趣向を変えて？」

彼はそう言いながらじりじりと迫ってきた。不愉快ないやらしい表情を浮かべている。

「その先の空いている寝室で手早くどうだ？」

わたしは冷ややかなまなざしを彼に向けた。「少佐、あなたの楽しみとわたしの楽しみはまったく違っているようですね。もしわたしがこのことを若くてたくましい夫に話せば、あなたは目のまわりを黒くしてクリスマスのディナーの席に座ることになると思いますけれど」

「気楽にいこうじゃないか。単なる冗談だよ。少し楽しんでもいいだろう?」

「わたしは楽しいとは思いません」わたしはひどく不安になったので、非難を込めて硬い声で言った。これだけ大勢の人がいるうえ、廊下の先に夫がいる家で、彼になにかできるとは思わなかったけれど、わたしを見る彼の目つきは危険を感じさせた。

彼はわずかにうしろにさがり、恐ろしいことに手を伸ばしてわたしのガウンの紐に触れた。

「きみの王家の親戚たちは、それほどガードは堅くないようだ。みんな、夜の娯楽を楽しんでいるようじゃないか?」彼がガウンの紐を引っ張ったので、前が開き、冬用の長い寝間着――幸いだった――が露わになった。新婚旅行のときのネグリジェを着ていなかったことに、心のなかで感謝した。

「わたしの親戚たちがなにをしようと彼らの勝手です」わたしはあとずさりし、急いでガウンの紐を結び直しながら、笑みを浮かべて言った。「わたしは結婚生活にいたって満足していますけれど、もし夜の娯楽を楽しむ気になったとしても、その相手はあなたのような魅力のかけらもない中年の男ではありません。そこをどいてくれますか? それともここにいる人全員を起こすくらいの声で叫びましょうか?」

「興醒めだな」彼はつぶやいた。「まるでヴィクトリア女王みたいだ」

「あら、光栄だわ」わたしはにっこりと微笑みかけてから、彼の脇を通り過ぎて、部屋へと戻った。ダーシーには言わないでおこうと決めた。ダーシーの気が済む頃には、少佐は大変なことになっているだろうから。

一二月二四日
ウィンダム・ホールと、その後サンドリンガム・ハウス　ノーフォーク

今朝は王妃陛下を訪問しなくてはいけない。ああ、王家の親戚を訪ねるのは本当に嫌い。いつだって、ものすごく高価な骨董品を倒したり、コーヒーをこぼしたりするんじゃないかとびくびくしている。どうして王妃陛下はそんなにわたしに会いたがるんだろう？　ほかの王家の方々もいらしていて、することはたくさんあるはずなのに。

翌朝目を覚ますと、奇妙な黄色い光が雪が降っていることを教えていた。地面はうっすらと白く染まり、柔らかな雪が落ちてきている。

「ホワイトクリスマスになるわ」わたしはカーテンを開けながら言った。

ダーシーが体を起こした。「それじゃあ、草木を集めに行くのは中止かい？」

「わたしは王妃陛下に会いに行かなくてはならないのよ。草木を集めるほうがずっといいわ。

王妃陛下はどうしてそんなにわたしに会いたがるのかしら？」

「どうしてきみに会いたがっていると思うんだい？」ダーシーはスリッパを探していたが、やがてベッドを出た。

「ただの儀礼的な訪問なら、クリスマスのあとでもいいはずでしょう？　ここに滞在しているあいだに、ジョージアナが訪ねてきてくれるとうれしいって言えばいいことじゃない？」

ダーシーはうなずいた。

「わお――ああ、もう」わたしは言い直した。「なにか任務を与えるつもりじゃないわよね？」

「たとえば？」

「骨董品を取り戻すとか、だれかをスパイするとか？」

「あとのほうはありそうだな。ミセス・Sがここにいることを聞いて、目を光らせておいてほしいと思っているのかもしれない。極秘結婚とか、駆け落ちの計画とか」

「そうね、そうかもしれない」わたしはうなずいた。わたしたちは顔を洗い、着替えをして、朝食をとりにおりていった。ダーシーは厚手のツイードのズボンにフィッシャーマンズ・セーターという格好だったが、わたしは王妃陛下にお会いするのにふさわしい装いをする必要があった。プリーツスカートに白のシルクのブラウスとカシミアのカーディガンを着て、真珠のネックレス（国王陛下と王妃陛下からの結婚祝いだ）をつけた。鏡に映った姿は満足できるものだった。わたしはうなずいた。わたしはもう、野暮ったい若い娘ではない。魅力的な男性と結婚するのは、自尊心を高めるのにいいらしい。

食堂に向かう途中で、わたしはキッチンに足を向けたくなったけれど、ダーシーに腕をつかまれた。「行かなくていい。みんな、彼女のプディングを気に入っていたじゃないか」

「確かにおいしかったわ」わたしは言った。「でも、わたしたちに出すような料理に手を出しちゃいけないって、彼女には釘を刺しておかないと」

大佐とドリーはすでに食堂にいて、サイドボードにずらりとならんだ蓋つきの皿の前で戸惑ったような表情を浮かべて立っていた。

「どうかしましたか？」わたしは尋ねた。

「給仕してくれる人間がいないようなんだが」彼が言った。

「ああ、朝食は自分で取り分けるものなんです」

彼はひとつの皿の蓋を持ちあげた。「ここでは、みなさんはどんな朝食を召しあがるんです？」

「いろいろあるみたいですよ」

「この茶色いものは？」

「キドニーです」わたしは答えた。

「キドニー？　内臓のことですか？」ドリーはぞっとしたように言った。「わたしたちは使用人に食べさせているのに」

「とてもおいしいんですよ」

「それでは、これは？」大佐が訊いた。

「ケジャリーです。ニシンの燻製をお米やなにかと一緒に調理したものです。大陸から伝えられた、昔のインド料理なんですよ」

「ソーセージやベーコンやパンケーキのような、普通の食べものはないのかね？」

「スクランブルエッグやゆで卵、ベーコン、ソーセージはあるはずです」わたしは答えた。

「パンケーキはないわ。代わりにプディングがありますから」

ふたりは悲しそうに首を振った。ちょうどそのとき、ゆで卵が入ったボウルを抱えたクイーニーが現れた。

「おはようさんです、お嬢――マイ・レディ」クイーニーは気まずそうに小さく笑った。彼女は皿保温器の湯のなかに、卵の入ったボウルを沈めた。わたしは出ていく彼女を追った。「クイーニー、ゆうべのディナーのことだけれど……」わたしは切り出した。

「はい？　問題はなかったですよね？」

「プディング以外はね。クイーニー、あなたはスフレの失敗になにか関係しているの？」

クイーニーは挑むように顎を突き出した。「関係してましたとも。もしあたしがいなかったら、彼女はとんでもないことになってたんですよ」

それを聞いて、わたしは驚いた。「なにがあったの？」

「彼女はオーブンからスフレを早く出しすぎちまったんですよ。あたしがそう教えてやったのに、オーブンのことはあたしよりよくわかってるからって、あたしの言うことを聞かなかったんです。そうしたらどうなったと思います？　ぺちゃんこですよ。そうしたら彼女は、〝こんなものは出せない〟ってオロオロしちゃってねえ。〝どうにかして〟って言われたんで、あたしが代わりになにか作るって言ったんです。スフレのためにチェリー・コンポートはもう作ってあったんで、急いでジャムの渦巻きプディングを作ってオーブンに突っこんだってわけです。あとはカスタードを作れば、それでばっちりですよ。彼女にはえらく感謝されましたよ」

わたしは頬が緩みそうになるのをこらえながら、首を振った。

「クイーニー、あなたにはいい意味でも悪い意味でも驚かされてばかりだわ」

「そういうことなんで、メイドと料理の両方は無理みたいです。ディナーが終わるまでキッチンを出られないんですよ。でないと、彼女がひどく怒るんで。でもディナーのあとなら、着替えの手伝いはできますよ」

「ありがとう、クイーニー。でもミスター・ダーシーとわたしでなんとかできると思うわ」

「平気ですよ。お嬢さんの宝石を片付けたり、髪をとかしたりするのは好きでしたから。なんだか大きな人形をもらったみたいで。子供の頃は、人形なんて持ってませんでしたからね。母ちゃんが作ってくれた布の人形があるだけで、ちっとも可愛くなかったし」

「そう、それなら時間があるときに髪をとかしに来てね」わたしは——温かいと言えるほどの——笑顔で彼女を見送った。

一〇時には、サンドリンガム・ハウスまでダーシーに車で送ってもらう準備はできていた。ほかの人たちは雪がやむのを待っていて、まだ草木を集めに出かけてはいない。あまりやる気はなさそうだ。当然のことながらミセス・シンプソンは、わずかばかりのヒイラギと蔦を見つけるために雪のなかを歩くなんてとんでもないと、参加を拒否した。それは使用人がすることだからと、ドリーは彼女と一緒に残ることを選んだ。そもそも大佐は肺が弱いので、冷たい空気にさらすわけにはいかないらしい。少佐は、妻とふたりで喜んで参加するが、その前にハウスに赴き、国王陛下が今日は狩りができるかどうかを確かめなければならないと言った。残ったのは、ビンキーとフィグ、ミス・ショート、レディ・アイガース、そして雪のなかで遊びたくてうずうずしている子供たちだけだった。母は姿を見せないままだ。おそらくベッドで朝食をとったのだろう。

「あなたはジョージアナをおろしたあとで、一緒に来るのかしら？」レディ・アイガースがダーシーに訊いた。

「喜んで」ダーシーが答えた。

「わたしがサンドリンガム・ハウスまで彼女を乗せていってもいいですよ」少佐が言った。とんでもない。車で彼とふたりきりになりたくはなかった。わたしはちらりとダーシーを見た。「ありがとうございます、少佐。でもわたしたちの車に手袋を置いてきてしまったんです。だから自分で運転しようと思います。わたしは運転ができますから」

「大丈夫ですかな。雪が積もった道路や吹き溜まりがありますよ」

わたしは笑顔で応じた。「吹雪に見舞われるスコットランドで育ったんです。雪のなかを運転するのは慣れています」

実を言うと、それは嘘だった。冬のラノク城は何日も雪が降り続くので、どうしても必要がないかぎり、だれも外出したりはしない。それに常に運転手がいた。

「本当に大丈夫？」コートと帽子を取りにホールに向かうわたしにダーシーがついてきた。

「少佐の前でだめだなんて言えなかったの。でも大丈夫だから」

わたしたちはキスを交わした。いまはガレージとして使われている馬小屋に車を取りに行き、わたしは出発した。葉を落とした枝やモミの木に雪が積もり、美しいクリスマスカードのような景色が広がっている。けれど、道路であってほしいと思っているところを走り続けることに集中しなくてはならなかったので、心から風景を楽しむことはできなかった。幸いなことに雪はそれほど深くなかったし、運転もほんの数分ですんだ。前庭に車を止めたときには、王家の親戚を訪ねるときにいつも感じる不安でいっぱいだった。屋敷に向かって歩いていると、笑い声が聞こえてきた。そちらに目を向けると、ふたりの王女が家庭教師に見守られながら、芝生で雪合戦をしているのがわかった。ふたりはすぐにわたしに気づいた。エリザベスが手を振り、マーガレットが声をかけてきた。

「一緒に遊ぼうよ、ジョージー。雪だるまを作りたいの」

「雪だるまが作れるほど雪はないって、お母さまが言っていたわ」エリザベスが言った。

「でも、一緒に雪合戦ならできるよ、ジョージー。そうしたら二対二になる」

「あなたたちのお祖母さまに呼ばれているのよ」わたしは応じた。「遅れるわけにはいかないの」

「それはそうよね」エリザベスは笑顔を作った。「お祖父さまは時間に厳しいから。そうでしょう？」

わたしはうなずいた。

「サンドリンガムの時計は全部、三〇分進めてあるって知っている？」

「ああ、そうね。知っているわ」わたしは言った。「さあ、急いで行かなきゃ。雪合戦を楽しんでね」

一二月二四日
サンドリンガム・ハウス　ノーフォーク

　もうすぐ王妃陛下にお会いする。あまり不安そうな顔をしないようにしなければ。ああ、どうしよう。コーヒーを飲むときに手が震えませんように。王妃陛下はなにがお望みなんだろう？


階段をあがっていると、従者がやってきてわたしを出迎えた。

「王妃陛下がお待ちです」そう言ってわたしを案内していく。サンドリンガムは不規則に広がる大きな家で、わたしはいつも迷いそうになる。これまでほんの数回しか来たことがないが、そのたびに間違ったほうに曲がりそうになるのだ。

「王妃陛下は国王のモーニングルームにいらっしゃいます」従者が言った。

「国王陛下と一緒に？」ジョージ国王陛下はわたしを可愛がってくれているようだけれど、

わたしは国王陛下が怖いので、あれこれ尋ねられたくはなかった。国王陛下はいつも、鮮やかな青い目を輝かせながら、わたしを〝可愛いジョージー〟と呼ぶ。

「いえ、違います。国王陛下は狩りに行かれるようです。王妃陛下はあまり賛成されていないようですが」

わたしは通り過ぎざま、メインの応接室をのぞきこんだ。サンドリンガムは国の所有物ではなく国王陛下の持ち物なので、宮殿ではなく自宅なのだが、それでもかなり広い。たくさんの木の羽目板に大きな肖像画や絵画。金箔やペンキ塗りの天井や巨大な暖炉。けれどわたしが案内された部屋は、王家の基準からするとこぢんまりしていて、居心地のいいものだった。羽目板張りの壁に、暖炉の前には虎の毛皮——明らかに男性の部屋だ。大きすぎる革張りの肘掛け椅子に座った王妃陛下は、小さくて場違いに見えたけれど、わたしを見ると美しい笑みを浮かべて手を差し出した。わたしはその手を取り、膝を曲げてお辞儀をし、陛下の頬にキスをした。なにひとつドジをすることなく。わたしもようやく大人になったみたいだ。

「あなたに会えてうれしいですよ、ジョージアナ。それにとても元気そうね。結婚生活はあなたに合っていたのね。ジョージと結婚したあと、わたくしがどれほど幸せだったかを思い出しますよ。それにパーティとエリザベスを見てごらんなさい。本当にお似合い。とても幸せですよ。彼女のような人を見つけられて、あの子は本当に幸せ者だこと。彼女がいなかったら、どうなっていたことか。さあ、お座りなさい」王妃陛下は暖炉の反対側にある椅子を示した。

「ここを選んだのは一番暖かい部屋だからなのですよ。使用人が、メインのモーニングルームでうまく火を焚けなかったのです。薪がよくなかったのでしょうね。煙がひどかったので、そこを使うのはやめました。それに国王陛下は狩りに行かれたし。本当にばかげているでしょう？　胸が悪いのに雪の日に出かけるなんて」王妃陛下は身震いした。「行かないでとお願いしたら、陛下がなんて言ったと思います？〝これが最後のチャンスだったら、どうする、メイ？〟と言ったのですよ。〝これが最後のクリスマスだったら？　わたしの最後の楽しみを奪うのかい？〟

そんな言い方はやめてくださいとお願いしました。きっとよくなるし、これから何年も生きるのだからと。生きなくてはいけませんと言ったのです。あの愚かな息子がアメリカ女に飽きるまではと。〝あるいは彼女が飽きるまで〟というのが陛下のお返事でした」

結局、これはただの表敬訪問で、重要な打ち明け話をするためではなかったのかもしれないとわたしは思い始めていた。

「コーヒーを飲みますか？」王妃陛下が訊いた。

「はい、いただきます」大きな肘掛け椅子に飲みこまれそうな気がしていたので、わたしは慎重に座り直した。「それでは、今日は狩りが行われるのですね？」

「公式のものではありません。陛下はいろいろと手配をしてくれた男性――どこかの少佐でした――とデイヴィッド王子と一緒に出かけました。デイヴィッドは気が進まなかったようですが、いまは父親に合わせるのが務めだと言い聞かせました。もちろんあの子は、彼女といるほうがいいのでしょう」王妃陛下は嫌悪感も露わに言った。

驚きを隠そうとしているわたしに、王妃陛下は悲しげな笑みを向けた。

「ええ、わたくしはすべて知っていますよ。ここは小さなコミュニティです。わたくしたちが気づかないことはなにひとつありません。わたくしの息子が自分の愛人をそばに置いておけるように、わたくしの古い友人のところに彼女を滞在させているのですよね」王妃陛下はいらだったようにため息をついた。「あなたはあのシンプソンという女を知っているのですよね、ジョージアナ？」

「何度か会ったことはありますが、よく知っているとは言えません。ミセス・シンプソンは取り繕ったうわべだけを人に見せているのだと思います」

「鋭い視点ですね。確かに彼女はもろい殻のように見えますね。殻を割れば粉々になって、なかにはなにもないことがわかるのでしょう」王妃陛下は言葉を切った。「ですがわたくしが心配しているのは、ジョージアナ、彼女の離婚が成立した暁には、デイヴィッドは本当に彼女と結婚するつもりなのではないかということなのです。あの女はいつの日か王妃になることを夢見ているに違いありません」

「議会が許すはずがありません、王妃陛下」

「わたしもそう思います。ですが息子はすっかりのぼせあがっていて、国王の座につけば法律など無視できると考えているのです」王妃陛下はまたため息をついた。「どうして、ああ、どうしてバーティが長男じゃなかったのかしら？　確かに人前で話すのが苦手だし、体はあまり丈夫ではないけれど、どこまでも真面目ないい子なのに。それに妻は頼りになる人ですよ。あのシンプソンという女が彼女を笑いものにしているのを知っていますか？」

「はい、見たことがあります」

王妃陛下は身を乗り出した。

「あの女は彼女を見くびっていますね。エリザベスは穏やかで優しく見えるけれど、実は鉄の意志と強固な義務感を持っているのです。あの女は警戒したほうがいいでしょうね」王妃陛下はまっすぐわたしの目を見つめた。王家の人間の多くと同じく、射貫くような澄んだ青い目だ。「ウィンダムでは注意していてくださいね、ジョージー。もしあの女が――」コーヒーとビスケットが運ばれてきたので王妃陛下は口をつぐんだ。ふたつのカップにコーヒーが注がれる。

「それではあなたは以前からレディ・アイガースを知っていたのですか？」メイドがまだ部屋にいたので、王妃陛下が訊いた。

「一度も会ったことはありませんでしたが、ダーシーの伯母なので」わたしは答えた。

「いい人ですよ。これまではあまり幸せな人生ではなかったのです。夫は恥知らずでしたよ。ロディ・アイガース。彼女がまだ若くて世間知らずだったときに、親が嫁がせたのです。ハンサムな男でしたよ。颯爽としていましたしね。若い女の子が夢中になるようなタイプの男性でした。けれど彼女はすぐに、夫が女と見れば手を出さずにいられないことを知ったのです」

「それでは、夫がいなくなったいまのほうが幸せなんですか？」

「ある意味ではそうでしょうね。ですが、新しい伯爵から追い出されたいまは、まったくお金がないと言っていいでしょう。だからこそわたくしは王室の家を無料で貸しているのです。彼女が近くにいると思うと、気持ちが安らぎますしね。彼女がわたくしの女官だった頃は、いい友人だったのですよ。息子のジョンを亡くした頃でした。だれにとっても辛いことでした。彼女はわたくしの癒やしでしたよ。それにもちろん、彼女にとっても夫から離れて宮殿にいられるのは都合がよかったでしょうしね」

わたしはコーヒーを飲み、ビスケットをかじりながら、話はこれで終わりだろうかと考えていた。王妃陛下がぴりぴりしていることには気づいていた。いつもならしゃんと背筋を伸ばして座っているのに、そわそわしている。王家の方々にこちらから話しかけるのは礼儀から外れていることは知っていた。質問をするのは、常に王家の方々のほうだ。大きな椅子の上で苦労しながら、わたしは浅く座り直した。

「そろそろおいとまして、飾りつけのために草木を集める手伝いをしに行こうと思います」わたしは言った。「これ以上、お話がないようでしたら」

「ええ、ええ、もちろんですとも。帰ってくれていいのですよ」

わたしはあえて禁を破った。「なにかあったのですか、王妃陛下？　無作法だと思われたら申し訳ありませんが、陛下はどこか――落ち着かないように見えます」

王妃陛下はサイドテーブルにコーヒーカップをきちんと置くと、膝の上で両手を組んだ。

「わたくしが考えすぎなのかもしれません、ジョージアナ。国王陛下のことを心配するあまり、神経が過敏になっているのかもしれませんが、なにかおかしいという気がしてならないのです」

「おかしい？　なにがですか？」

王妃陛下はさらに身を乗り出した。

「去年のクリスマスに起きたことを聞いていますか？　ボクシング・デイの狩りの参加者のひとりが、馬から落ちて首の骨を折ったのです」

「聞いています。不運でしたね」

「あれは不運ではありません。わたくしは、あれは意図的なことだったという結論に達したのです」

わたしは驚いて王妃陛下の顔を見た。

「ですが、その男性は乗馬の初心者で、柵を飛び越えようとするべきではなかったと聞いています」

王妃陛下はいらだたしげに首を振った。

「そのかわいそうな少年の話をしているのではありません。彼は最低限の乗馬の技術しか持ち合わせていないのですから、狩りに来るべきではなかったのです。いいえ、わたくしが言っているのは、ジェレミーのことです。ジェレミー・ヘイスティングス。息子の侍従です」

「一度の狩りでふたりが死んだんですか？」わたしはぞっとした。

「そうなのです。本当に恐ろしい出来事でした。少年のほうは不運だったのでしょう。落馬して、踏まれてしまった。けれどジェレミーは優れた乗り手でしたし、ポロも上手でした。狩りの最中に落馬するなんて考えられません。岩の上に落ちるような場所で、なにかがあるいは何者かが彼を馬から突き落としたのだと、わたくしは考えています」

「証拠はあるんですか？　だれかがなにかを見たんですか？」

王妃陛下は首を振った。「単なる勘にすぎません。ですが、わたくしは自分の直感の鋭さには自信があるのです」陛下は手を伸ばして、わたしの手に重ねた。「ジョージアナ、あなたは悪の存在を信じますか？」

「ええ、はい、信じていると思います」わたしはしどろもどろで答えた。考えてみた。これまで何人もの殺人者と出会ってきた。なかには人の命をなんとも思わない、疑いようもなく邪悪な人間もいた。けれどそれ以外は、我慢の限界を超えて、殺人だけが唯一の逃げ道となってしまった、悪というよりは痛ましい人たちだった。

「いま、わたくしたちのまわりに悪の存在を感じているのです」王妃陛下はあたりを見まわし、声が聞こえるところにだれもいないことを確かめた。「説明はできません。ちょっとしたいくつかの出来事のせいで、またなにか恐ろしいことが起きる気がするというだけです」

「どんな出来事ですか？」

「どれもささいな事故なのです――通路が崩れて、だれかが湖に落ちたとか、石の階段から転げ落ちたとか。説明のつくことばかりなのですが、でも……」

「それは事故ではなかったと王妃陛下は感じておられるんですね？」

「そうなのです。だからこそあなたが来てくれてうれしく思っているのですよ。息子のデイヴィッドが――」

だれかが部屋に入ってきたので、王妃陛下は言葉を切った。ニッカーズとツイードの狩猟用ジャケットを着たデイヴィッド王子その人だった。つかつかと母親に近づいていく。

「デイヴィッド、こんなふうにいきなり入ってくるものではありません」王妃陛下は怒って彼を見た。「来客があるのがわからないのですか？」

「え？　ああ、すみません」彼はそのとき初めてわたしに気づいたらしかった。「やあ、ジョージー。邪魔をするつもりはなかったんだ」

「どうしてこんなに早く帰ってきたのです？」王妃陛下が訊いた。「お父さまになにかあったのではないでしょうね？　具合が悪くなったとか？　無事ですか？」

「父上なら元気ですよ。ぴんぴんしている。とても楽しんでいましたよ。わたしだってそうだ。どこかの間抜けにキジと間違えられるまでは」

「それはいったいどういう意味です？」

「背後で散弾銃を撃つ音が聞こえたときは、父上だと思ったんですよ。そうしたら直後になにかが耳の脇をひゅんと通り過ぎていき、なにかが肩をかすめ、別の小さな弾丸が帽子の縁にめりこんだんです」

「デイヴィッド！　大変じゃないの。だれがそんなことを？」

「それが一番いまいましいところなんですよ。父さんと少佐はふたりとも、わたしと一直線上に立っていた。猟場番人とビーター（狩りに同行し、仕留めやすい場所へと獲物を導く役目を担う）たちはふたりのうしろにいましたが、仮に発砲してもわたしに当たるような位置ではなかったんです。そもそも、銃を持っていた人たちは、父さんと少佐のために弾を装塡するので手一杯だった」

「あなたはお父さまたちと一緒ではなかったの？」

「一緒でしたよ。でも、少し退屈になってしまったんです。キジときたら、雪みたいに空から次々に落ちてくるんですからね。簡単すぎて。それでわたしはしばらく休憩しようと思ったら、そういうことになったんです。けっこうな茂みだったんですよ、シャクナゲの。わたしは急いで戻り、全員で探したんですが、だれも見つかりませんでした」

「雪に足跡は？」わたしは尋ねた。

わたしがいることを忘れていたかのように、デイヴィッド王子はこちらを見た。

「いい着眼点だね、ジョージー。問題は、わたしたちはそちらの方向からやってきたということなんだ。地面はわたしたちと犬の足跡だらけだった」

「それで、あなたはどう考えているのです？　何者かがあなたを狙って撃ったと？」わたしは王妃陛下の顔に恐怖を見て取った。

「それは考えにくいですよ。私有地は柵で囲われているし、大勢の使用人もいる。なにより、わたしを始末したいのなら、フォート・ベルヴェデーレに行くまで待てばいいんじゃありませんか？　あそこではわたしはひとりになることが多い。格好の標的ですよ」

「それなら、どういうことだと思うのです？」

「だれかが都合の悪いときに密猟をしていたんだと思います。クリスマスにキジを仕留めたかったのかもしれませんね。でも自分の銃の威力に気づいていなかった」

「お父さまはまだ狩りをしているのですか？」メアリ王妃陛下が立ったので、当然ながらわたしも立ちあがった。

「いえ、そういう状況でしたから、家に連れ帰るべきだろうと少佐が考えたんです。万一ということがありますから。警察の番犬が一帯を調べていますが、なにも見つからないと思います。姿をくらますのは簡単ですよ」

「わたくしは、国王陛下のところに行かなくては」王妃陛下が言った。「さぞ動揺しておられるでしょうからね」

「ばかなことを言わないでくださいよ、母上」デイヴィッド王子が言った。「だれかがわたしを始末して弟が跡継ぎになれば、父上は大喜びするだけです。ひょっとしたら、父上自身が今回のことを仕組んだのかもしれない」

彼は笑った。メアリ王妃は彼をにらみつけた。

「なんという卑劣なことを言うのですか、デイヴィッド。わたくしはあなたのお父さまのお世話をしますから、あなたは着替えていらっしゃい」王妃はわたしに向き直った。「ジョージアナ、申し訳ないけれどこれで失礼しますよ。ウィンダムまで送る必要がありますか？」

「いえ、大丈夫です、王妃陛下。自分の車で来ていますから」わたしは言った。「大変でしたね、サー」

「事故は起きるものだよ」

王妃陛下は訳知り顔でわたしを見てから、先に立って部屋を出ていった。

ああ、なんてこと。今度は女主人がいなくなった。あの恐ろしいクリスマスの再来でないことを願うばかり。

一二月二四日
サンドリンガム・ハウスから戻る途中

玄関で従僕がわたしを見送るために待っていた。まだ雪が降り続いていたので、彼は傘をわたしに差しかけながら車まで歩いていき、ドアを開けてくれた。

「失礼かもしれませんが、メリー・クリスマス、マイ・レディ」

わたしは笑顔で応じた。「失礼なんかじゃないわ。あなたもいいクリスマスを」

「クリスマスのことを考えられないくらい大変なんですよ」彼は打ち明けた。「ご家族全員がいらっしゃるとかなり混乱しますし、国王陛下のスピーチもありますしね。ですが、ボクシング・デイには家に帰って、家族に会えるはずなんです。キングズ・リンにいるんです」

しばらく寒いところに止めてあったので、エンジンがかかったときにはほっとした。雪は降り続いていて、さっきよりも激しくなっている。王女たちと家庭教師の姿は見当たらなかったが、雪がやめばあとで雪だるまを作れるだろう。来るときのタイヤのあとは雪で消されているところが多かったし、道路がどこなのかを見極めるのは難しかった。そのうえ、ワイパーに押しさげられた雪がフロントガラスに積もっていく。わたしはひたすら前方だけを見つめていたので、木のあいだから出てきた人影に気づかなかった。毛糸の帽子をかぶり、スカーフを巻いているせいで、顔は見えない。

わたしは息を吞み、急ブレーキを踏んだ。タイヤが雪の上でスリップするのがわかった。わたしは必死でハンドルを操作し、その人影は飛びのくようにして逃げた。車はがたがた揺れながら進み、木にぶつかる寸前で止まった。わたしは息を荒らげながら、窓を開けた。

「本当にごめんなさい。だれかがいるなんて思わなくて。大丈夫ですか？」

「ええ、大丈夫」その人物が答えた。「びっくりしましたけど」顔を覆っていたウールのスカーフをはずしたので、ミス・ショートだということがわかった。「車が溝にはまっていないといいですけれど」

「本当にね。試しにバックしてみるわ」

わたしはギアをバックに入れた。幸いなことに車はがくがく揺れながらも動いてくれて、やがてタイヤの下が滑らかな地面になったのが感じられた。「よかった」わたしは言った。「家まで乗っていきますか？　それとも草木を探している途中なのかしら？」

てっきり彼女は草木を集めている最中なのだと思ったのだが、その手にはなにもないことに気づいた。

「そうだったんですけれど、いまはレディ・アイガースを探しているんです。見かけませんでしたか？」

「わたしはサンドリンガムで王妃陛下にお会いしていたの。そこからここまでのあいだ、だれも見かけなかったわ」

「ああ、どうしましょう。無事だといいんですけれど」ミス・ショートが言った。「探しても見つからないし、大声で呼んでも返事がなかったんです」

「犬はどうしたの？　連れていたんじゃなかったの？」

彼女は首を振った。「犬は置いてきたんです。近くで狩りをしているのなら、そのほうがいいだろうとレディ・アイガースが言ったので。弾が当たるようなところに走っていったり、とんでもないときに鳥を脅かしたりするわけにはいきませんから。ああ、どうしましょう。犬を連れてきていれば、レディ・アイガースのそばを離れなかったでしょうに。とてもなついているんですよ。守らなきゃいけないって考えているみたいで」

「きっと無事ですよ」わたしはそう言いながらも、メアリ王妃の言葉を思い出していた。

「一緒に車で帰りましょう。彼女が先に戻っているかもしれないわ。もし戻っていなかったら、犬を連れて捜しにいけばいい」

「それが一番いいかもしれませんね」ミス・ショートは助手席のドアを開けて、乗りこんだ。

「なかなか順調で、ヒイラギとツタはいくつかのかごがいっぱいになるくらい集まったし、ヤドリギまで見つかったんです。でも雪がひどくなってきたし寒かったので、帰ることにしたんですが、そのときになってレディ・アイガースがいないことに気づいたんです。それで手分けして捜そうということになって」

わたしはギアをローに入れ、そろそろと車を発進させた。

「レディ・アイガースのコンパニオンになって長いんですか？」しばらく無言のまま車を走らせたところで、わたしは尋ねた。彼女は窓の外に目を凝らしている。

「ええ、もうずいぶんになります。伯爵が事故死なさったときもいましたよ」

「事故死？　心臓発作とかスペイン風邪で亡くなったんじゃなかったんですか？」

「違いますよ。荒れ地で落石にあったんです。レディ・アイガースにとってはひどいショックでしたよ」

「ほっとしたのではなく？　彼は女癖が悪かったたって聞いていますけれど」

「まあ、そうでしたね」厳しい口調だった。「レディ・アイガースを大事にしていたとは言えませんけれど、それでも彼女は彼女なりに伯爵が好きだったんですよ。それにもちろん、伯爵が亡くなれば、愛するものすべてを残して家を出なきゃいけなくなりますからね。あとを継いだあのろくでなしは、彼女のお気に入りの家具さえ持ち出させてくれなかったんですよ。いま使っているのは、ロッジに元からあったものか、地元のリサイクルショップで買ったものばかりです。とても辛いことでしたけれど、彼女は立派に立ち向かっています。本当に頼りになる人ですよ」

わたしは気づかれないように横目で彼女を見た。レディ・アイガースはミス・ショートをあまり大事にしているとは思えなかったけれど、ミス・ショートのほうは彼女を熱烈に賛辞している。彼女は何歳なのだろうと考えた。顔は年齢不詳だが、おかっぱに切った髪には白いものが混じっている。

「レディ・アイガースのところに来る前は、なにをしていたんですか？」

「小さなティーショップをやっていたんです」そう言ったときの彼女の顔つきは、それまでとまったく違っていた。「とてもかわいらしい店でした。父が遺してくれたお金をつぎ込んだんです。ハロウゲートにありました。とてもきれいで洗練された村でしたよ。しばらくはうまくいっていたんですが、ゼネストが起きて、失業する人が増えて、お店がまわらなくなってしまいました。家賃の支払いが滞って、店を閉めなくてはならなくなったんです。ショックでした。店の上にある小さな部屋で暮らしていましたから、住むところもなくなってしまったんです。そんなときコンパニオン募集の広告を見て、神さまの思し召しのような気がしましたよ。もちろん、理想的な暮らしとは言えません――お客さまがいらしたとき以外は、寂しいですし。たくさんの友だちを作る機会もなくて、わたしはなんていうかどっちつかずなんです。わたしの言いたいこと、わかってもらえるでしょうか？」

想像はついた。「使用人ではないけれど、レディ・アイガースと同じ階級でもないということ？」

「そうなんです。お客さまがいらして話に加わりたくなっても、わたしの言うことなんてだれも興味はないって自分に言い聞かせなくてはなりません。でもレディ・アイガースとふたりきりのときは、カナスタ（トランプのゲームの一種）やクロスワードをして、とても楽しく過ごせるんです」

言うべき言葉が見つからなかった。わたしもまた、望まれない人間として兄の家で暮らしていたことがある。いい気分でなかったことは確かだ。

木立の合間に家が見えてきた。前庭に立っている人たちがいて、そのなかにダーシーがいた。

「彼女は見つかったの？」わたしは車から降りながら訊いた。

ダーシーが近づいてきた。「まだだ。どこへ行ったのか、さっぱりわからないんだよ。ぼくたちはそれぞれ違う方向で草木を探していたんだが、子供たちが寒がり始めて、雪が激しくなってきたところで、だれかがもう充分だと言ったんで、帰ることにしたんだ。レディ・アイガースはどこだとミス・ショートが訊いたのが、そのときだ。だれもしばらく前から彼女を見ていないことがわかった。それでぼくたちは彼女を呼びながら捜したが、見つからないので帰ってきた。彼女が行けるような場所は思いつかないんだが」

「転んだり、ウサギの穴かなにかに足を取られたりしたんじゃないといいんだけれど」

「だがそれなら、ぼくたちの呼ぶ声に気づいて、返事をするはずだろう？」

「そうね。これからどうするの？」

「ビンキーとぼくは、もう一度捜しに行こうと思う。フィグと少佐の奥さんは寒がっているからね。子供たちも」

「わたしも行きます」ミス・ショートがベントレーから降りて近づいてきた。「わたしも加えてください」

「犬を連れていくべきだろうか？」ビンキーが訊いた。「犬なら彼女を見つけられるだろう」

「狩りの最中だったら、弾の飛んでいるところに犬が飛び出したら大変です」ミス・ショートが不安そうにあたりを見まわした。

「終わっていると思うわ」わたしは言った。「国王陛下が帰っていらっしゃったから」ふと、懸念が頭をもたげた。「まさか、狩りをしているあたりに入ってしまったということはないわよね？」

「そんなばかなことはしませんよ」ミス・ショートが言った。「このあたりのことはだれよりも詳しいんです。どこで狩りをしているかはわかっているはずです」

「雪で方角がわからなくなったのかもしれない」わたしは言った。

「ああ、神さま。彼女の身になにも起きていないといいんですけれど」ミス・ショートは泣き出しそうな声で言った。

「車で行きましょう。そのほうが広く捜せるわ」

ダーシーとビンキーが前の座席に、ミス・ショートとわたしは後部座席に座った。ミス・ショートが突然木立のあいだから飛び出してきた地点まで、車を進めた。そこで車を降り、林まで彼女の足跡をたどっていく――とりあえず三人はそうしたが、それでなくても足は濡れて冷たくなっていたので、わたしは車の近くから離れなかった。三〇分ほどそのあたりを捜したものの、これ以上は無駄だとわたしたちは悟った。たくさんの足跡が入り乱れていたし、雪がどんどん降り積もっている。人の気配はまったくなかった。わたしたちは車に戻った。

「サンドリンガムまで車で行って、彼女を捜すためにビーターと犬を貸してもらえるように頼んでみよう」ビンキーが言った。「彼らならこのあたりをよく知っているからね」

「まだ狩りの最中なんじゃないか？」ダーシーが訊いた。

「狩りは終わったって言ったでしょう？　国王陛下が帰っていらしたの」何者かがデイヴィッド王子に向かって発砲した話はしたくなかったので、わたしはそれだけ言った。

「そういうことなら、いい考えだと思うよ」ダーシーが言い、わたしたちはサンドリンガム・ハウスに向かって出発した。

わたしは震えていた。ツイードのズボンとウェリントン・ブーツではなく、よそ行きの服にパンプスという格好だったため寒かったこともあるが、ひどく不安だったせいだ。犬を連れていったら、いったいなにが見つかるだろう？　わたしは、雪の上に横たわる血まみれの死体のイメージを頭から追い出そうとした。デヴォンシャーでのクリスマスの記憶が蘇ってきた――あまりに多くの人が死んで、わたしもその仲間入りをするところだったあの恐ろしいクリスマス。どうして、ああ、どうして、ここに来ることにしたんだろう？　ビンキーの子供たちとお母さまとおじいちゃんと一緒に、家で静かなクリスマスを過ごすこともできたのに。それなのに、また王家の陰謀に巻き込まれ、その同じ日に女主人がいなくなった。楽しい休暇とはとても言えない。

「きみが行って頼んできてくれないか、ジョージー」ダーシーが言った。「あそこの人たちと親しいのはきみだ」

えっ、と思ったけれど、声には出さなかった。いまは陛下たちの邪魔をすべきではない。けれど、地所の管理人に会えば、彼が手配をしてくれるだろうと考え直した。わたしが車を降りたちょうどそのとき、食べものの入ったかごを持った人間が家の横手から現れた。そちらに目を向けると、驚いたことにそれはレディ・アイガースだった。

「あら、あなたたち」彼女が言った。「素晴らしいタイミングだこと。車で家まで送ってほしいと、猟場番人に頼もうとしていたところだったんですよ。あなたたちに乗せてもらえば大丈夫ね」

ミス・ショートが窓を開けた。「いったいここでなにをしているんですか？」怒った声をあげる。「わたしたち、ものすごく心配したんですよ。この寒さのなか、みんなであなたを捜し回ったんですよ」

「まあ。本当にごめんなさい」レディ・アイガースが応じた。「心配するとは思わなかったわ。以前見つけたヒイラギの生えている場所まで行くつもりだったんですけれど、いつのまにか通り過ぎてしまっていて、そうしたら突然、目の前に空からキジが降ってきたんですよ。

しばらく待ってみたけれど、犬がこないから、これを無駄にしてはいけないと思ったの。それでキジを拾いあげて、弾が飛んできた方向に向かったんです」レディ・アイガースはうしろのドアを開け、ミス・ショートが真ん中に体をずらすと、空いたところに座ってかごを膝にのせた。「わたしの居場所を少佐から聞きませんでした？　わたしを見ているのに」

「ぼくたちがあなたを捜しに出たとき、少佐はまだ戻ってなかったんです」ダーシーが言った。

レディ・アイガースは眉間にしわを寄せた。「妙ですね。確かに帰ったはずなのに。狩りはしばらく前に終わっていたんです。ちょっとした事件のあとで」

「どんな事件ですか？」ダーシーの口調が不意に険しくなった。

「ええ、それなんですよ」レディ・アイガースは身を乗り出し、ビンキーとダーシーのあいだに顔を突っ込むような姿勢になった。「わたしが着いたときは、混乱状態でしたよ。デイヴィッド王子は運がよかったんです。だれかが王子に向かって発砲したんです」

「だれかがデイヴィッド王子に向かって発砲した？」ダーシーが鋭い口調で訊き返した。

「怪我をしたんですか？」

「大丈夫だったみたいですよ」

「だれの仕業かわかったんですか？」ダーシーの声は険しいままだ。

レディ・アイガースは肩をすくめた。「狩りのグループの人間ではなかったようですね。少なくとも、だれも名乗り出る人間はいませんでした。密猟者ではないかという話になつていましたよ。わたしは国王陛下ではないかと考えていますけれど」

「国王陛下？　自分の息子を撃ったというんですか？」ビンキーがおののいて訊いた。

「いいえ、もちろんわざとではありませんとも。でもここ最近、陛下の手が震えるようになっていますし、体も弱っておられますからね。引き金を引こうとしたときに、腕に力が入らなくなったのかもしれない。とにかく、一番動揺されていたのが国王陛下でしたね。なのでわたしが家まで付き添ったんですよ。ああいうときに、男というのは役にたちませんね。ふさわしい言葉というものがわかっていないんですよ。もちろん、ここにいる人たちは別ですよ。それでわたしは国王陛下を王妃陛下のところまで、きちんとお連れしたんです」彼女は称賛の言葉を期待するように、わたしたちの顔を眺めた。「みなさん、とても感謝してくださって、わたしたちの食卓に添えるためにキジを持たせてくれたんですよ。素晴らしいでしょう？」

「驚きましたよ」ダーシーが言った。「アーミントルード伯母さん――どうして伯母さんの身にはこういうことが降りかかるんです？」

「そういう血筋なんですよ、ダーシー。知らなかったの？　わたしたちはこういうことが降りかかる一族なんですよ」

それを聞いてわたしは、あの悲惨なクリスマスの女主人だったレディ・ホース＝ゴーズリーもまた、ダーシーの叔母だったことを思い出した。レディ・アイガースの言葉が頭のなかで反響している。ダーシーはこういうことが降りかかる一族のひとりなのだ。

車はウィンダム・ホールの外に止まり、ほかの人たちは家のなかへと入っていった。キジの入ったかごはビンキーが抱えている。ダーシーがわたしの腕をつかんで、自分のほうに引き寄せた。「きみは聞いていたの？　何者かがデイヴィッド王子を撃ったという話を？」

「ちょうどその場に居合わせたの。王妃陛下とわたしがいるところに、デイヴィッド王子がいきなり入ってきたのよ。彼は怒っていたけれど、王妃陛下はひどく動揺して、心配なさっていたわ。だれかのばかな不注意だってデイヴィッドは考えていたけれど、王妃陛下は確信が持てなかったみたい。心配していらしたわ」

ダーシーの顔は険しい。「それじゃあ、弾丸ではなくて、散弾銃のペレットだったんだね？」

「ええ。ひとつは彼の肩をかすめて、ひとつが帽子の縁に刺さったんですって。丈夫な服を着ていたのが幸いだったわ。そうでなければ、もっと大変なことになっていたかもしれない」

ダーシーはわたしの背後の裸の木の枝を見つめ、考えこんでいるようだった。

「事故だと考えるべきなんだろうな。もしくはばかげた悪ふざけか。もし何者かが本当に彼を傷つけるつもりなら、もっと強力なものを使ったはずだ」彼はまた言葉を切り、視線を泳がせながら考えている。「いいかい、ぼくは彼の侍従と話をしてくるよ。何本か電話をかける必要があるかもしれない。もしランチに間に合わなかったら、代わりに謝っておいてくれないか」

「なんて言えばいいかしら？」

「妻のために、直前になってクリスマスプレゼントを買いに行ったというのはどうだい？」

彼はあの人懐っこい笑みを浮かべると、わたしにキスをしてから車に乗りこんだ。

14

一二月二四日
ウィンダム・ホール　ノーフォーク

ようやく、少しだけクリスマスにふさわしい気分になれそうだ。ドラマはもうたくさん。わたしだって、楽しく過ごしたい。

わたしは寒さに震えながら、みじめな気分でシルクのブラウスから暖かいセーターに着替え、乾いた靴下と屋内用の靴を履いた。何時間も雪のなかを歩くような格好ではなかったし、そのうえ心配事が加わったせいで、気分が悪かった。これまでの人生でドラマは充分に味わってきた。いまはただ何事もなく事が運んでほしいだけだ。デイヴィッド王子の件は不運な事故であって、それ以上のものではないだろう。けれど、英国国王の継承者を殺すことを使命としている人たち――アイルランド統一主義者、ロシアの共産主義者、無政府主義者――がこの世には存在することを、思い出さずにはいられなかった。ダーシーもそういったことを考えているのは間違いない。けれど彼が指摘したとおり、その目的のためであれば鳥を撃つための散弾ではなく、普通の弾丸を使ったはずだ。散弾銃で人を殺すためには、至近距離から撃つ必要がある。数メートル離れると、弾は散らばってしまい、威力が落ちるからだ。やはり、あのペレットは狩猟グループのだれかが撃ったもので、事故だったに違いない。国王陛下の腕から不意に力が抜けて、銃を支えられなくなったというのが、一番いい釈明のように思えた。その場合、だれもそれを認めることはないだろう。

わたしは髪をとき、顔色が悪かったので薄く口紅と頬紅をつけると、もうすぐランチだろうと思いながら部屋を出た。たっぷりと朝食をとったにもかかわらず、空腹だった。午前中、ショックな出来事があったからだろう。少佐が廊下を歩いてくるのが見えた。ゆうべの彼の振る舞いを思い出してあわてて部屋に戻ろうとしたが、彼はわたしに気づくことなく自分の部屋に入っていった。わたしはそのまま進んで階段をおりた。応接室では、レディ・アイガースが犬たちを従えるようにして暖炉のそばに座っていた。わたしが入っていくと、犬たちは尻尾を振って歓迎してくれ、わたしが腰をおろすとすぐそばに座った。毛むくじゃらの頭が三つ、わたしの膝の上に並んだ。

「邪魔だったら、押しのければいいんですよ」レディ・アイガースが言った。

「いいえ、犬は大好きです。子供の頃から飼っていましたから。いまはいないので寂しいんです。自分たちの家があるので、飼いたいと思っています」

「イエロー・ラブラドールの雌のティリーが、子犬を産んだところなんですよ。欲しければ、一頭差しあげますよ」

「わお、うれしいです」二頭のゴールデン・レトリバーと一頭の黒ラブラドールの頭を撫でていたわたしは、顔をあげた。「ダーシーのクリスマスプレゼントに犬をあげるつもりなんですが、家に帰るまで待たなきゃいけないと思っていたんです。でもこれで、当日に彼を驚かせることができるわ」

「見たければ、庭師のコテージにいますよ。騒がしくないところで、庭師の妻が世話をしているんです。かわいいおチビちゃんたちですよ。たしか八頭いたはずだから、好きなものを選ぶといいわ」

「いますぐ見に行ってもいいですか？」わたしは訊いた。

「かまいませんとも。ランチはまだあと三〇分は始まらないと思いますよ」

わたしは立ちあがった。犬たちは期待に満ちてわたしを見あげたが、わたしは首を振った。

「あなたたちは連れていけないわ。新米ママの邪魔になってしまうもの」

わたしはコートを着てスカーフを巻き、今度はちゃんとウェリントン・ブーツに履き替えてから家を出て、野原のはずれにある小さなコテージまで歩いた。煙突から煙がたちのぼっているその小屋は、まるで絵本から飛び出てきたようだ。ノックをすると、庭師の妻が現れて、小さなクリスマスツリーと色紙の輪が飾られた、台所と居間がひとつになった小さな部屋に案内された。なにかを焼くおいしそうなにおいが漂っている。彼女はわたしにクリスマスの挨拶をしたあと、紅茶と焼きたてのジンジャーブレッドを勧めてきた。断るのは失礼なので紅茶はいただくことにしたが、もうすぐランチだと言ってジンジャーブレッドは遠慮した。子犬を一匹もらいたいと言うと、彼女は喜んだ。

「本当にかわいいんですよ。それに母犬ときたら——あんなに気立てのいい犬は見たことがありませんよ」彼女に連れられて食器洗い場に行くと、古い毛布の上で母犬が子犬に囲まれて横たわっていた。どれも本当に愛らしい。まだ小さくて、並んでお乳を飲んでいる。三頭は黒で残りの五頭は淡い金色だ。わたしは膝をついて、母犬の頭を撫でた。

「まだ一週間ほどは母犬から離せません」庭師の妻が言った。「でも年明けまでいらっしゃるなら、連れて帰ることができると思いますよ。気に入った子犬はいますか?」

「いまは選べないわ。まるでずらりと並んだ小さなソーセージみたい」

「本当ですね、マイ・レディ」彼女はいかにも楽しそうに笑った。

「明日、夫に見せるために一頭を連れていってもいいかしら? クリスマスプレゼントにしたいの」

「コートにくるんで暖かくしてやれば、大丈夫ですよ。男の子がいいですか? それとも女の子?」

「どちらでもいいわ」

「始終子犬の心配をしたくないなら、男の子がいいかもしれませんね。それと、近所の犬にまわりをうろちょろされたくなければ」

「あら、そうね。いい考えだわ」わたしたちは笑顔で見つめ合った。

「犬を見て大喜びするようなお子さんはいらっしゃるんですか？」

「まだなの。結婚したばかりなのよ。早くできるといいんだけれど」不安に思い始めていることが声に出ていないことを祈った。

「いまのうちに静かで平和な暮らしを楽しんでおくことですよ。うちは息子が四人なんです」

彼女は食器棚から一番上等のカップを出して、わたしのために紅茶をいれた。紅茶はわたしの好みより濃かったけれど、なにも言わずに飲んだ。彼女は、夫が明日のためにガチョウを仕留めに行っていることや、息子たちが妻を連れて帰ってくることを話してくれた。コテージをあとにしたときには、田舎の人たちがシンプルな暮らしをどれほど楽しんでいるか、そしてわたしたちが階級のようなくだらないことにどれほど重きを置いているかを思い知らされて、衝撃を受けていた。

家に戻ってみると、ダーシーのベントレーがちょうど止まったところだった。

「それじゃあ、ランチには間に合ったようだね。きみはどこに行っていたの？」彼が訊いた。

「えーと、ちょっとそのへんを散歩していたの。新鮮な空気が吸いたくて」

「ぼくのいかれた伯母のせいで、今日は充分に新鮮な空気を吸ったと思ったけれどね。寒くて死にそうだって言っていたじゃないか」

「暖かい服を着るまではね」わたしは応じた。彼に嘘をつくのはいやだったけれど、犬のことは秘密にしておきたかった。「いまはお腹がぺこぺこよ」わたしは彼と並んで玄関まで歩いた。「なにかわかった？」

「たいして。だれがうっかり発砲してしまったのかがわかったとしても、教えてくれるつもりはないようだ。だがこれだけは言える。だれもがびくびくしていたよ。去年の今頃、使用人がふたり死んだらしいんだ。馬屋番の少年のひとりは、地所の呪いだと言っていた」

「楽しい話だこと。ウィンダム・ホールは地所の一部なのかしら？」

「残念ながらそのようだ」ダーシーはにやりと笑った。「それで、少佐は帰ってきたの？」

「ええ。二階の廊下で見かけたわ。わたしには気づかなかったみたいで、そのまま自分の部屋に入っていった」

「興味深いね。サンドリンガムにいた人間の話では、彼は何時間も前に出ていったそうだ。あと片付けもせずにね。みんな不満そうだったよ」ダーシーは口ごもり、それから笑顔で言った。「近くのパブに一杯引っ掛けに行ったのかもしれないな」

「それとも、そこのウェイトレスに会いに行ったとか」

「どうしてそう思うんだい？」

「あの人は女にだらしないような気がするのよ」ゆうべの話はしたくなかったので、わたしはそれだけ言った。「それに彼の奥さんはずっと耐えてきたような顔をしているし」

「きみも遠からず、そんな顔になるんだろうな」ダーシーは笑ってわたしに腕をまわすと、建物のなかへといざなった。

応接室にはすでに人が集まっていた。シェリーが振る舞われている。わたしは自分でグラスに注いだ。焼きたてのソーセージロールとチーズ・ストローもあった。どちらもおいしい。両方ともクイーニーが作ったのだろうかと考えた。ペストリーは彼女の得意とするところだ。レッグ・ホーン少佐が部屋に入ってくると、妻が冷ややかな視線を向けた。彼は陽気すぎるように見えた。まるで芝居でもしているみたいだ。王子の事故――あれが事故であったとしたら――についても触れようとはしない。わたしは気がつけば、彼を観察していた。あの事故に彼が関わっている可能性はあるだろうか？　けれど、もしあるとしたら、彼がデイヴィッド王子を排除しようとする理由はなに？

そのとき、ミセス・シンプソンが部屋に入ってきた。足を止め、不機嫌そうに眉間にしわを寄せて、あたりを見回す。

「シェリーはいかが？」レディ・アイガースがトレイを示した。「ソーセージロールはいかがです？」

ミセス・シンプソンは大きくため息をついた。

「あなたたち英国人ときたら、いつになってもシェリーなのね。砂糖だらけなのに。あなたたちの歯が悪いのも無理ないわ」

「よろしければ、スコッチとソーダもありますよ」レディ・アイガースが愛想よく言った。

ミセス・シンプソンは首を振った。

「食事のときのワインまで待つわ。デイヴィッドが上等なものを送ってあるから」彼女は暖炉に近づき、肘掛け椅子に腰をおろした。「なんてわびしいところなのかしら。何キロも文化的なものがないのよ。こんなところに来るためにサンモリッツをあとにしてきたなんて。彼がママとパパとずっと過ごすことがわかっていたら、わたしはスイスに残ったのに」

女主人の前で口にするにはあまりにも失礼な台詞だったが、レディ・アイガースはさらりと受け流した。

「元気を出してくださいな。ランチのあとは、家とツリーの飾りつけをするんです。それに農家の子供たちが来て、クリスマスキャロルを歌ってくれますよ」

「まあ、うれしいこと」ミセス・シンプソンは少しもうれしくなさそうに言った。わたしは何百回目かに、デイヴィッド王子は彼女のどこに惹かれたのだろうと考えた。「彼が逃げられないことがわかっていたら、ドーチェスターにいたのに」

「まだ行く時間はあるわよ」母がにこやかに言った。「キングズ・リンから列車が出ているはずよ」

ミセス・シンプソンはきっと母をにらみつけた。

ミセス・シンプソンは、デイヴィッド王子が死にかけたことを聞いていないのだとわたしは気づいた。

「クリスマス期間中の王子の重要な義務は自分の家族といることだと、あなたはわかってあげなくてはいけない」ビンキーが言った。「とりわけ、国王陛下の具合がひどく悪いのだから」

「狩りに行けるくらい、具合が悪いのよね」彼女が言った。「かわいそうなデイヴィッドはさぞつらい思いをしているでしょうね。あのうっとうしい家族のそばを離れられず、わたしがどんなにひどい女なのかを延々と聞かされているんだわ。二〇歳のバージンの王女と結婚するべきだって。それにあのいまいましいクッキーは、わたしについて嘘ばかり彼に吹き込んでいるに違いないわ」

「クッキー？」レディ・アイガースが訊き返した。

ミセス・シンプソンは見くだすような薄ら笑いを浮かべた。

「ほら、あの丸ぽちゃのヨーク公爵夫人よ。バーティの妻。わたしが部屋に入っていくたびに、それはそれは非難めいた目つきをするんだから。それにもちろん、シャーリー・テンプルがいるわ。あの子は間違ったことなんてしないって、みんな思っているのよ」

「シャーリー・テンプル？」フィグが訊いた。「映画スターの？」

「上の王女のことよ」ミセス・シンプソンが答えた。「デイヴィッドがシャーリー・テンプルって呼んでいるの。あの子は非の打ちどころがなくて、頭のうしろから日が射しているって国王は考えているんだから。嫌な子供よ。わたしたちは下の子のほうがずっといいわ。少なくとも覇気がある。ひどく行儀が悪いとしてもね」

アメリカ人であるよそ者にわたしたちの王室を非難する権利はないと全員が考えているみたいに、気まずい沈黙が広がった。ヘスロップがやってきて「ランチのご用意ができました」と告げたときには、だれもが心から安堵した。

「今日は形式ばらずに、どこでも好きな場所に座ることにしましょう」

レディ・アイガースが言った。彼女がなにを考えているのか、わたしにはよくわかっていた。食堂に入っていく列のどこにミセス・シンプソンを並ばせるのかについて、言い争いを避けたいのだ。先頭なんてとんでもない。

15

クリスマスイブ
ウィンダム・ホール　ノーフォーク

楽しい午後だった。そうあってほしいと想像していたとおり。もうあれこれと恐ろしいことを考えるのはやめにしよう。

ランチは簡単なものだった——肉の入ったボリュームのあるスープと焼きリンゴ。寒い朝を過ごしたあとにはぴったりだ。コーヒーを飲み終えたところで、レディ・アイガースが立ちあがった。

「さあ、午後は飾りつけをしますよ。ダーシー、公爵と一緒にジェームズを探して、クリスマスツリーを運んできてくれるかしら？　食器洗い場のドアの外に置いてあるから」

「わかりました」ふたりはわたしたちに先立って部屋を出ていった。「あなたはツリーの飾りを取ってきてちょうだい、ショーティ」レディ・アイガースが言った。「屋根裏にありますからね。階段のすぐ脇ですよ。折り畳み式の階段をおろすときには気をつけるんですよ。びっくりすることが時々ありますからね」

「何度も腰を抜かしそうになりましたよ」ミス・ショートが言った。「でも、どうやって飛びのけばいいのか、学びましたからね」

「手伝いましょうか？」わたしは訊いた。このなかで一番若い女性がわたしだ。

「ご親切にありがとうございます、マイ・レディ」ミス・ショートが応じた。「でもひとりで大丈夫ですよ」

「お気遣いなく。箱をおろすのに人手が必要でしょう？」

「そうですね。それにあなたはとても背が高いし。わたしよりも高いところに手が届きますね」ミス・ショートはうれしそうに微笑んだ。わたしは彼女について階段をひとつのぼり、それから踏み板に絨毯(じゅうたん)が敷かれておらず、染みのある板のままの粗末な階段をさらにのぼった。廊下の先から子供の声がする。子供部屋にいるポッジとアディだろう。ふたりを連れてきて、飾りつけを手伝わせようと決めた。子供のころ、ツリーの飾りつけをした楽しい思い出がある。

　廊下の反対側は暗かった。ミス・ショートはそのなかほどで足を止め、天井を見あげた。

「そうそう、ここですよ」そう言うと、壁に立てかけてあった先にフックのついた棒を手に取った。「一緒に来てくれてよかったです、マイ・レディ。あの小さな輪っかに引っ掛けるには、わたしはうんと背伸びしなきゃならないんですよ」

彼女はわたしに棒を手渡すと、ロープの輪がついた天井の木のパネルを指さした。わたしは手を伸ばして、輪にフックを引っ掛けた。

「気をつけてくださいよ」彼女が注意した。「おろすのはわたしがやります。どういうふうになっているかは、わかっていますから。あなたは脇によけていてください」

ミス・ショートは棒をつかむと、ぐいっと引いた。けたたましい音と共に、階段がおりてきた。

「ほらね。引っ張りおろしたとき、下手なところに立っていたら大変ですよ」

彼女は先に立って、そろそろと一段ずつ階段をあがり、真っ暗な屋根裏へと入っていく。わたしは数段下で待った。

「ここには興味深いものがたくさんあるんですよ」彼女が言った。「まさに宝の山ですよ。花瓶、像、ランプ、鏡。もちろんわたしたちはここを借りているだけですから、どれも自分たちのものじゃありませんけれどね。ああ、〝クリスマスの飾り〟とラベルが貼ってある箱がありましたよ。けっこう重い。渡しても大丈夫ですか？」

わたしは彼女から箱を受け取り、階段をおりた。ミス・ショートもおりてきて、階段を持ちあげた。階段はばねの力で上まで跳ねあがり、彼女が落とし戸を棒で押して閉めた。

「さてと、これでいいですね」ミス・ショートは箱を持つと言い張り、階段をおりていく。わたしは子供部屋から甥と姪を連れてくるため、廊下を急いだ。これからなにをするかを話すと、ふたりは興奮して、アディはスキップで廊下を跳ねていった。

「お行儀よくして、触ってはいけないと言われたものは触らないようにするのよ」わたしはふたりと階段をおりながら言った。応接室に入っていくと、部屋の隅には、男性たちがすでに大きなクリスマスツリーを立てていた。

「あら、来たのね！」レディ・アイガースが手を叩き、いかにも楽しそうな口調で言った。「さあ、こっちにいらっしゃい、子供たち」見知らぬ大人たちでいっぱいの部屋に連れてこられた子供がだれでもそうなるように、ふたりはおずおずと前に出た。レディ・アイガースはテーブルの脇に膝をつき、飾りの包装をひとつひとつはいでいる。特別なプレゼントをもらった子供のような表情を浮かべていた。「以前の家から、お気に入りのクリスマスの飾りだけは持ってきたんですよ。あの卑劣なハロルドは、自分でなんとかすればいいんだわ。このなかには、とてもきれいなものがあるんです。世界大戦の前、両親が古き良き時代にヨーロッパをよく旅していたときに、ドイツで買ったものだと思うの」

飾りがひとつずつ、低いテーブルに並べられていく。確かに美しい――本当に澄んだ音が出る手吹きガラスの小さな楽器、木彫りの天使に木の枝を削ったろうそく立て。小さなベビーベッド、煙突掃除人やクリスマスツリーをかついだ男性やパンを持った女性を模した、民族衣装に身を包んだ小さなドイツの人形たち。

「まずは天辺に星の飾りをつけなきゃいけませんよね、ダーシー？」レディ・アイガースはそう言って、美しいガラスの星を彼に手渡した。ダーシーは梯子にのぼり、ツリーの天辺に星を飾った。

「次はライトね。あの美しい古いろうそく立てはもう使わないの。火事になる恐れがあるし、ライトで充分にきれいですもの。本物のろうそくはとてもいいものですけれどね」

ビンキーがストリングライトの一方の端をダーシーに渡し、ふたりはツリーにライトを巻きつけた。

「さあ、このあとは全員でやりますよ」レディ・アイガースが声をかけた。

わたしは前に出るようにと子供たちを促し、おかしな小さな人形や小さめのガラス玉を低い枝につけるのを手伝った。仕上げはモールだ。ライトのスイッチを入れると、集まった人たち全員が「わあ！」と声をあげた。アディは両手を叩きながら、ぴょんぴょん飛び跳ねている。

「いい子にしていたら、今夜はだれが来るんでしたっけ？」レディ・アイガースが尋ねた。

「サンタさん！」子供たちが声をそろえて答えた。

レディ・アイガースの顔を見ながら、彼女に子供がいないのは本当に残念なことだとわたしは考えていた。世の中には母親になるべき人がいる。それ以外の人たち――例えばフィグのような――は、まったくと言っていいほど子供に興味がない。わたしは子供が欲しくてたまらないほうだ。そのとき、もしダーシーの伯母のように子供を持てなかったらどうしようと、ふと考えた。まだ結婚してほんの数カ月よと、わたしは自分に言い聞かせた。

「さて、次は家の飾りつけをしましょうね。ジェームズ――食器洗い場に草木を置いてあるの。より糸も一緒に持ってきてちょうだい」

「承知しました、マイ・レディ」従僕が部屋を出て行った。

待っているあいだに部屋を見まわすと、全員が揃っているわけではないことがわかった。ミセス・シンプソンがいない。母もだ。ふたりとも、どんなものであれ、作業と名のつくものから逃げ出すすべを心得ている。草木の入った籠が運びこまれ、それから一時間、わたしたちはツタを手すりに絡ませ、暖炉や肖像画やドアの枠にヒイラギや艶やかな緑の葉を飾った。窓枠とテーブルには蠟燭を立て、最後に玄関ホールのシャンデリアからヤドリギの小枝を吊るした。

「ああ、いいですね。素晴らしいですよ、みなさん」レディ・アイガースが言った。「ご褒美にお茶にしてもいいんじゃないかしら？」彼女がベルを鳴らすと、ショートブレッドや小さなケーキと共に紅茶がカートで運ばれてきた。いつもながらの素晴らしいタイミングのよさで、母が現れた。

「部屋がとても素敵になったわね。いい出来だわ。どこもかしこも満点よ」母はそう言うと、ケーキをたっぷりと皿にのせた。

子供たちはお茶の時間を一緒に過ごすことが許され、わたしの隣で大きな椅子に腰をおろした。

「ジョージー叔母さん、サンタさんはぼくたちがおうちにいないことを知っていると思う？」ポッジの小さな顔には心配そうな表情が浮かんでいる。

フィグはビンキーに向かっていらだったようにため息をついた。「そろそろあの子に本当のことを教えるべきじゃないかしら？」わたしに聞こえる程度の小さな声だった。「学校に行くようになってもまだあんなばかなおとぎ話を信じていたら、笑い者にされるわ」

ビンキーは首を振った。「フィグ、きみは時々、本当に場をしらけさせるね。頼むから、あの子たちには子供時代をうんと楽しませてやってくれ。それでなくても、あっという間に過ぎ去ってしまうんだ」

わたしは自分の子供時代のことを思い返した。ラノク城は辺鄙なところにあって、たいていいつも人気（ひとけ）がなかった。休暇のあいだだけ学校から帰ってくる一〇歳年上のビンキー以外には、一緒に遊ぶ友だちもいなかった。幸い、わたしの子守はとても優しい人だったので、わたしが望むあいだはサンタクロースを信じさせてくれた。本当はそう認めるよりずっと早く真実には気づいていたのだけれど、彼女をがっかりさせたくなかったのだ！

執事がやってきて控えめに咳をしたとき、わたしたちはまだお茶を楽しんでいた。

「デイヴィッド王子です、マイ・レディ」その言葉に続いて、デイヴィッド王子が部屋に入ってきた。

「おやおや。素敵な部屋になったじゃないか。わたしがさっきまでいたわびしいところより、ずっといい」彼は部屋を見まわした。「ウォリスは？」

「昼寝をしているんじゃないかしら」レディ・アイガースが答えた。「だれかに彼女を起こしに行かせましょうか？」

「いや、けっこう。わたしが自分で起こしてきますよ。お気遣いなく。部屋はわかっていますから」

デイヴィッド王子が階段をあがりながら、彼女に呼びかけているのが聞こえた。

「ウォリス。起きるんだ。きみの王子が迎えに来たよ」

そこにいる人たちは顔を見合わせたが、だれもなにも言おうとはしなかった。これまでの歴史のなかで、王位継承者が女性の寝室に嬉々として向かったことは何度もあっただろうが、これほどあからさまに行われたことは一度もない。少佐とミセス・レッグ・ホーンは首を振って、天を仰いだ。

数分後、デイヴィッド王子が戻ってきた。「あとで来るそうだ。頭痛がするらしい」

「まあ、お気の毒に」レディ・アイガースが言った。「紅茶を運ばせましょうか？」

「いや、けっこうだ。放っておいてやってくれ。よくなっているようだから」彼はにやりと笑った。「本当は、今朝わたしが来なかったので、少しばかりすねているんだ。だが父上が狩りに行きたがったので、わたしも同行しなくてはならなかった」

「そして、見事なキジを仕留めたんですね、サー」レディ・アイガースが言った。

「ああ、そうだ。うまくいったよ」デイヴィッドは、自分が仕留められるところだったことには触れなかった。それどころか、ポッジとアディが父親のところに呼ばれると、彼はわたしの椅子の肘掛けに腰かけて言った。「今朝のことは黙っておいてほしい。ウォリスには聞かせたくないんだ。心配しがちなんでね」

「もちろんです、サー」

彼はわたしの肩を軽く叩いた。「きみは信頼できる人だね。それにいい男を選んだよ。きみの静かで落ち着いた暮らしをわたしがどれほどうらやんでいるか、きみには想像できないと思う。ウォリスと結婚しようと思ったら、ひどく厄介なことになるのはわかっているんだ」彼はそう言うと、世に知られたあの魅力的な笑顔を作った。「もちろん、国王になるまで待てば、わたしはどんなことでも好きなようにできるわけだけれどね、そうだろう？」

ようやく姿を見せたミセス・シンプソンは、青い顔をして具合が悪そうだった。わたしは席を譲った。デイヴィッド王子は、彼女の傍らで椅子の肘掛けに座った。

「デイヴィッド、煙草を取ってきてちょうだい」彼女が言った。

彼女のこんな振る舞いを初めて見る人たちは、傍目にもわかるほど息を呑んだ。彼を顎で使うだけでなく、人前で〝サー〟ではなく下の名前で呼んだのだ。史上最大として知られている帝国の継承者はあわてて立ちあがり、煙草を取りにいった。

「ディナーのための着替えをしなくていいのかね？」レッグ・ホーン少佐が尋ねたちょうどそのとき、玄関をノックする音がして、『かいばのおけで』を歌う子供たちの声が聞こえてきた。

「入ってもらってちょうだい」レディ・アイガースが言うと、寒さで頬を赤く染めた子供たちが、緊張した様子で恥ずかしそうに部屋に入ってきた。「大丈夫よ。さあ、歌ってちょうだい。あなたたちのキャロルを聞かせてね」レディ・アイガースが言った。

子供たちは足をもぞもぞさせながら互いに顔を見合わせていたが、やがて勇気のあるひとりが『ああベツレヘムよ』を歌い始めた。〝ベフレヘム〟になっていたけれど、とても可愛らしくて、ここにいる人たちはだれもが感動していたと思う。子供たちは続けて、『ウェンセスラスはよい王様』を歌い、そして最後を『おめでとうクリスマス』で締めくくった。レディ・アイガースが合図をすると、使用人がミンスパイとネズミの形をした砂糖菓子を運んできた。子供たちにひとつずつ配る。けれど子供たちはこの場の雰囲気に気おされていたのか食べるどころではなく、来たとき以上の速さで帰っていった。

「なんて可愛らしいのかしら」レディ・アイガースが言った。「毎年、来てくれるんですよ。クリスマス気分が高まると思いませんか？」

「あの子たちのなかに、感染病にかかっている子がいないといいんだけれど」フィグが言った。「端にいた男の子が洟(はな)を垂らしていたことに気づいた？」

「あの子たちは寒い外から入ってきたんだ。だれだって洟くらい垂らすよ」ビンキーが応じた。

ダーシーはわたしを見てウィンクをした。

「わたしは本当に素晴らしいと思いましたよ」ミセス・レッグ・ホーンが言った。「昔が懐かしくなりました」

「お子さんがいらっしゃるんですか？」ドリー・ハントリーが尋ねた。

「男の子がふたり。もうどちらも大きくなって、軍に入っています」ミセス・レッグ・ホーンは、これまで見たことがないほど生き生きとした様子で答えた。「どれほど見ても見飽きないと思っていました――幼稚園に通うようになって、七歳で寄宿学校に行ってしまうまで。あの頃わたしたちはあちらこちらを転々としていましたし、子供たちをインドに連れていくのは健全ではありませんからね」

「幼い子供を学校に預けてしまう英国の習慣は、わたしには理解できませんよ」ハントリー大佐が言った。

「でも、わたしたちには子供がいないじゃないの、ホーマー」ドリーは優しく告げた。「あなたも、子供を預けたくなったかもしれないわよ」

「ホーマー――興味深い名前だ」デイヴィッド王子がつぶやいた。「ご両親は古典学者だったんですか？」

「なんですって？」ハントリー大佐は当惑の表情を浮かべた。

「古典を研究する人ですよ。『イーリアス』を、ご存じないですか？」

ハントリー大佐は合点がいったようだ。「ああ、ホーマー。そういうことですか。いえ、わたしの父は野球ファンでした。わたしの名前はホームランにちなんでつけられたんですよ」そう言って、大声で笑った。わたしたちも笑い、そのおかげで明るい雰囲気になったところで、着替えのためにそれぞれ部屋に戻った。デイヴィッド王子は、子供たちが出ていって間もなく、これで失礼すると言った。

「残念だが、わたしは急いで帰らなくてはいけない」彼はレディ・アイガースに告げた。

「義理の務めがいろいろあってね。クリスマスイブの祝典は家族と一緒にいなくてはいけないのだよ。ツリーのキャンドルに火を灯すという作業もある——曾祖父母のプリンス・アルバートとヴィクトリア女王の代から伝えられてきたことなんだ」わたしはいつしかその場面を想像していた。〞わたしの家族〟と小さくつぶやく。わたしの曾祖母と曾祖父。それが、とても本当とは思えないときがあった。とりわけ、ひとりきりで、紅茶とトーストで命をつないでいたときには。曾祖母のことは恐ろしくて仕方がなかったけれど、一度は会ってみたかった。

「明日はどうなの?」ミセス・シンプソンが冷ややかに尋ねた。

デイヴィッド王子は顔を赤くした。「ああ、ええと、明日の予定は変えられない。伝統なんだよ。教会。ランチ。父のスピーチ。家族でのゲーム。ふたりの小さな姪たちをちやほやするんだ。残念ながら、逃げることはできない。従順な息子を演じる必要があるからね。母が罪悪感に訴えてきた——父にとって最後のクリスマスになるかもしれないし、父はクリスマスをいつも楽しみにしてきたから、ありったけの幸せを感じてもらえるかどうかは、わたしたち次第だと言われたよ」

デイヴィッド王子はわかってほしいと、訴えるようなまなざしをミセス・シンプソンに向けた。

「そういうことなら、スイスに残っていればよかったわ」ミセス・シンプソンは腹立たしげに応じた。「わたしと一緒にスキーをしたがる魅力的な男性は、たくさんいたでしょうからね」

「そんなことは言わないでくれないか、ウォリス。もうそれほど長くはかからないよ。わかっているだろう？」デイヴィッド王子は彼女の肩に触れてから、レディ・アイガースに歩み寄って握手をした。「彼女をお願いしますね」

「それじゃあ、ボクシング・デイにはいつもの狩りはないんですね？」彼女が尋ねた。

「残念ながらね。母は、興奮するようなことも外部の人間の訪問もできるだけ少なくしたがっているんだ。でも父の具合がよければ、何日かあとで狩りに行くかもしれない。ボクシング・デイには、わたしは早朝に馬に乗りに行くつもりだよ。狩りのときにいつも使う道をたどってみようかと思っているんだ」デイヴィッド王子は不意に向きを変えて、わたしに尋ねた。「そういうわけで、どうだい、ジョージー？　ダーシー、きみは？　朝の乗馬に行かないか？」

わたしが「ぜひ、行きたいわ」と言ったのと、「残念ですが、乗馬服を持ってきていないんですよ」とダーシーが答えたのが同時だった。

「あら、そういうことなら」言いかけたわたしの腕をダーシーが押さえた。

「きみは行って楽しんでくるといい。最後にちゃんと馬に乗ったのはいつだい？　馬はたくさんいるんですよね、サー？」

「もちろんだ。素晴らしい馬がそろっているよ。ほかに行きたい人は？」

「もしよければ……」ビンキーが口を開いた。

フィグがそれを遮った。

「子供たちはあなたがいるものだと思っているのよ。ボクシング・デイなんですから。あの子たちがあなたと遊べる機会がどれほどあると思っているの？」

ビンキーは顔を赤くして、それ以上なにも言おうとしなかった。

「わたしが参加させてもらいます」少佐が言った。

「レギー、最後に馬に乗ってからどれくらいになると思うの？　ちゃんとした乗馬ということよ。乗馬道を軽く走るだけじゃなくて。あなたはもう昔のように元気なわけじゃないんだから」

「ばかなことを。わたしはすこぶる元気だ。去年も狩りに参加したじゃないか」

「それなら、去年のあのかわいそうな人のように落馬しても、わたしは知りませんからね。あなたのお葬式の手配なんてごめんですよ」

縁起のいいその言葉を合図にデイヴィッド王子は帰っていき、わたしたちは着替えに向かった。

ディナーの席におりてくると、レディ・アイガースは不満そうな顔をしていた。

「あの女性」ダーシーとわたしに向かって言う。「わたしのメイドを貸したら、返してくれなかったんですよ。わたしは自分でドレスを着なくてはならなくて。結局、ミス・ショートを呼ぶ羽目になったんです」

ミセス・シンプソンが姿を見せた。いかにも高級そうなドレスに身を包んでいるが、デイヴィッド王子に置き去りにされたせいで、見るからに不機嫌そうだ。

「ミセス・シンプソンと並んで食堂に入ってもらえませんか？」メイドがいないにもかかわらず完璧な装いをした母に、レディ・アイガースが頼んだ。

わたしは息を止めて、母の返事を待った。お腹を空かしたワニと並ぶほうがましだと答えるのかと思っていたのに、母はにこやかにほほ笑んだ。

「この場を収めるためですもの」母は言った。「さあ、ウォリス。置き去りにされた女ふたりで仲良くやりましょう」

表情で人を殺せるものなら、母はその場で床に倒れこんでいただろうが、ミセス・シンプソンはおとなしくビンキーとフィグのうしろに並んだ。わたしたちはそのうしろについて、食堂へと入った。わたしたちが草木で飾りつけをした壁だけでなく、部屋は窓枠やサイドボードや炉棚に置かれた蠟燭やシャンデリアの明かりで、すっかり趣を変えていた。使い古した家具は突如として魅力的なものに変わり、わたしはこれこそクリスマスイブだというわくわくした思いを感じていた。

ディナーは今夜もシンプルなものだった。ネギとジャガイモのスープのあとは、赤ワインを煮詰めたソースをかけたキジ肉に、ジャガイモのピューレと外側がカリカリになるまでオーブンで焼いた西洋カブを添えたものが運ばれてきた。シンプルだけれど、どれもおいしい！　デザートの、クリームを添えたリンゴとブラックベリーのクランブルもおいしかった。

った。

締めくくりがポートワインとチーズだ。ミセス・シンプソンでさえ、文句を言うことはなかった。

「明日の説明をしておいたほうがいいでしょうね」コーヒーを飲むために応接室に移動したところで、レディ・アイガースが言った。クリスマスツリーの明かりが灯され、窓枠と炉棚の上の蠟燭にも火がつけられて、暖炉の炎の明かりと相まって部屋はすっかり違って見える。新しい松の木の甘いにおいが部屋じゅうに漂っていた。

「朝食はいつもどおりですが、プレゼントを開ける時間を作れるように早めに済ませてください。王家の方々が出席なさる、敷地内のセント・メアリー・マグダレン教会の朝の礼拝に行かなくてはなりません。遅くても一〇時にはここを出る必要があります」

「礼拝は何時なんですか?」フィグが訊いた。

「一一時です」

「そこまで行くのに一時間もかかりませんよね?」フィグが確認した。「子供たちはプレゼントで遊ぶ時間を欲しがると思うんですけれど」

レディ・アイガースは難しい顔をした。

「サンドリンガム時間だということを忘れないでくださいね。三〇分早いんです」

「王家の人たちの時間帯は特別なんですか?」ドリーが訊いた。

レディ・アイガースは笑顔で応じた。「いいえ、サンドリンガムではすべての時計を三〇分進めておくのが、王家の習慣だというだけです。なので、実際は礼拝は一〇時半からということになります」

「プレゼントを開けるのは、教会から戻ってきてからにしたほうがいいかもしれませんね」フィグが言った。

「そうすると、一時のランチがぎりぎりになりますね」

「ランチが一時？　それは少しばかり早くありませんか？」ハントリー大佐が訊いた。「我々はいつも、クリスマスの祝宴は二時か三時にしていますよ」

「でも食事を終えて、三時からの国王陛下のスピーチを聞かなければいけませんから」レディ・アイガースが答えた。

「王家の方々がいらっしゃるお屋敷に行かなきゃいけないんですか？」ドリーは不安そうな、それでいてわくわくしているような口調で尋ねた。

レディ・アイガースは首を振った。「陛下は三時にサンドリンガムから国民に向けたスピーチをなさるから、わたしたちはそれをラジオで聞くんですよ」

「つまり、聞いても聞かなくても同じっていうわけね」ミセス・シンプソンは薄ら笑いを浮かべて言った。

「国王陛下のスピーチを聞かないですって？」

ミス・ショートが金切り声をあげた。窓際の席に座っている彼女のことを、わたしたちはすっかり忘れていた。

ミセス・シンプソンの顔には、自分に逆らった人間に対して見せる、見下すような笑みが浮かんでいた。

「どうせ、わからないんだから」

「でもわたしはわかっています」レディ・アイガースの口調は冷ややかだった。「ここがあなたの国でないことは承知していますが、わたしたちは伝統を重んじていますし、それを壊そうとする人たちには心を痛めています」だれのことを言っているのかは明らかだった。あまりにもあからさまだったので、ミセス・シンプソンはまた頭痛がしてきたので部屋に戻って横になると言い出した。朝の礼拝にも出ないかもしれないわ、カメラマンがいるでしょうしね。

「まるで軍隊の一日のようですね」ミセス・シンプソンが出ていったあとで、ミセス・レッグ・ホーンが言った。「厳しく時間が管理されて。朝食は〇六〇〇時。教会へは〇七〇〇時三〇分……」

少佐以外の全員が笑った。

「いったい何度説明しなくてはいけないんだ、ミルドレッド？　二四時間表示については教えたじゃないか。頼むから正しく言ってくれ」

「かまわないんじゃないですか。いま軍にいるのなら、問題かもしれませんけれど」ミセス・レッグ・ホーンが口をはさんだ。

「そうしたほうがいいでしょうね」フィグが確かめるようにビンキーの顔を見ながら言った。「早めに起きて、教会に行く前にプレゼントを開けるほうがいいでしょう」

「子供たちは、子供部屋で靴下を開けるんじゃないの？」わたしは訊いた。「ベッドに座って、靴下になにが入っているかを確かめるのは、楽しみのひとつだわ」

「靴下にはちょっとした贈り物しか入っていないのよ」フィグが答えた。「入りきらない大きなプレゼントがいくつかあるの。それは応接室のツリーの下に置いておいて、みんながいるときに開ければいいわ」

それから間もなく、明日は早く起きてくださいねと言うレディ・アイガースの念押しを受けて、一行は部屋に引き取った。わたしは子供たちの靴下に入れるプレゼントをビンキーとフィグに渡した。ビンキーは、子供たちが万一目を覚ましたときにサンタクロースが来たのだと思ってもらえるように、白いひげをつけてそっと部屋に行くつもりだと言った。

「お兄さまはいい人だわ」階段をあがりながら、わたしはダーシーに言った。

「そういう家系なんだね」ダーシーはわたしのウェストに手をまわして歩き続けようとしたが、ふと上を見上げていきなり手に力をこめた。

「どうかした？」わたしは不安になって訊いた。

「ヤドリギはどんなときも利用するべきだと思わないかい？」ダーシーはそう言ってわたしにキスをした。

寝室に戻ってみると、クイーニーの姿が見当たらなかったので、ドレスのホックをはずしてくれるようにダーシーに頼んだ。ドレスを頭から脱ごうとしたとき、とんでもない声が聞こえてきた。悲鳴、叫び声、痛みにわめく声。ダーシーが部屋を飛び出し、わたしもあとを追った。踊り場の反対側の廊下の突き当たりから聞こえてくる。廊下を走るわたしたちを追いかけるように、ドアが次々と開いた。

「なんだ？　なにがあった？」人々が声をあげる。

ダーシーが廊下の突き当たりの部屋のドアを勢いよく開けると、そこにはまったく予想外の光景が広がっていた。頭のない人間が、両手を振り回しながらパニックを起こしたように部屋じゅうをうろつき、その傍らでクイーニーがぞっとしたような顔で立ち尽くしている。

「そんなつもりじゃなかったんです」クイーニーがあわてて言った。「ドレスのファスナーをおろしてくれって言われたんで、おろしてからドレスを引っ張りあげたんです。でも、どういうわけか引っかかっちまったみたいで」

そのときにはすでに、パリで仕立てたミセス・シンプソンのドレスだとわかっていたし、彼女の脚の大部分と見たくもないガーターベルトがちらりと見えていた。ダーシーとわたしがドレスをおろそうとすると、彼女の悲鳴はさらに大きくなった。幾重もの布地の下から、「あのばかな娘のせいで、ファスナーに髪が引っかかっているのよ」と声がした。

なんとかドレスをあるべき位置に戻すと、怒りに染まった彼女の顔が現れた。化粧はみっともなくはがれていたし、閉めたファスナーにひとつかみの髪がからまっているせいで、頭をうしろに倒したまままっすぐに起こすことができずにいる。悪態を聞かされながら、わたしたちはようやくのことで彼女を自由にした。

「いったいなにをしたの、クイーニー？」わたしは尋ねた。

「頼まれたんです」クイーニーは挑むように顎を突き出した。「前に話したとおり、お嬢さんの手伝いが必要かと思って来てみたら、あの人が現れたんですよ。〝ちょっと、あなた。メイドなの?〟って訊かれたんです。そうだって答えたら、〝ちょうどよかったわ。着替えを手伝ってちょうだい〟って言われたんで、手伝ったんですよ。でもあのドレスときたら、あたしが見たこともないようなものだったんです。あっちこっちにファスナーがあって。腕の下にふたつ目のファスナーがあることに気づかなくて、頭から脱ごうとしているときに開けようとしたもんで、髪がからまっちまったんです。なんで、もっと引っ張ったら、あの人が叫びだして」

「彼女に謝ってここから出ていったほうがいいと思うわ」わたしは言った。

「合点です」クイーニーはいささかも反省しているようには見えなかった。「ドレスをちゃんと脱がせなかったみたいで、すいませんでした。あんなものは見たことなかったんですよ。言わせてもらえば、仕立て屋を替えたほうがいいんじゃないですかね。自分がなにをしているのか、ちゃんとわかっている人に」

ミセス・シンプソンの目は危険な光をたたえていた。

「仕立て屋を替える? あのね、これはスキャパレリなのよ」彼女はその視線をわたしに向けると、芝居がかった口調で言った。「彼女をわたしから見えないところに連れ出してちょうだい。二度とわたしに近づかせないで。わかった?」

わたしたちの部屋へと戻りながら、ダーシーが言った。

「きみがすべてを企んだとしても、これほどうまくはいかなかっただろうね」

わたしは笑顔で応じた。

クリスマス当日
ウィンダム・ホール　ノーフォーク

　わたしは夜明けと共に目を覚まし、つかの間、ここはどこだろうと考えた。そして思い出した。今日はクリスマス。子供の頃のことを思い出す――ベッド脇に置かれたプレゼントでいっぱいの靴下やまくらカバーを見て、サンタクロースが来たことを知るのだ。わたしは顔をあげて、靴下はないかとばかみたいにあたりを見回した。もちろん、そんなものはない。昨日ポッジが心配していたとおり、サンタクロースはわたしの居場所を知らないのだ。そんなばかげたことを考えた自分ににやにやしながら、ダーシーのほうを見た。わたしの視線を感じたかのように彼は目を開き、わたしに焦点を合わせて微笑んだ。「メリー・クリスマス」

　わたしは顔を寄せて彼にキスをした。彼がわたしに腕をまわす。キスが熱を帯びたものになって、それからしばらくわたしたちは無言だった。

「これがぼくのクリスマスプレゼントなのかな？」ダーシーが笑いながら訊いた。

「あなたがいい子かどうかを確かめてからね」わたしはからかうように言った。「石炭の塊になるかもしれないわよ。あなたのプレゼントだけれど、いまここにはないの。でも、ちゃんと用意してあるから」

「ぼくもだよ。きみになにをあげたいかはわかっているんだが、ここには持ってきてないんだ」

「わかった。いいのよ」わたしはそう応じたものの、開けてみるプレゼントがないことを知って、理不尽にもがっかりしていた。でも、かまわない。今日は楽しい一日になるはずだし、なにより素晴らしいのが、わたしには少しも責任がないことだ。なにを着るべきだろうと悩んだあげく、クリスマスは正式な祝典であるべきだという結論に達したので、氏族のタータンチェックのキルトにフリルのついた白のブラウスを着て、その上から灰色のカシミアのロングカーディガンを羽織ることに決めた。ダーシーは昨日はツイードだったけれど、今日は正装用スーツだ。

「わたしたち、これで大丈夫よね？」わたしは言った。「実を言うと、あなたの伯母さまに会ったときは驚いたわ。彼女は――いかにも、メアリ王妃の女官のように見えるもの。わたしはてっきり、ゆったりした長いローブにターバンを巻いた芸術家のような人かと思っていたの」

「面白いね、それはまさにぼくが覚えているとおりの伯母だよ。極彩色にスカーフ。どう見てもボヘミアンだった。年と共におとなしくなったんだね」

階下におりてみると、起き出してクリスマスツリーの下にプレゼントを置きにきたのはわたしたちが最初であることがわかった。全員分の洋酒入りチョコレートを買ってあったので、わたしはほっとして小さく息をついた。ミス・ショートの分はなかったけれど、万一に備えて、刺しゅう入りのハンカチセットもひとつ用意してあった。その包みに彼女の名前を書いた。

「メイドを連れてこなかったこととの問題は、ベッドで紅茶を飲めないことね」わたしは言った。「本当に残念だわ。でも、朝食の準備で忙しいクイーニーに紅茶を持ってきてもらうわけにはいかないものね。ゆうべのあのキジはとてもおいしかったと思わない？　ミセス・マクファーソンが作ってくれたものと同じレシピだったわ。クイーニーはその気になれば、覚えが速いのよ」

ダーシーはくすくす笑ったあとで、ため息をついた。

「残念ながらクイーニーは、大惨事と紙一重だからね。ゆうべのように。なにが起きるかわかったものじゃないよ」

「そうね、だけどそれが人生を面白くしているんじゃない？」

「ぼくの人生は充分に面白いよ」ダーシーが言った。「使用人のひとりに毒を盛られるんじゃないか、家に火をつけられるんじゃないかなんていう心配がなくてもね」彼はわたしの表情に気づいた。「きみがどういうわけか彼女を気に入っているのはわかっているから、彼女にはこのままいてもらおう。それに、そこそこの料理人になってきているのはぼくも認めるよ」

食堂に入っていくと、ポットにはすでにコーヒーが用意されていて、朝食の到着を待つサイドボードの皿保温器には、熱湯が入っていた。

「よかった。すぐに朝食ね。お腹がぺこぺこなのよ」わたしは言った。「ノーフォークの空気のせいか、ここに来てから食欲旺盛だわ」

「お母さんに似たんだろうな。彼女のように小柄な人が、あれほどの量を食べるのは見たことがないよ」

わたしはうなずいてなにか言おうとしたが、近づいてくる足音が聞こえたので口を閉じた。ワインレッドの豪奢なドレスに、鮮やかな模様のシルクのスカーフを首に巻いたレディ・アイガースだった。

「メリー・クリスマス」彼女はそう言うと、今朝はわたしたち両方の頰にキスをした。「朝食が運ばれてくるところですね。一〇時ちょうどには出発しなくてはならないから、今日は早めにするように命じたのですよ」彼女は勢いよく炎が燃える暖炉に近づき、手をかざした。「きれいな服はどうしたって寒いものだわ。そうでしょう？」彼女は同意を求めるようにわたしを見た。「あなたのような美しいタータンがあれば、話は別だけれど。悲しいかな、わたしのほうの家系にはスコットランドの血は流れていないんですよ。王妃陛下がいつ訪ねてこられてもいいように、ここ最近はふさわしい格好をするようにしているんです。陛下は自己表現がお好きじゃないから」

「自己表現と言えば、あなたの描いた絵は一枚も飾られていないんですね」わたしは言った。

「デイヴィッド王子がこの家に出入りするとわかっていたので、片付けたんですよ。わたしの絵の趣味を王妃陛下に話してもらいたくなかったのでね。だれもが現代アートのよさがわかるわけではありませんからね。理解できないんですよ。でも、わたしは好きなんです。アイガースにいた頃、絵だけがわたしの逃げ道だった。自分を表現する唯一の方法だったんです」彼女は小さくため息をついた。「ダーシーは、わたしが家じゅうに自分の絵を飾っていたことを覚えているでしょう？　それを、あの不愉快な小男がどうしたと思う？　わたしの絵をひと目見て、ここに引っ越してくる前にあのがらくたを片付けておいてくれと言ったんですよ。なにひとつ、ここには置いておきたくないと」

わたしたちはうなずいた。

「あの男は、わたしたちのような躾を受けていないんですよ。そういうわけでわたしは絵を全部梱包して、ここに持ってきたんです。でもここに来てからというもの、以前のように描きたいという気持ちが起こらなくなってしまって」

「ぜひ、あなたの絵が見たいです」わたしは彼女をいたわるつもりで言った。ほんのわずかなものしか持ち出せずに自分の家から追い出されるのは、どれほど辛いことだろうと思ったからだ。けれどそう言ったあとで、本当に彼女の絵を見たいと思っていることに気づいた。創作物からはその人のことを深く知ることができる。レディ・アイガースはわたしにとっては謎の人だった——自由な精神を持つ創造的な女性でありながら、王妃陛下の好みに沿った装いをしているのだ。

彼女はこちらが驚くくらいうれしそうだった。「本当に？　本当に見たいの？　なんてうれしいことを言ってくれるのかしら。このお祭り騒ぎが落ち着いたら、ぜひお見せしますからね。とりあえず、書斎に置いてあるんですよ」

メイドと従僕が、キドニーやベーコンやソーセージやスクランブルエッグやスモークしたタラが載った皿を持ってやってきた。

「みんなが時間どおりに準備してくれるといいんですけれどね」彼女が言った。「時間に遅れた人を国王陛下がどんな目で見るのか、よくわかっていますからね。王家の方々がいらっしゃる前に、わたしたちは信者席についていなくてはならないんですよ。もちろん、陛下が教会まで歩いてこられるくらいお元気ならの話ですけれど」

「遠いんですか？」

「あちらからはそうでもありません。教会はサンドリンガム・ハウスのそばなんです。もっと気候のいいときには歩きますけれど、ここからは少し距離があります。できれば、車で行きたいですね」彼女はわたしたちに視線を戻した。「王家の方々と一緒に礼拝に出るのが、どれほど名誉なことなのかをほかの人たちがわかっているといいのですけれど。一般の人たちは入れないんですよ。地所に住んでいる人たちだけなんです」

「ジョージーは家族のうちですからね」ダーシーが言った。「ビンキーもだ。残りのぼくたちはそれに便乗しているようなものですよ。もちろんぼくは、それが目的で彼女と結婚したわけですから」ダーシーはにやりと笑ってわたしを見た。

わたしたちは料理を取り分けはじめた。一時にちゃんとした昼食会があるから、いまは控えめにしておいたほうがいいとわたしは自分に言い聞かせた。どちらにしても、ソーセージとベーコンは脂っぽい感じがしたし、キドニーもあまりおいしそうには見えなかったので、大好きなスモークしたタラとスクランブルエッグを皿に取った。わたしたちが食べ終える前に少佐夫妻、その後ビンキーとフィグがやってきた。

「もうくたくたよ」ビンキーが紅茶を注いでいる横で、フィグがこぼした。「子供たちと一緒にプレゼントを開けていたの。ふたりとも大興奮よ。これ以上プレゼントを開けていいものか、不安になってきたわ。もちろんふたりを教会に連れていくなんて、なおさら恐ろしいわ。王家の方々がいらっしゃるところで、アディにかんしゃくを起こさせるわけにはいかないもの」

「大丈夫だよ、フィグ」ビンキーが言った。「あの子が興奮するのも無理はないよ。両親が見ている前でプレゼントを開けたんだ。どんな子供だって興奮するさ。朝食をとって、子守が外出用の服に着替えさせれば、ちゃんと行儀よくするよ」

わたしにはそれほどの確信はなかった。ポッジは以前から聞き分けのいいかわいい男の子だが、アディは多くの二番目の子がそうであるように、生まれつき意思がはっきりしている。やがてアメリカ人夫婦が食堂に現れ、次に母がやってきた。驚いたことに、ベッドで朝食をとったらしい。薄ピンク色のシルクとカシミアに身を包んだ母は、山ほどのプレゼントをもらっているのは彼女だけではないとミセス・シンプソンに見せつけるためなのか、ダイヤモンドをあちらこちらにちりばめ、きらきらと輝いて見えた。わたしたちは、暖炉の火に気持ちよく暖められた、クリスマスツリーの明かりが輝く応接室に向かった。ミセス・シンプソンもやってきて、ツリーの下にいくつもの包みを置いた。ああ、どうしよう――わたしはチョコレートしか用意していないのに、彼女が高価なプレゼントをくれたりしませんように。

「メリー・クリスマス」今日ばかりは親しげな笑みを浮かべて、ミセス・シンプソンが言った。「あまり楽しいものにはなりそうもない気がするけれど。でも一日中、あの退屈な親戚と一緒にいなければならないかわいそうなデイヴィッドに比べれば、ずっとましね」彼女は、暖炉に近い一番いい席をひとり占めしている母に向き直った。「あなたはドイツで過ごすクリスマスが気に入らなかったの？　素晴らしいものだって聞いているわ。ここよりはずっといいって」

「ゲッベルス一家とクリスマスを過ごすのはごめんだわ」母が言った。「そもそも、マックスの考えだったし」

「あら、わたしはゲッベルス家の人たちは、ドイツっぽくて魅力的だと思ったわ。それにヘル・ヒトラーが来たかもしれないのに。彼はあの一家ととても親しいのよ。とても名誉なことだったのに」

「あなたは彼を立派だと思っているんですか？」黙っているべきだったと気づいたときには、わたしはそう口走っていた。

「あら、もちろんよ」彼女は答えた。「デイヴィッドだってそうだわ。ヘル・ヒトラーがあの国を立ち直らせ、法と秩序を確立して、ドイツ人に誇るべきものを与えたの。この国のやり方よりも、ずっと効率的よ。いまでは列車でさえ、時間どおりに走るのよ！」

子守に手を引かれたビンキーの子供たちやほかの人たちがやってきていなければ、彼女はもっといろいろと語っていただろう。

「いいですか、お行儀よくするんですよ。でないと、すぐに子供部屋に連れ戻しますからね」

子守はスコットランドなまりの落ち着いた口調で子供たちに告げた。

「ダーシー、サンタクロースになってくれるかしら？」彼の伯母が訊いた。

「サンタクロースはもう行っちゃったんだよ」ポッジが顔をしかめた。「いまは世界のどこかほかのところでプレゼントを配っているんだ」

「ぼくはサンタさんのふりをするだけさ」ダーシーが言うと、ポッジはうなずいた。

ダーシーはツリーの傍らにしゃがみこみ、プレゼントを見まわした。

「ここに大きな包みがあるぞ。いったいなんだろうな。きっと、床を磨くブラシだな。〝ポッジへ、ママとパパより〟と書いてある」

「ぼくに？」ポッジは勢いよく立ちあがり、プレゼントに駆け寄った。あっという間に包装紙がはがされた。「列車のセットだ！」ポッジは大声をあげ、うれしさのあまり飛びあがってから、両親に抱きついた。息子に抱きつかれて、フィグは恥ずかしそうだ。

「もう少し、お行儀よくしてちょうだいね、ポッジ」

「家に帰ったら、きちんと組み立てよう」ビンキーが言った。「わたしの古い列車のセットを組み合わせて、部屋いっぱいに広げようか」

「どの部屋で?」フィグが訊き返した。「列車につまずくのはごめんですよ」

「考えるさ」ビンキーが答えた。「寝室は二四もあるんだから」

「あたしのプエゼントは?」アディがダーシーに歩み寄った。「あたしのはある?」

「探してみよう」

ダーシーはあたりを探すふりをしたあと、大きな包みを彼女に手渡した。包装紙をはがすのには手助けが必要だったが、人形の乳母車を見たアディは大喜びだった。

「これで新しい人形を散歩に連れていけるね」ビンキーが言った。「おまえは幸せな子だね」

次は大人たちの番だった。わたしたちの洋酒入りチョコレートは喜ばれた。ダーシーの伯母はケニアで買ってきたキリンの像を気に入ったようだ。ミス・ショートはハンカチに感謝してくれて、わたしが彼女のためにプレゼントを用意していたことに感激していた。次に、ミセス・シンプソンのプレゼントが配られた。わたしたちは期待で胸を膨らませながら、それを開いた。額に入った彼女とデイヴィッド王子の写真だった。

「まあ、とても気がきくこと」母が言った。「べっこうの額なのね。賢明だわ。銀の額のように、写真を損なったりしないもの」

ミセス・シンプソンは微笑んだ。

「申し訳ないけれど、わたしはプレゼントを用意していないの」母が言った。「クリスマスは家族とだけ過ごすと思っていたし、ここに来ることを知ったときにはもう買い物をするには遅すぎたんですもの。でもジョージーとダーシーにはプレゼントがあるのよ」母は一通の封筒を差し出した。

きれいなドイツのクリスマスカードと一〇〇ポンドの小切手が入っていた。

「お母さま、こんなに」わたしは息を吞んだ。

「マックスに感謝して」母はいたずらっぽく笑った。「彼はあなたのことがとても気に入っているのよ」

レッグ・ホーン夫妻は自家製のチャツネを持ってきていたが、大佐とドリーはプレゼントがないことを謝罪した。

「こんな大勢の集まりだとは知らなくて。一緒にいてほしいからと、ウォリスに招待されただけなんです。まさかこんな……」

「あなたがたはハロッズから素晴らしい食料品の詰め合わせを送ってくれたじゃないですか」レディ・アイガースが言った。「わたしたちはみんな、その恩恵にあずかっていますよ」

最後に、彼女のプレゼントが配られた。二組の夫婦に彼女が描いた小さな絵を一枚ずつ。わたしたちの部屋に飾られているものや、結婚祝いに贈られたものほど風変わりではなかったが、それでも――独特だと言えばいいだろうか？　包みを開いたときの彼らの表情はなかなかの見ものだった。嫌悪や不快感を隠し、うれしさと感謝を表そうとしている。うまくできている者もいれば、そうでない者もいた。その絵が女主人の手によるものだと即座に理解した人がほとんどだったが、ハントリー大佐だけは声をあげた。

「これはいったいなんだ?」

彼の妻があわてて彼の膝を叩いて言った。

「レディ・アイガースが描いた絵よ、ホーマー。本当に光栄だわ」

わたしたちにも絵が贈られるのだろうと思っていたが、彼女が差し出したのは小さな革の箱だった。箱を開いたわたしは、あんぐりと口を開けた。入っていたのは、背中にエメラルドがちりばめられたトカゲの形の金のブローチだった。

「まあ。なんて言えばいいのか。とても綺麗」

わたしが困惑しているのを見て、彼女は笑みを浮かべた。「わたしの母親のものだったの。わたしには遺す子供がいませんから。わたしの妹、亡くなったダーシーの母親は、次の世代に渡してほしいと思ったでしょうからね」

ダーシーには細長い包みが贈られた。

「剣ですか? 十字軍で戦った、代々伝わる剣?」

包みの中身は、銀の握りの部分が野ウサギの形をした黒檀の杖だった。

「あなたが会ったことのない、お祖父さんのものですよ」レディ・アイガースが言った。

「きっとあなたに持っていてほしいと思ったでしょうから」

ダーシーも感動しているのがわかった。「本当にありがとうございます、アーミントルード伯母さん」

「そろそろ教会に行く用意をしなくてはいけませんね」レディ・アイガースは立ちあがった。「一五分後に玄関ホールに集まってください」

大佐はバプテスト派だったから、英国国教会の礼拝に行くべきかどうか迷っていたが、ドリーは間近で王家の人間を見る機会を逃すつもりはないようだった。

そういうわけで、わたしたちは車で教会に向けて出発した。ビンキーの家族はわたしたちと同じ車に乗り――子供たちは膝に乗せた――、レディ・アイガースとミス・ショートとアメリカ人夫妻はレッグ・ホーン夫妻と一緒に乗った。母とミセス・シンプソンだけは行かないと言った。ふたりはどんな話をするのだろうとわたしは考えた。帰ってきたときには、互いを殺し合っているかもしれない。

サンドリンガム・ハウスに向けて森のなかを走っていくうちに朝の霧は晴れて、地面に残った雪はきらきらと輝き始めた。地所で働く人たちが暮らすコテージの煙突から煙がたちのぼり、いいにおいが車のなかまで漂ってきた。完璧なイギリス郊外の風景だ。あと必要なのは数頭の鹿とコマドリだけだ！

ちょうどいい時間に到着したわたしたちは、教会後方の信者席に案内された。新しい人形を抱いたアディはわたしの隣に座りたがったので、ダーシーとわたしのあいだに座らせた。待っているあいだに、あたりを見まわしてみた。彫刻を施した羽目板がたくさんある暗くて小さな教会で、前方には聖歌隊席がある。年代もののステンドグラスの窓はほとんど木の陰になっていて、そこから入ってくる光が室内を水槽のように見せている。けれどここには美しい古い教会のにおい――絶対に再現できない――が漂っていた。艶出し剤と古い聖歌集と蠟燭とわずかな湿り気が混じったにおい。

オルガンが『神の御子は今宵しも』を奏で始めた。白いサープリス（聖職者が着る白い綿の羽織）を着た聖歌隊が並んで入ってきて、美しい木彫りの聖歌隊席についた。わたしたちは立つように指示された。そしてジョージ国王陛下とメアリ王妃陛下を先頭に、王家の方々がやってきた。国王陛下は、なにも問題などないかのように、しゃんと頭をあげて堂々と歩いている。けれど王妃陛下がしっかりと夫の腕をつかんでいることに、わたしは気づいた。デイヴィッド王子が第一王女と並んで、そのうしろをついていく。ふたりとも父親から目を離さないようにしていた。そのうしろがヨーク公爵夫妻。公爵夫人はわたしに気づいて、にこやかな笑みを浮かべた。王女たちも笑顔になった。マーガレットが手を振り、アディが手を振り返す。グロスターおよびケント公爵がそのあとに続いたが、わたしが親しくしているマーガレット王女の姿はなかった。おそらく、生まれたばかりの子供と一緒に家にいるのだろう。最後が従者を連れた教区牧師だった。

礼拝が始まった。幸いなことに、ところどころで賛美歌を歌うことになっていたので、全員で歌った。この不穏な時期にはすべての人々にとって平和と友好が大切だと牧師が述べている説教の途中で、アディがもぞもぞし始めた。コートのポケットを探ると薄荷（はっか）入りキャンディーが出てきたので、アディになめさせた。そういうわけで、すべては順調に進んだ。礼拝はオルガンが奏でる『天には栄え』で締めくくられ、王家の方々が退場していく。わたしたちの横を通ったときに国王陛下がわたしに気づいて、笑顔になった。

「おや、ジョージーじゃないか。彼女が来ているとは聞いていないぞ」

「近くに滞在しているんですよ」王妃陛下が応じた。「レディ・アイガースのところに」彼女はそう言うと、古い友人に手を差し出した。

「メリー・クリスマス、サー、マーム」わたしは言った。

「そうなるといいんですけれどね」王妃陛下はそう言い残して去っていった。

ヨーク公爵夫人はわたしに手を差し出し、通り過ぎざまアディに気づいた。スコットランドにいるときには、彼女たちはわたしたちの隣人だ。

「こんにちは、お嬢さん。教会でいい子にしていたのね。お父さまが感心するわよ」

彼女の夫である公爵はなにか心配事で頭がいっぱいだったらしく、わたしたちに向かってうなずいただけだった。

「プレゼントをもらったの」マーガレットが言った。「たっくさんのプレゼントよ。リリベットはまた、馬小屋に置く馬のぬいぐるみをもらったんだから」

エリザベスは、マーガレットの遠慮のない物言いに顔をしかめた。

「一二頭になったのよ。見に来てね。とてもかわいいの」

「ぜひ見たいわ」わたしは応じた。

王家の方々がいなくなり、わたしたちは帰ることを許された。ドリーが夫にささやいているのが聞こえた。

「見た、ホーマー？　だれもがジョージアナに話しかけていたわ。みなさんとても親しみやすいのね。ブリッジ・クラブの女友だちに話すのが待ちきれない気分よ」

17

クリスマス当日
ウィンダム・ホール　ノーフォーク

なんて完璧な一日。来てよかったと心から思う。これこそ、わたしがずっと夢見ていたクリスマスだ。

ウィンダム・ホールに戻ってみると、ホットワインとミンスパイがわたしたちを待っていた。そして一時になると銅鑼(どら)が鳴らされ、わたしたちはクリスマスの祝宴の席についた。テーブルは、蠟燭を立てた銀の枝つき燭台やヒイラギや蔦で美しく飾られている。細長い窓から射しこむ太陽の光を受けて、シャンデリアのクリスタルが輝いている。それぞれの席の脇にクリスマス・クラッカーが用意されていた。わたしたちは決められた席についた。今回わたしは兄とミセス・シンプソンのあいだだった。子供たちも同じテーブルにつくことが許されて、ポッジはわたしたちの向かい側に母親と並んで座り、アディはテーブルの端——行儀よくできなかった場合に備えて、一番ドアに近い場所だ——で子守と一緒に座った。

最初にするのは、クラッカーの紐を引くことだ。大きな音と共にクラッカーが破裂すると笑い声があがった。とても上等なクラッカーで、どれにも紙の帽子となぞなぞが入っていたが、なかには屋内用の花火や小さな笛やパズルや小さな万華鏡すら入っているものもあった。ダーシーが万華鏡をあげたので、ポッジは大喜びだった。そのばかげた紙の帽子をかぶって食前の祈りを捧げたところで、執事がシャンパンを注ぎ、最初の料理が運ばれてきた。小エビのビスクだ。文句なしにおいしかったし、それほど重たくもない。皿が片づけられているあいだに、わたしたちはなぞなぞを読んだ——どれもばかばかしくて、とても面白かった。

〝イスはイスでも冷たいイスは？〟

そして今日の主役が運ばれてきた。ひとつの大皿には七面鳥、もうひとつにはガチョウ。どちらも外はパリパリしていて、きれいに焼けて茶色く光っている。さらにはローストポテト、ローストパースニップ、芽キャベツ、栗の詰め物、牡蠣の詰め物、そしてグレイビーソース。ビンキーが七面鳥を、少佐がガチョウを切り分けるように頼まれた。ビンキーのほうが上手だと思ったが、皿にたっぷりと肉がのせられるとだれも文句を言う者はいなかった。ミセス・シンプソンの皿にはほんのわずかしかのっていないことにわたしは気づいた。

「カロリーが高すぎるのよ」彼女は小声で言った。「体形のことを考えないとね」

ちらりと母を見ると、その皿にはたっぷりとのっている。自分の体形について悩まなくてもすむように、わたしも母の新陳代謝を受け継いでいることを願った。ヨーク公爵夫人は少しふっくらし始めているが、気にしてはいないようだ。もうひと口も入らないと全員が思ったところで皿がさげされ、再び銅鑼が鳴ると、バトラーのヘスロップが炎をあげるクリスマス・プディングを運んできた。わたしたちが持ってきたものだろうかと考えた。

「火がついてる！」アディが声をあげたので、あれはわざと火をつけているのだと教えた。メイドがプディングを切り、従僕がそれを配って回った。

「プディングに銀のチャームを入れる習慣があることを忘れないでくださいね」レディ・アイガースが言った。「なかに入っているかもしれませんから、気をつけてください」

　わたしたちはプディングにブランデーバターをたっぷりとかけ、食べ始めた。ハントリー大佐のものにはブーツが入っていた。

「それは旅を意味しているんです」ミセス・レッグ・ホーンが言った。「あなた方はすぐに合衆国に帰るわけですから、正しいですよね」

　フィグのものには大食いを意味する豚が入っていたが、彼女はガリガリに痩せていたから、完全にはずれている。フィグは面白くなさそうだ。ポッジは銀のボタンを引き当てた。

「独身者のボタンだ、ポッジ。おまえは、今年は結婚しないらしい」ビンキーが言うと、全員が笑った。

　ミセス・シンプソンが声をあげた。「これはいったい……？」フォークの上には、クイーニーのお仕着せについていた骨のボタンがのっている。

「まあ、骨のボタンが当たったのね！」わたしは言った。

「ずいぶん変わっているわね。いったいどういう意味？」

「意味？」

わたしは必死になって、ダーシーが考えついた説明を思い出そうとした。

「サセックスの一部で伝えられている古い習慣なの。クリスマスの日に仕留めた牡鹿の骨から作るのよ」かろうじてそう答えた。

「でも、どうしてプディングに入れるの？　いったいなんのために？　とても危険じゃないかしら。飲み込んでいたかもしれないのよ」

頭が空っぽになった。

「チャンスを意味するのよ」母がさらりと答えた。「骨のボタンを見つけた人は、その年に新しいドアを開くんですって」

「あら、それはいいわね」ミセス・シンプソンは幸運の知らせを聞いてうれしそうだ。「歯が欠けなくてよかったわ」

母とわたしの視線がからまり、わたしたちは笑みを交わした。

「大変、時計を見て！」レディ・アイガースがぱっと立ちあがった。「いますぐに居間に行かなければいけないわ。さあ、みなさん、行きましょう」

「いったい何事だね？」ハントリー大佐が訊いた。

「国王陛下のスピーチですよ。三時。ラジオがちゃんと動いているかどうかを確かめなくてはならないし、全員が座っていなくてはいけませんからね。さあ、行きますよ」

彼女はシープドッグのようにわたしたちを居間へと追いたて、彼女がラジオのスイッチを入れているあいだに、わたしたちはそれぞれ腰をおろした。陽気なブラスバンドが演奏するクリスマスキャロルがちょうど終わろうとしているところだった。「次はサンドリンガム・ハウスから、国王陛下による国民へのクリスマスの演説をお送りします」いかめしいアナウンサーの声が流れてきた。国歌が演奏され、わたしたち全員が立ちあがった。

わたしたちが再び腰をおろすと、ミセス・シンプソンは全員に聞こえるほどのため息をついた。

「もっとも喜びに満ちた家族の祝祭のこの日に、わたしは自分の家族に囲まれながら、サンドリンガムの自宅からみなさんに呼びかけています」国王陛下の声は張りがあってしっかりしていた。だれも、彼が病気だとは気づかないだろう。デイヴィッド王子がこのスピーチをすることになったら、どんなふうだろうと想像してみた。明るく、軽薄な感じだろうか？それとも一念発起して、世界中にいる国民に向けて、自分たちがこの偉大な国家の一員であることを誇りに思えるような演説をするだろうか？　わたしは、聞いていることが苦痛であるかのように目を閉じて座っているミセス・シンプソンをちらりと見た。

「ふむ、とてもよかった。まさにふさわしいスピーチだった」スピーチが終わると、レッグ・ホーン少佐が言った。

「いいできだったと思いますよ」ビンキーが言い添えた。「いまの演説をしたのは、おまえたちの王さまなんだよ、子供たち」

「知っているよ」ポッジが言った。「パパの親戚なんでしょう?」

「そうだよ。だからおまえの親戚でもあるんだ。いずれおまえは公爵になって、おまえの親戚のエリザベスが女王になるかもしれない」

母がミセス・シンプソンに目を向け、なにか言おうとしてやめた。その代わりに、さっき食べたものを消化するため、少し横になってくると言った。

「ぼくは散歩に行こうかな。腹ごなしに」ダーシーが言った。「一緒に来るかい?」

「わたしも少しゆっくりするわ」わたしには考えていることがあった。

「わかった。それじゃあ、あとで」

わたしは彼の姿が見えなくなるまで待ってからコートとウェリントン・ブーツを身につけ、庭師のコテージに向かった。なかからは大きな話し声と笑い声が聞こえてくる。

「お楽しみの邪魔をしてごめんなさい」紙の帽子をかぶったたくましい若者がドアを開けてくれたので、わたしは謝った。「もらうことになっている子犬をちょっと貸してもらいたいの。クリスマスプレゼントとして、夫に見せたいのよ」

「ああ、そうでしたね」彼は妙なにやにや笑いを浮かべた。「どうぞ入って、ご自分で連れていってください」

わたしは居間を通り過ぎた。家族が集まっているテーブルには、食べ残しがまだそのままになっている。全員からメリー・クリスマスと声をかけられ、ポートワインを勧められたが、夫が戻ってくる前に帰らなくてはいけないからと言って、丁重に断った。彼らがくすくす笑ったので妙だと思ったが、それも食器洗い場に入って、黒い子犬を両手に抱えてしゃがみこんでいるダーシーを見つけるまでのことだった。彼は心底驚いた様子だった。

「あとをつけてきたんだね！」彼はわたしを責めた。「きみを驚かせたかったのに」

わたしは口を押さえた。「違うわよ！　わたしが子犬であなたを驚かせるつもりだったの！この坊やをあなたのクリスマスプレゼントにすることになっていたのよ」

「坊や？　ぼくはこの女の子を選んだんだ」

「わたしが選んだのは黄色い男の子」わたしはしゃがんで、すでに選んであったきれいな金色の子犬を抱きあげた。

「両方もらおうか？　広さは充分にあるし、一緒に育つ仲間がいるほうがいい」わたしたちはそれぞれ子犬にほおずりしながら見つめ合い、それから身を乗り出してキスをした。

庭師の妻がやってきて、わたしたちが両方もらうと聞いて喜び、選んだ二匹の犬の首に急いでリボンを巻いた。

「いつでも好きなときに見に来てくださいね」彼女は言った。「どちらも、一週間ほどで連れて帰れると思いますよ」

気は進まなかったが、新しい家族を用心深い母犬に任せて、わたしたちは庭師の家を出た。

「なにか持っていくべきだったわ――チョコレートとかワインとか」わたしは言った。

ダーシーは得意げに笑った。「ぼくがシャンパンを届けておいたよ。喜んでもらえた」

「あなたは素敵な人だって、わたしは前から言っていたわよね」

「うん、きみはいい趣味をしているよ」ダーシーはわたしの体に腕をまわし、わたしたちは子犬の名前についてあれこれと話しながら、家へと戻った。わたしは金色の男の子には神話や歴史から取った、貴族的な名前をつけたかった。ヘラクレスとかアイアスとか。

「カスターとポルクスはどう？　あの子たちも双子なんだもの」

「カスターとポルクス？　悪趣味な売薬みたいじゃないか」ダーシーは笑いながら言った。

「バブルとスクイークはどうだい？　それともマフィンとクランペットとか？」

　笑いながら玄関ホールに入ると、話し声が聞こえた。休息を終えて、起き出してきた人たちがいるようだ。ポッジの列車セットが部屋の奥に組み立てられていて、円を描く線路の上を列車が走っている。

「そろそろお茶の時間じゃないかしら？」レディ・アイガースが言った。

　これ以上なにかをひとかけらでも食べられる人がいるだろうかとわたしは思ったが、紅茶はありがたかった。ほかの人たちも同じ気持ちだったようだ。

「まだ食べるの？」ミセス・シンプソンが訊いた。「あなたたちときたら、食べてばかりなのね」

「今夜の夕食は簡単なものですよ」レディ・アイガースが説明した。「着替える必要もありません。使用人たちがクリスマスを祝えるように、冷たいものですませるんです」

「それはいい考えだ。」ビンキーが言った。「わたしたちも、家ではいつもそうしているんですよ。そうだね、フィグ？」

「どちらにしろ、これ以上食べるもののことを考えたい人がいるとは思えないわ」フィグが言った。「ポッジ、そのいまいましい列車を延々と走らせるのはやめてちょうだい。頭が痛くなってきたわ」

「ケーキの準備ができたかどうか、見に行きましょうか？」レディ・アイガースが立ちあがった。〝ケーキ〟という言葉には魔法のような力があって、ポッジは嬉々として彼女について食堂へと向かった。

テーブルの上には見事なケーキがのっていた。雪に見立てたロイヤルアイシングで飾られ、その上にはいかにも楽しそうな様々な種類の磁器の像がのっている――スケートやそり遊びをする子供、雪だるま、森の動物たち……。

ポッジは喜びの声をあげた。

「切るのがもったいないですね」ミセス・レッグ・ホーンが言った。

それでもケーキは切られ、わたしたちは小さなひと切れをなんとかお腹に収めた。少なくともひと月はラムに浸してあったようで、とても濃厚だった。お茶のあとは、また応接室に戻った。ビンキーは子供たちのために屋内花火をすることにして、暖炉の前で火をつけた。ひとつは細長い紙で、一方の端にマッチを近づけるとくねくねとねじれていき、最後はドラゴンだか蛇だかになった。パチパチとはじけながら紙の端からもう一方の端まで火が移っていく花火もあった。屋内花火はどれも意外なものばかりで、面白い。外が夕闇に包まれ、ツリーと蠟燭に明かりが灯されると、部屋には温かな雰囲気が広がった。

「パーティーゲームをしましょうか？」レディ・アイガースが提案した。「子供たちがベッドに入る前に」賛成の声を求めるように、みんなの顔を見まわす。「かくれんぼはどうかしら？　この家はかくれんぼにはうってつけですもの」

「ぼくはサーディンは嫌いだよ」ポッジが言った。「魚くさいんだもの」

「缶詰のサーディンじゃないよ」ビンキーが笑った。「ゲームなんだ。だれかが隠れて、その人を探すんだ。見つけたら一緒になって隠れて、最後は全員がひとつの場所にサーディンの缶詰みたいにぎゅうぎゅう詰めになるんだよ」

「そのとおり」レディ・アイガースが言った。「最初はあなたとお父さんで始めましょうか、ポッジ。あなたたちが隠れて、わたしたちが探すのよ」

ふたりは部屋を出ていき、階段をあがりながら小声で話したり、くすくす笑ったりしているのが聞こえてきた。やがてわたしたちはふたりを探し始めた。わたしはもう大人だけれど、それでも隠れている人を探し出したり、一緒になって隠れたりするのはいまでもドキドキしたし、ほかの人たちがドアの前を通りすぎるあいだ、息を潜めているのも、最後には戸棚に全員が入りきらなくなって笑いだすのも楽しかった。何度か繰り返したあと、満足して再び椅子に座りこむと、執事がまたホットワインとミンスパイを勧めてきた。

母が、部屋を見まわして尋ねた。「ミセス・シンプソンはどこ？」

「かくれんぼを始めてから、見かけていませんね」レディ・アイガースが答えた。「また頭痛がして、部屋に戻ったんでしょう」

「それとも、こっそり抜け出して王子に会いに行ったとか？」母が言った。

「それは無理でしょう。車がありませんから」

「彼が来て、連れていったのかもしれないわ」

「車が来れば、気づいたと思いますよ。それにだれかがドアを開けなければいけませんし」

レディ・アイガースがベルを鳴らすと、ヘスロップがやってきた。

「ヘスロップ、ミセス・シンプソンは外出したの？」

「いいえ、マイ・レディ。お茶の時間のあとはどなたも外出されていません」

「メイドを彼女の部屋に行かせて、なにか用がないか尋ねてちょうだい」

「承知しました、マイ・レディ」彼は小さくお辞儀をすると部屋を出ていったが、それほどもたたないうちに戻ってきた。「彼女は部屋にはおられないとアニーが言っています」

「妙ね」

　レディ・アイガースがそうつぶやいたのとほぼ同時に、上のほうから悲鳴が聞こえた。わたしは咄嗟にゆうべクイーニーがしでかしたことを思い出したが、再び彼女の手を借りるほどミセス・シンプソンが愚かなはずがない。わたしの記憶が正しければ、クイーニーを二度と近づかせないでと、彼女は言っていた。ダーシーとビンキーが真っ先に階段を駆けあがっていき、わたしはそのすぐあとを追った。悲鳴は上の階から聞こえてくる。階段をふたつあがった、子供部屋とメイドの部屋がある階だ。そこは、暗くて細い廊下だった。女性が泣きじゃくりながら駆け寄ってきた。

「あそこであの人を見つけたんです。もう少しでつまずくところだったんです」

ダーシーがあたりを探して見つけた照明のスイッチを入れると、弱々しい電球の明かりがぴくりとも動かず床に横たわるミセス・シンプソンを照らした。

18

クリスマスの夜
ウィンダム・ホール　ノーフォーク

ああ、すべてがなんの問題もなく進んでいるように思えるときに、どうして恐ろしいことが起きたりするんだろう？　今年のクリスマスは、なににも邪魔されず、だれにとっても平穏で楽しいものになることを願っていたのに。わたしは間違っていたようだ。

なにが起きたのかは、すぐにわかった。屋根裏にあがる折り畳み式の階段が落ちてきて、たまたまそこを通りかかった運の悪いミセス・シンプソンの頭に当たったのだ。ダーシーが彼女の傍らに膝をついて、脈を取った。

「彼女は……」ビンキーはかろうじて言葉を絞りだしたが、最後まで言うことができなかった。気がつけば、わたしは息を止めていた。

「気を失っている」ダーシーが顔をあげた。「脈はしっかりしている。意識が戻ったら、ひどい頭痛がするだろうな」

「自分の部屋にいたら、音が聞こえたんです」女性が言った。メイドの黒いお仕着せを着ていたから、レディ・アイガースのメイドだろうと見当をつけた。「ガタンという音と悲鳴でした。なので外に出てみたら、彼女につまずきそうになりました。ゆうべ、あたしがお手伝いしたアメリカ人の女性ですよね」それほど落ちこんだ様子ではないところを見ると、ミセス・シンプソンは彼女にもあまり優しくしてはいなかったようだ。

「レディ・アイガースを呼んできてもらえるかな？」彼女が動こうとしないのを見て、ダーシーが厳しい口調で言った。

けれどその必要はなかった。荒い息をつきながら、レディ・アイガースがやってきた。

「またあのいまいましい階段ね」彼女は言った。「直したと思ったのに。まさか——だれかに当たったわけではないでしょうね？」

「だれかどころか、あなたが一番当たってほしくない人ですよ」ダーシーが冷ややかな笑みを浮かべて言った。「ミセス・シンプソンです」

「なんてこと！　死んだりしていませんよね？」

「すぐに気がつくと思います」ダーシーの言葉どおりに、ミセス・シンプソンは身じろぎして目を開けると、体を起こそうとした。

「ここはどこ？」彼女は訊いた。「なにがあったの？」

わたしは彼女の脇に膝をついた。「屋根裏にあがる折り畳み式の階段が落ちてきて、あなたに当たったの。まだ起きあがらないで。気を失っていたのよ」

「ここでなにをしていたんですか？」レディ・アイガースが尋ねた。「わたしたちとかくれんぼをしていたわけじゃないですよね？」

「サーディンズですって？」ミセス・シンプソンは自分が床に横たわっていることと小魚になんの関係があるのだろうかと考えているかのように、眉間にしわを寄せた。「そんなことするはずないでしょう。あなたたちが楽しんでいるような、ばかみたいな英国のパーティーゲームなんて、わたしはまったく興味がないの。知りたいなら教えてあげるけれど、わたしはあなたのメイドを探していたのよ。ドレスにアイロンをかけないといけないのだけれど、昨日のあの生き物は二度とわたしに近づかせないって決めたから」

「クリスマスの飾りを取りにあがったとき、ミス・ショートが掛け金をきちんと掛けていなかったのかしら」わたしは言った。

「あの掛け金ははずれることが何度もあったんですよ」レディ・アイガースが言った。「責任はわたしにあります。エディス、下に行って冷やすための氷を取ってきてちょうだい。それから、どなたかミセス・シンプソンを一番近い病院に連れていってくださいませんか？多分キングズ・リンが近いと思います」

ミセス・シンプソンは体を起こして座った。

「こんな世界の果ての人里離れたところにある病院になんて、行くつもりはないから。わたしがだれなのかに気づかれたら、新聞社がどれほど大騒ぎすると思うの？」

「英国にいる普通の人たちは、あなたがだれなのかを知らないと思いますよ」ダーシーが言った。「あなたと王子にまつわるゴシップは、ビーヴァーブルック卿が厳しく目を光らせていますからね」

「いい人よね。助かること」ミセス・シンプソンが言った。

「でも、お医者さまには診てもらわなくてはいけません」レディ・アイガースが言った。

「地元の医者に来てもらいましょうか？」

「今日はクリスマスよ。だれだって、呼び出されるのを歓迎はしないわよ。それに、おとなしく安静にして、頭痛にはアスピリンを飲むようにって言うくらいしか、その医者にもできることはないでしょう？」

おそらくそのとおりだろう。

「それじゃあ、お部屋までお連れしましょうか？　ブランデーを入れた牛乳はいかがです？」レディ・アイガースは心配そうだ。

「たっぷりのスコッチに氷を入れたもののほうがいいわ」

「それでも、朝になったらお医者さまに診てもらうべきだと思います」レディ・アイガースは譲らない。

ミセス・シンプソンは首を横に振った。「心配ないわ。明日の朝一番にここを出ていくから。まっすぐロンドンの家に帰って、かかりつけの医者に診てもらう。デイヴィッドがクリスマス当日にわたしに会いに来られないのなら、ロンドンまで来ればいいのよ。だれかサンドリンガムまで行って、車を手配してくれるかしら？」

ダーシーとビンキーが手を貸して彼女を立たせているあいだに、わたしは先に立って彼女の部屋のドアを開け、ベッドの布団をめくった。氷嚢と湯たんぽが運ばれてくるまで、彼女のそばにいた。たっぷりのスコッチを持って戻ってきたダーシーが言った。「頭をひどく打ったあとでこんなものを飲んでいいのかどうかはわからないが、とりあえず眠る助けにはなるだろう」

「レディ・アイガースのメイドに着替えを手伝ってもらうようにするわ」わたしはそう言って、メイドを探しに行った。メイドはキッチンのドアの外に立ち、ハウスメイドのアニーと話をしていた。

「呪いよ。これがそうなんだって」アニーが話している。「ね、この家は呪われているって言ったでしょう？」

「あの階段だってば、アニー。あれが落ちてきただけ」レディズメイドのエディスが言った。

「いつ起きてもおかしくなかったんだから」

「でも、どうして彼女がその下を歩いていたちょうどそのときに落ちたわけ？　説明できる？」

ふたりはわたしに気づいて口をつぐんだ。

「エディス、ミセス・シンプソンの着替えを手伝ってほしいの。充分に気をつけてあげてちょうだいね」

「承知しました、マイ・レディ」彼女はわたしとアニーを残して、急ぎ足でその場を離れていった。

「呪いってどういうことなの？」わたしはアニーに尋ねた。

「このあたりで言われていることなんです。お屋敷や地所で働いている使用人たちはみんな、呪いがあるって言ってます。ヴィクトリア女王の息子、当時のプリンス・オブ・ウェールズがこの地所を買ったとき、この近くに住んでいた人たちは追い出されて、彼らが住んでいたコテージは壊されたんです。そのなかに魔女がひとりいたらしくて、彼女が王家の人たちに呪いをかけたんです。悪いことが一〇〇年続くって。アルバート王子が死んだのはそれから間もなくでしたよね？　そのあとは国王陛下の兄がインフルエンザで死んだんでしたよね？それに国王陛下の一番下の息子のジョン王子――彼は生まれながらになにかがおかしくて、一三年しか生きられなかったんです」

「どんな家族にも早すぎる死を迎える人はいるものよ」わたしは言った。

「でも、王家の人たちだけじゃないんです。王家に関わった人たちもなんです。ここ最近、いろんな事故が起きているんですよ。去年のクリスマスには男の人がふたり馬から落ちて死んだし、その前の年にはふたりのお客さまが湖でスケートをしているときに氷が割れて溺れています。毎年、この時期になにか恐ろしいことが起きるんです。少なくとも、そう言われています」

「でも、幸いなことに、ミセス・シンプソンはたいしたことはなかったのよ。大丈夫そうだし、ロンドンにいるかかりつけのお医者さまに明日に診てもらうらしいわ」

「そりゃあ、あの人は大丈夫ですよ」アニーは言った。「王族の血を引いているわけじゃないんですから。呪いには当てはまりません」

「それはただの地元の迷信よ、アニー」わたしは優しく告げた。「もう心配しなくていいから。なにも問題はないわ」

けれど居間にいるほかの人たちのところへと戻りながら、わたしはビンキーとわたしにも王家の血が流れていると考えていた。ビンキーの子供たちにも。地元の迷信にすぎないと自分に言い聞かせたけれど、不安を消し去ることはできなかった。

戻ってみると、居間の雰囲気はどんよりしていた。

「彼女は大丈夫なんですか？」ドリーが尋ねた。

「大丈夫だと思います。しばらく意識を失っていたのが心配ですけれど」わたしは答えた。

「彼女のそばにいてあげたほうがいいかしら」ドリーが言った。「ホーマー、あなたは来なくていいわ。具合が悪い女性にとって、なにを言えばいいのかもわからずに、近くをうろうろする男の人は邪魔なだけなの」

「そろそろ夕食にしましょうか」レディ・アイガースが提案した。「食堂のテーブルに並んでいますから、ご自由にどうぞ」

食事をする気分の人はいないだろうと思ったが、することがあるのはありがたかったので、わたしたちは彼女について食堂に向かった。テーブルには、冷えた七面鳥の肉、ハム、ポークパイ、セージとオニオンの詰め物、ピクルスが並んでいた。ボトルクーラーでシャンパンが冷やされ、さらにフルーツとミンスパイもあった。どれもみなおいしそうだったが、わたしはひと口も食べられそうになかった。それどころか、吐き気がして体が震えている。次々と恐ろしいことが起きた、それほど昔ではないあのクリスマスのことが頭から離れなかった。アニーから呪いの話など聞きたくはなかった。メアリ王妃も同じようなことをほのめかしていた。邪悪なものを感じると言っていた。

「さあ、ジョージー。元気を出して」ビンキーがわたしに皿を差し出しながら言った。「どれもおいしそうじゃないか。実を言うと、わたしは温かいものより冷えた七面鳥のほうが好きなんだ」

「ありがとう、でもお腹はすいていないの。たったいまあんなことが起きて、まだ動揺しているのよ」

「たいしたことはなかったんだ。明日の朝、彼女はひどい頭痛がするだろうが、それ以外は――」ビンキーはわたしを安心させるように微笑んだ。「ただの事故だよ。あのショートという女性が掛け金をきちんと掛けていなかったんだろう。ミセス・シンプソンがたまたまあそこを通りかかったのは、運が悪かったんだ」

ビンキーは自分の皿に食べ物を山盛りにし始めた。わたしはハムとオニオンのピクルスをひと切れずつ、パンを一枚とバターを取り、シャンパンをグラスに注いだ。それだけのことよと、自分に言い聞かせる。不運な事故。けれど、つい一日前にデイヴィッド王子が不運な事故に遭い、そして今日、彼が結婚したがっている女性が別の事故に遭った。わたしは思わず足を止めたので、うしろに並んでいた人がぶつかってきた。それって、この家にいるだれかが、王家の人間を攻撃しているということ？

ダーシーと一緒にベッドに入るまで、わたしはそのことを考え続けていた。吹き始めた強風が窓をがたがた揺らしていて、その向こうに広がる暗闇に目を凝らすと、葉を落とした枝が激しく踊っているのが見えた

「ミセス・シンプソンはやっぱり病院に行くべきだったと思うよ。少なくとも、医者に診てもらうべきだった」ダーシーが言った。「頭の怪我は軽く見てはいけないんだ」

「軽く見ると言えば」わたしは思い切って切り出した。「だれかがデイヴィッド王子に向かって銃を撃ち、その翌日に彼の愛人の上に折り畳み式の階段が落ちてきたのって、怪しいと思わない？」

「実は、ぼくもそのことは考えた。昨日、ディッキー・オルトランガムと話をしたんだ――彼はきみも知っているとおり王子の侍従だが、ここだけの話だけれど、王子を見守る役割をロンドン警視庁から与えられているんだ。昨日の狩りにも同行していて、あんなふうに散弾銃が誤った方向に発射されるのは理解に苦しむと言っていた。その後、あのあたり一帯を探したが、侵入者の痕跡は見つからなかったそうだ。王子はかなり動揺したと思うよ。サンドリンガムで彼の身になにかが起きたのは、これが初めてじゃない。去年は、彼が廊下を歩いていたときに、高い棚から花瓶が落ちてきたんだ。ドアを乱暴に閉めたせいで、ぐらついて

落ちたんだろうということになった。いかにもありそうな話だから、いままでみんな忘れていたくらいだ」

「でもミセス・シンプソンはどうなの？」わたしは考えていることを言葉にした。「だってほら、わたしたちは全員が居間にいたでしょう？　彼女があなたの伯母さまのメイドを探しに行ったなんて、だれが知ることができたっていうの？　そしてちょうどいいタイミングで階段を落とすなんて？」

「使用人のひとりかもしれない。だが地元の人間であるアニーとジェームズ以外の使用人は、伯母がヨークシャーから連れてきたはずだ。献身的な使用人たちだとだれもが思うだろうね」

「とにかく、明日の朝一番にミセス・シンプソンがロンドン行きの列車に乗るのはいい知らせだわ」わたしは言った。「わたしたちが彼女がいなくなるのを喜ぶのと同じくらい、彼女もわたしたちの姿を見なくてすむのはうれしいでしょうね」

ダーシーはうなずいた。「まったくばかげた茶番だったね。デイヴィッド王子は愛人を自分のそばにいさせたくて、彼女の滞在場所を作るために、ぼくの伯母に金を払ってハウスパーティーを開かせた」彼はわたしの首の下に腕を滑り込ませ、わたしを自分のほうに引き寄せた。「とりあえずきみは望みどおりハウスパーティーに参加できて、クリスマスにわくわくすることがたくさんあったわけだ！」

「たくさんありすぎよ」わたしは言った。「おじいちゃんと一緒に、家で静かなクリスマスを迎えていればよかったと思うわ」

「なにをしても満足しない人がいるんだね」ダーシーはつぶやきながら、わたしの髪に鼻をこすりつけた。

一二月二六日　ボクシング・デイ
ウィンダム・ホール　ノーフォーク

ミセス・シンプソンは帰った。空が明るくなり始めた頃、車が彼女を迎えに来たのが見えた。これで、もう少し楽に息ができるようになるかもしれない。

カーテンを開けると、外は霧に包まれていた——海の近くのこんな低地ではよくあることだ。ミセス・シンプソンを迎えに来た車のヘッドライトが、濃い霧を不気味に切り裂いている。彼女が車に乗りこむところは見えなかったが、交わされる言葉が聞こえ、車のドアが閉まり、続いて玄関のドアが閉まったのがわかった。とりあえず彼女は、車まで歩いていけるくらいには元気だということだ。よかった。

ダーシーはまだ眠っている。部屋は凍えるほど寒かったので、もう一度わたしもベッドに戻ろうと思ったが、デイヴィッド王子と馬に乗る約束をしていたことを思い出した。だれかを迎えによこすと言っていたけれど、時間は指定していなかった。そういうわけで、わたしは乗馬服に着替え、出かける前に紅茶を飲みたくて階下におりた。食堂に朝食の用意はされていない。体を動かす前に、できればお腹になにかを入れておきたかった。暖炉に火は入っていたけれど、あたりにはだれもいない。ベルを鳴らそうとしたところで、今日がボクシング・デイであることを思い出した――必要不可欠な使用人以外は、自分の家に帰って家族に会える日だ。そのため、わたしたちの食事はシンプルなもので、それも自分で用意しなくてはならない。そこでキッチンに向かうと、コンロの前に疲れ切った様子の料理人がいた。クイーニーの姿はない。わたしがキッチンに入ってくるのを見て、料理人はぎくりとした。

「なにかご用でしょうか？」彼女が訊いた。

「もう紅茶の用意はできているかと思って。乗馬に行くのだけれど、空腹のままで行きたくないのよ」

彼女は、雄鶏の形をしたキルトの保温カバーがかけられたティーポットに駆け寄った。

「もちろんです、マイ・レディ。すぐに用意します」

「ひとりきりなの？　わたしの料理人はどうしたの？」

「わたしが知りたいですよ」彼女は答えた。「今日はわたしが休めるように、ほとんどの仕事を彼女が引き受けることになっていたんです。ほら、昨日のあとですからね。でもゆうべ、たっぷりと食べたし――カモとか付け合わせとか――ワインも飲んだんで、きっと今朝は寝過ごしているんだと思います」

「だれか使用人に彼女を起こさせて、いますぐ仕事に取り掛からないと困ったことになるとレディ・ジョージアナが言っていたと伝えるといいわ」

料理人はにんまりした。

「それ以外は、彼女はどうなのかしら?」

「まあまあですね」彼女が答えた。「確かに、ちょっとばかり不器用なところはありますけれど、料理人としては悪くないし、ペストリーはどんなものでもたいした腕ですしね」彼女は恥ずかしそうに小さく笑った。「でも、食べることは好きみたいですね? まったくよく食べますよ」

ちょうどそのとき、ハウスメイドのアニーがキッチンに入ってきた。

「アニー、上に行ってクイーニーを起こしてきてくれないかしら?」わたしは言った。

彼女は恐怖そのものといった表情を浮かべた。「わたしは二度とあの廊下には行きません。なにがあろうと絶対に。あそこは幽霊が取りついているんだってエディスは言っています。エディスはゆうべ、あのかわいそうな女性の上に階段が落ちてくるちょっと前に幽霊を見たそうです。全身黒い服を着て、顔にはベールをかけていたって。そのあと、ふっと消えたんだそうです」

「エディスは想像力が豊かなのね」わたしは言った。「それにもちろん、暗いところでミセス・シンプソンにつまずきそうになったのは、ショックだったでしょうしね」

「しっかりしなさい。もう朝なんだから」料理人が言った。「奥さまに言われたとおりにするんだよ。ぐずぐずすればするほど、あんたは家族が待つ家に帰るのが遅くなるんだからね」

アニーは階段をあがっていき、しばらくしてから青い顔をして戻ってきた。

「クイーニーは部屋にはいませんでした」

わたしは心配になった。呪いや幽霊といったばかげた話が、突如としてそれほど突拍子もないものに思えなくなった。クイーニーは散歩をするようなタイプではない。いったいどうしたっていうんだろう？

「わたしが行くわ」わたしは小走りにならないようにしながら玄関ホールに向かい、そこから階段をあがった。クイーニーの部屋はやはり空だ。お仕着せが椅子に脱ぎ捨てられていた。化粧台の上にはブラシと櫛。床に靴。つまり、外出したわけではないということだ。

わたしは暗くて細い廊下に立ち、うろたえてあたりを見まわした。折り畳み式の階段はあるべき場所に戻されている。頭のおかしい親戚だかだれかが屋根裏に住んでいて、クイーニーを連れていったのかもしれないという、ばかな考えが脳裏をよぎった。

「クイーニー？」呼びかけたわたしの声は思った以上に大きく反響した。「いるの？」

エディスの部屋のドアが、続いて廊下の突き当たりにあるフィグのメイドの部屋のドアが開いた。

「どうかしたんですか、マイ・レディ？」フィグのメイドが訊いた。

「わたしの料理人が見つからないのよ。見かけなかった？」

ふたりは首を振った。そのとき、トイレの水を流す音がした。ドアが開き、クイーニーが現れた。寝間着姿で、髪はぼさぼさであっちこっちが突っ立っている。

「クイーニー、いったいどうしたっていうの？　具合でも悪いの？」わたしは尋ねた。

彼女はそこで初めてわたしに気づいたらしかった。「おやまあ、お嬢さん！」

「ずっとそこのトイレにいたの？　体調がよくないの？」

「ゆうべあんだけ食べたせいで、元気いっぱいってわけじゃないですね」彼女が答えた。「でも実を言うと、トイレに座っているあいだに、また眠っちまったみたいなんですよ。今朝起きたときは、それくらい疲れてたんです。おまえはいつか風呂のなかで寝落ちして溺れるぞって、父ちゃんに言われてました。もっともあたしたちの家ではそんなこと、起こりっこなかったんですけどね。暖炉の前に金だらいがあるだけだったし、あたしはぎりぎり入れるかどうかってところでしたから」

わたしは笑うべきか怒るべきか決めかねて、彼女を見つめるしかできなかった。

「とにかく、料理人があなたを待っているから、早く用意しなさい」それ以外に言葉が見つからず、わたしは足音も荒く階段をおりた。

ちょうど紅茶を飲み終えたところで、レディ・アイガースがやってきた。ウールのガウン姿で、まだ眠たそうだけれど、いくらかうろたえている。

「デイヴィッド王子を乗せているらしい車が来ましたよ。急いだほうがいいわ」

わたしはカップを置くと、急いで乗馬用の帽子と鞭を取りに行った。レディ・アイガースが玄関のドアを開けた。「あら、おはようございます、オルトランガム大尉」彼女が言った。「王子に言われて、レディ・ジョージアナを迎えにきたんですね。あなたも一緒に行かれるんでしょう？」

「もちろんです。王子を見ていなくてはいけませんからね」

「それなら、だれがあなたを見てくれるの？」彼女が訊いた。

彼はくすりと笑った。ドアの外に立っていたのは、男性用オーデコロンの広告によく見るようなしっかりした顎を持つひときわハンサムな男性で、軍人らしい身のこなしをしていた。わたしに気づいて愛嬌のある笑みを浮かべる。彼もまたハリス・ツイードの乗馬服に乗馬用ズボンという装いだ。

「おはようございます」玄関にたどり着いたわたしに、彼が挨拶した。「ぼくは、ディッキー・オルトランガム。王子の侍従です」彼はわたしの上着を手に取った。「あなたはレディ・ジョージアナですね」

「はい、そうです」

「お会いできて光栄です、マイ・レディ」彼は手を差し出した。「乗馬服がとてもお似合いだ。気持ちよく乗馬ができそうですか？」

「ええ、もちろん」

「あなただけですか？」彼は玄関ホールを見回した。ふたりでこっそり抜け出せることが、予想外の贈り物であるかのような口調だった。彼のほうが長身ではあるものの、王子と似ているとわたしは思った。その目には同じようないたずらっぽい輝きがある。

「いまのところは。レッグ・ホーン少佐が行くかもしれないと言っていたんですけれど」わたしは答えた。「でも、今朝は彼を見かけていません。寝過ごしたんだと思います。昨日は散々食べたり、飲んだりしましたから」

「みんなそうですよ」彼はくすくす笑った。「もっとも、王家の方々が一緒にいて、国王陛下のスピーチを控えているとなると、自制が必要ですけれどね」彼はちらりと車に目を向けた。「おや、王子を待たせないほうがよさそうだ」

デイヴィッド王子がちょうど車から降りてくるところだった。

「おはよう、ジョージー。気持ちよく馬に乗れそうかな？」

「はい、もちろんです、サー」王子に侍従と同じことを訊かれ、わたしは笑顔で答えた。

デイヴィッド王子はドアロに立つレディ・アイガースに気づいた。

「やあ、トゥルディ。あなたが来ないのが残念だよ」

「わたしが馬を乗りこなしていたのは、もう遠い昔です、殿下。わたしがあなたのお母さまと同じくらいの年だということをお忘れですか？　それにしてもご自分でジョージアナを迎えにこられるなんて、お優しいんですね」

「うむ――」彼はオルトランガム大尉にちらりと視線を向けた。「若い親戚には目を光らせておかなくてはいけないからね。ディッキーは折り紙つきのＮＳＩＴだから」

「なんですって？」レディ・アイガースは怪訝そうに訊き返した。

「タクシーのなかは安全じゃない（Not safe in taxi）という意味です、アーミントルード伯母さま」わたしは説明した。「若い頃に、頭文字を取ってそんなふうに言っていたんです」

「心外ですね」ディッキー・オルトランガムが言った。「ぼくは幸せな既婚男性ですよ。ふたり目の子供がもうすぐ生まれるんです」

「もちろんそうだろうとも」デイヴィッド王子がさらりと応じた。「さあ、そろそろ行こうか。わたしたちが着く頃には、馬の準備もできているはずだ」そう言ったにもかかわらず、彼は車に戻ろうとはせず、その場から上の階の窓を見あげている。「ウォリスが起きるにはまだ少し早いだろうか？　うん、そうだろうな。そっと部屋に忍びこんで、彼女を起こしてみたくてたまらないよ――『眠れる森の美女』の王子のように」

彼はいたずらっぽく微笑んだが、すぐに首を振って言った。「だがそんなことをしたら、彼女はものすごく怒るだろうな。化粧をしていなくて、髪も整っていないところを見られるのは嫌がるんだ。でも家に戻るときにここを通りかかったら、小石を拾って彼女の部屋の窓に投げてみるよ。どの窓が彼女の部屋だい？」彼は、やんちゃな男子生徒のように笑った。男子生徒というのはいい表現だとわたしは考えていた。彼は四〇歳を超えているのに、いろいろな意味でピーター・パンのようなところがある。大人になりたくない、責任を負いたくない少年だ。

そう考えたところで、ミセス・シンプソンはすでに駅に向けて出発したことを思い出した。ああ、どうしよう。事故のことはデイヴィッド王子には黙っているようにと彼女に言われているけれど、彼は知っておく必要があるんじゃない？　再びこの家を訪れたときに彼女がロンドンに戻ったことを知るほうが、彼のショックは大きいだろう。自分は彼女を怒らせたと考えるだろう。

「黙っていることになっていたんですが、サー、お話ししておいたほうがいいと思います」わたしはためらいながら切り出した。「昨日の夜、ミセス・シンプソンはちょっとした事故にあって、かかりつけのお医者さまに診てもらうためにロンドンに行きました」

彼の顔が青くなった。「ウォリスが？　事故？　怪我をしたのか？　どうしてわたしに電話をしてこなかった？」

「ここには電話がないんです」わたしは答えた。「それに、彼女はあなたを心配させたくなかったんです」

「どんな事故だ？　どこかから落ちた？」

「屋根裏にあがる折り畳み式階段が落ちてきて、彼女の頭に当たったんです。彼女は気を失いました」

「なんということだ。彼女は大丈夫なのか？」デイヴィッド王子はいまにも吐きそうだった。

「大丈夫だと思います」レディ・アイガースが答えた。「すぐに体を起こしていましたし、意識もはっきりしていました。近くの病院に行くか、それともお医者さまに来てもらおうかと言ったのですが、彼女はどちらもいやがったんです。彼女だと気づかれて、変な噂になるのを恐れたみたいで」

「ばかなことを」デイヴィッド王子は腹立たしげに言った。「英国の新聞社とは、わたしたちのことについては書かないという取り決めを結んでいると言ってあるのに。外国のいまいましいくず新聞とは違うんだ。それに地元の人間は彼女がだれなのかを知らない。彼女は安全だ」

「ご自分のお医者さまのほうがよかったんだと思います」レディ・アイガースが言った。

「今朝出発したんだね？」

彼が腕時計を見た。

「一時間もたっていないと思います」

「ロンドンまで車で？」

「駅にお連れしたと思いますけれど」

「それならまだ間に合うかもしれない。ボクシング・デイにはあまり列車が走っていない」彼はディッキー・オルトランガムに向き直った。「ディッキー、悪いがわたしの代わりにジョージアナと乗馬をしてきてくれないか？　ウォリスがロンドンに行く前に捕まえたいんだ。具合が悪いのなら、ひとりで移動するのはよくない。途中で倒れるかもしれない」彼はレディ・アイガースに視線を戻した。「あわただしくてすまないが、急げば彼女をつかまえられるかもしれない」

デイヴィッド王子はアイドリングしている車に駆け寄ると、運転席に飛び乗った。彼が猛スピードで発進させる寸前、オルトランガム大尉とわたしもかろうじて車に乗りこんだ。

霧の濃い場所がところどころにあり、細い道路には木々が薄気味悪い枝を伸ばしてしている。日光が届かない木の根元あたりには、まだうっすらと雪が残っていた。

「くそ」デイヴィッド王子が言った。「このいまいましい霧が運転の邪魔をしないといいんだが」

「ボクシング・デイの道路にはだれもいませんよ、サー」ディッキーが言った。

「どこかの農夫が、牛たちを新しい牧草地に移動させるのに今日という日を選んでいなければいいがね」

サンドリンガム・ハウス周辺の開けた芝地までやってくると、湖はすっかり霧に隠れていて、その向こう側にある屋敷はまるで育ちすぎた赤いドラゴンのように見えた。デイヴィッド王子は屋敷の正面をぐるりとまわり、厩舎前の庭の外にタイヤをきしらせながら車を止めた。彼は一秒たりとも無駄にしなかった。車から飛び降りると、離れ家の前を駆けていき、やがて別の車のエンジン音とタイヤが砂利を踏みしだく音が聞こえてきた。

ディッキーは難しい顔をしていた。「厄介なことが起きましたね。ちょうど間の悪いときに、階段が落ちたということですか?」

「わたしもそれは考えました。ダーシーも」

「彼は——なにか調べているんだと思いますか?」

「残念だけれど、調べるようなことがあるとは思えないんです」わたしは答えた。「わたしが知るかぎり、悲鳴を聞いて階段を駆けあがったとき、わたしたちはみんな居間にいました。

上の階にいたのはレディ・アイガースのメイドだけだと思いますが、彼女はもう何年もメイドとして働いているんです」ふと気づいたことがあったので、わたしは言葉を切った。ミス・ショート。彼女はわたしたちと一緒にいただろうか？　あまりにも目立たない人なので、記憶になかった。それに、あの階段を留めたのは彼女のはずだ。さらにわたしはデイヴィッド王子が撃たれた直後、雪のなかでレディ・アイガースを捜している彼女に会っている。なにか言うべきだろうかと考えたが、やめておいた。まずはダーシーにわたしの疑念を話して、彼の意見を聞いたほうがいい。けれど祖父が以前、もっとも怪しくない人間、目立たない人間が犯人であることが多いと言っていた……。

「事故だとは考えていないんですか？」わたしは尋ねた。

「これがほかの場合なら、事故だと思ったでしょう」彼はゆっくりと答えた「ですが、王家の方々がサンドリンガムにおられるときに起きる事故が、多すぎる気がするんです。ぼくの前任者は、去年狩りの最中に馬から落ちて死にました。ぼくは彼とポロをしていたんです。乗馬の腕前はたいしたものでした」

「でも撃たれるかなにかしないかぎり、人を落馬させることはできないでしょう？」

「撃たれたりはしませんでした。ただ落馬して、岩に頭をぶつけたんです。あれも不運な事故でした」彼はわたしがためらっていることに気づいた。「でも心配いりませんよ。今朝は、そのあたりはゆっくり行きますから。高い柵を飛び越えたりはしません。あなたを無事に連れて帰らなかったら、殿下はぼくを絶対に許してくれないでしょうからね」彼はそう言いながら、挑むように片方の眉を吊りあげた。

わたしが過剰に反応しているんだろうか？　それとも彼は自分の言葉に二重の意味を持たせた？　わたしをどうにかしようとしている？

「ダーシーにはきっと殺されるでしょうね」

「ダーシーをよく知っているんですか？」わたしは訊いた。

「ダーシーですか？　あなたのご主人のことはだれだって知っていますよ。生きた伝説ですから」

「本当に？」わたしは笑った。

彼は同情と言っていいような顔でわたしを見た。「あなたは彼がしていることの半分も知らないんですよ。いえ、もちろん、仕事の話です。わたしはなにも……」

「もちろんです。仕事の話ですよね」わたしの夫がかつてはときに向こう見ずだったことを言っているのはわかっていた。もちろん、そのことなら知っている。けれどいまは、ひとりの女性と落ち着いたのだと信じていた。

わたしたちは美しい三頭の馬が待つ厩舎前の庭に入った。すでに鞍がつけられていて、馬丁が手綱を握っている。ディッキーはあたりを見まわしていたが、やがて探していたものを見つけたらしかった。「ああ、あった。さっきここにコーヒーを置いていったと思ったんだ。もうすっかり冷たくなっているだろうな」

彼は陶器のマグカップを手に取り、一口飲んで顔をしかめ、ふたたび元の場所に戻した。

「冷たい」彼は言った。「さてと、行きますか。馬を思いっきり走らせる準備はできていますか？」

「ジャンプができて、わたしを振り落とそうとしない馬を用意してくれるなら」

「もちろんですよ。あなたにはラニを用意しています。アラブ種でとても速いんですが、乗り心地はいいです」わたしはほっそりとした優美な馬に近づくと、馬丁の手を借りて鞍にまたがった。

「ぼくはサルタンにします。王子がいませんからね」ディッキー・オルトランガムが言った。「こいつは少々手ごわいんですが、でもよく走るんですよ」ディッキーは大きくて強そうな鹿毛の馬にひらりとまたがった。馬は軍馬のように飛び跳ね、鼻を鳴らしたので、わたしに与えられたのが同じような馬でなかったことにほっとした。わたしの乗馬の腕は悪くないけれど、これまでも手に余る馬はいた。

「いいですか？」彼が訊いた。「では、行きましょう」

　彼は自分の馬を厩舎の庭から外へと出した。わたしもあとに続く。わたしはすぐに、ラニがとても乗りやすいことに気づいた。手綱をごく軽く動かすだけで、あるいはふくらはぎに少し力をこめるだけで、ちゃんと反応してくれる。敷石が途切れたところで、ディッキーはサルタンを駆け足（キャンター）で走らせ始めた。わたしも続いた。わたしたちは農道を走り、やがて、解けかけた雪の合間から草が顔をのぞかせている放牧場に出た。

「いいですか？」ディッキーの声を合図に、わたしたちは速度をあげた。顔に当たる風は冷たくて息が詰まったけれど、速度をあげて走ると高揚感を覚えた。冷たい空気のなかで、馬たちの息はまるでドラゴンの煙のように見えた。ひづめが地面を蹴る音は、まわりで渦巻く霧のせいでこもって聞こえた。時折前方が開けたが、またすぐに窪地になって、前を行くディッキーの姿が霧に隠れた。野原の突き当たりにはゲートがあった。ディッキーは速度を緩めなかったので、飛び越えるつもりだと気づいた。ディッキーの馬はなんなく飛び越えた。わたしの馬はずっと小さいので不安になったが、彼女は体勢を整えると、まるで空を飛んでいるかのようにふわりと飛び越えた。わたしは思わず歓喜の声をあげた。その先は森で、わたしたちは木のあいだのくねくねと曲がった乗馬道を進んだ。木の枝がわたしたちをつかもうとするかのように伸びている。霧がまた濃くなってきた。ディッキーの姿は見えなくなっていたけれど、彼の馬のひづめや馬具のリズミカルな音は聞こえていた。ところどころで雪が深くなっていて、わたしの馬は一度足を取られた。わたしは森を出るまで少しペースを落とし、やがて立派なオークと楡の並木で仕切られた耕された畑の脇に出た。ディッキーは前方の霧のなかに消えてしまい、わたしは追いつこうとして馬を急がせた。

木の下には、畑の縁に沿って平らな草の道ができていた。わたしの馬は一度つまずきかけたので、でこぼこした土の部分を避け、草の上を歩かせた。ほとんどの木はとても古くて背が高く、夏になれば木の葉の天蓋を作るのだろうが、ところどころにある小さな木は細い枝を道のほうへと突き出していた。ディッキーはまだ見当たらず、サルタンのひづめの音も聞こえなくなっていた。野原が途切れるところでディッキーが待っていてくれることを願った。

彼がいなければ、どちらに行けばいいのかわからない。

太い丸太が道をふさいでいるのが見えた。飛び越えるだろうというわたしの予想に反して、ラニがいきなり脚を止めたので、わたしはもう少しで前に投げ出されるところだった。

「大丈夫よ」わたしは身を乗り出して、彼女の脇腹を軽く叩いた。「ほら、行きましょう」

けれどラニは動こうとしない。前方の道に横たわっているのが丸太などではないことに、わたしはようやく気づいた。人間だった。

一二月二六日　ボクシング・デイ
サンドリンガム・ハウス　ノーフォーク

まだ震えがひどくて、これを書くのがやっとだ。

ハリス・ツイードの乗馬服とその上の金色の髪が見えた。二四時間のうちに、気を失った人をふたりも見つけるなんて！　わたしは馬を降り、ラニが震えていたのと、わたしを置いて彼女が家に戻ってしまっては困るので、手綱を持ったまま進んだ。そろそろと近づいて、彼の横に膝をつく。彼は横向きに倒れていた。

「ディッキー？　大丈夫？　目を覚まして」

おそるおそる手を伸ばして彼の肩に触れ、それから仰向けにした。ぐらりと片側に倒れた彼の頭が妙な角度になっていることに気づいたのはそのときだ。首の骨が折れたのだ。わたしは口を手で押さえ、こみあげる吐き気をこらえた。どうしてこんなことに？　ただまっすぐに馬を走らせているときに落馬はしないし、ディッキーの乗馬の腕が優れていることはよくわかっている。あたりを見まわした。彼は、幹に蔦がからみつき、太い枝が道の上に張り出しているごつごつした古いオークの木の横に倒れていた。あの枝にぶつかって鞍から落ちるほど彼は長身ではないし、これほどの霧であっても枝があるのは見えたはずだ。けれど、ほかに理由は考えつかなかった。

近くに家はないか、煙突から出る煙はないかと四方を見渡してみたけれど、平坦な田園風景が広がるばかりだった。立ちあがろうとしたとき、彼のまぶたが震えながら開き、その目がわたしをとらえた。

「ディッキー、ジョージアナよ」わたしは囁くように言った。「心配ないわ。助けを呼んでくるから」

彼はなにかを思い出そうとするかのように、顔をしかめた。

「落馬したのよ。でも大丈夫だから」どうしてそんなことになったのかは、説明できなかった。

彼はなにか言おうとした。か細い声を絞り出した。「ごめん。エリー」そして困惑した表情になり、囁くような声でなにかを言った。〝タペストリー〟と聞こえた気がしたけれど、そんなはずはない。

「なんて言ったの？」わたしは訊いた。「よく聞こえなくて……」

けれど彼の目は再び閉じられ、わたしは彼が死んだことを知った。あとはもう助けを求めるしかできることはない。彼の馬はいないかと、わたしは霧の中で目を凝らした。乗り手もなしに、厩舎からそれほど離れたところまではいかないはずだ。ラニの手綱を持ってディッキーの向こう側にまわり、そのまま道に沿って進んでいくと、やがて大きなオークの木の下に立つ馬の姿が見えた。「サルタン、もう大丈夫よ」わたしは彼に近づきながら優しく声をかけ、手綱を取った。彼はおとなしくついてきた。

ここがどこなのかも、一番近い家はどこにあるのかもわからなかった。ここに来るまで農家は一軒も見かけなかったから、全部サンドリンガムの地所なのだろう。わたしにできるのは、来た道を引き返すことだけだった。手助けなしにサルタンに乗るのは難しかっただろうから、小さい馬だったことに感謝しながら、再びラニにまたがった。サルタンと並んで、速足で走りだす。森の中の乗馬道は二頭が並んで進めるほど広くなかったので、歩く速度にまで落とさなくてはならなかった。ゲートまでたどり着いても、どちらの馬も飛び越えようとはしなかったから、歩いていたのは正解だった。ゲートは、馬に乗ったまま、身を乗り出すことで開閉できた。平坦な放牧場では、思い切って速度をあげた――厩舎が近くにあることを悟った馬たちが思っていたよりも速く走り始めたので、失敗だったかもしれない。けれど、わたしはなんとか二頭を制御し、ようやくのことでサンドリンガム・ハウスが見えてきて、厩舎前の庭に入った。

石畳に響くひづめの音に気づいて、馬丁がやってきた。

「早いお戻りですね、マイ・レディ」彼はそう言ったところで、二頭目の馬に気づいた。

「なにかありましたか？」

「事故があったの」わたしは答えた。「オルトランガム大尉が落馬したのよ。残念ながら——」わたしは大きく深呼吸をしてから、言葉を継いだ。「残念ながら、彼は亡くなったわ」

「またですか？」馬丁は思わず口走り、それから首を振った。「すみません、マイ・レディ。ふさわしくない言い方でした。でも、サルタン——同じ馬です——に乗った別のたくましい若者を見送り、同じ悪い知らせを受け取ったのが、つい昨日のことのように思えて」彼は苦しそうに言った。「あれもボクシング・デイでした。一年前の」

「聞いたわ。とても本当とは思えない」

彼はうなずいた。「どう考えていいのかわかりません。普段のサルタンは、わたしがこれまで見たどんな馬よりしっかりした脚をしているんです。それにジャンプも得意だ。あのかわいそうな人が飛び越えられなかったのと、同じ障害ですか？」

「いいえ、障害なんてなかったの」わたしは答えた。「それどころか、野原沿いのいたって平坦な道だったのよ」

「それなのにどうしてサルタンは二度もつまずいたんでしょう？　獣医を呼んで、脚がどうかなっていないかを診てもらったほうがよさそうですね。殺処分なんてことにならないといいんですが。あの馬は気に入っているんです」

「馬のせいじゃないと思うわ」わたしはあわてて言った。「オルトランガム大尉は道に突き出していた、低い枝にぶつかったんだと思うの。彼がどうして気づかなかったのかは、わからないけれど。確かに霧は濃かったけれど、それでも道に突き出している枝は見えたはずだもの。彼のあとを追っていたわたしには見えたのよ」

「これがほかの乗り手だったなら、サルタンがその人を乗せたまま逃げ出したと思ったかもしれません」彼は首を振りながら、歯と歯のあいだから息を吸った。「サルタンは自分の意志を持った強い馬なんです。デイヴィッド王子は彼に乗るのが好きなんですよ——挑むのが楽しいんでしょうね。ですが、オルトランガム大尉は優れた乗り手です。ポロの腕前はずば抜けていると聞いています」

「落馬する前になにかあったのかもしれないわ」脳みそが回転し始めていた。「脳卒中とか心臓発作とか？」

「彼のような働き盛りの健康な若い男性がですか？　考えにくいですよね？　医者が解剖をすれば、わかるはずですが」

霧が厩舎前の庭にまで忍びこんできて、わたしはがたがたと体を震わせていた。馬丁がそのことに気づいたようだ。「ですが、いまはあなたですよ、マイ・レディ。ひどいショックを受けたでしょうに、馬を両方とも連れて帰ってくれて本当に助かりました。屋敷に行って、なにがあったのかを話してください。ブランデーを一杯もらって、それから車で家まで送ってもらうといいです」

わたしはうなずいたが、サンドリンガム・ハウスに行くのは気が進まなかった。招待されていないだけでなく、王家の方々はまだだれも起きていないだろうからだ。本当は、ウィンダム・ホールに帰って、ダーシーのそばにいたかった。彼なら、どうすればいいかを知っているだろう。けれどわたしにはミスター・オルトランガムに対する責任があることはわかっていたから、勇気をかき集めて屋敷へと向かった。厩舎前の庭を出たところで、こちらに向かって歩いてくる人影に気づいた。レッグ・ホーン少佐だ。わたしに気づくと、彼は足を止めた。

「やあ、よかった」彼は言った。「遅すぎたわけじゃなかったようだ。あのいまいましい目覚まし時計が鳴らなくて、車の音で目が覚めたんですよ。わたしを待っていたわけじゃないですよね？」

「ええ、違います、少佐。でも残念ながら、今朝の乗馬は中止になりました。事故があったんです。王子の侍従が落馬したんです」

「ディッキー・オルトランガムが？　彼はたいした男ですよ。わたしが知るなかでも、乗馬の腕はかなりいい。落馬するような男じゃありません」

「残念ながら、ディッキーなんです」

「なんとまあ。彼は大丈夫なんですか？」

わたしは首を横に振った。「亡くなりました。首の骨を折ったんです」

彼は唖然とした。「なんと言えばいいのか。恐ろしいことになりましたね。でも、王子でなくて本当によかった。彼はさぞ悲しんでいるでしょうね」

「デイヴィッド王子は一緒に行かなかったんです」わたしは説明した。「直前で気が変わったみたいで。ディッキーとわたしだけでした」

「大きすぎる障害物を飛び越えようとしたんですか？」

わたしはもう一度首を振った。こんなふうにあれこれと訊かれると、涙がこぼれそうになる。

「障害物でもなんでもなかったんです。野原の脇の平坦な道でした。彼は低い枝にぶつかったんだと思います。それ以外に説明がつきません」

「低い枝？　それは考えにくい。どんなばかでも、低い枝が迫ってくるのは見えるはずだ。違いますか？　そしてよけられないと思えば、頭をさげるでしょう」

もっともだった。わたしはうなずいた。「そうですね。わたしにも理解できません」

少佐はわたしの声が震えていることに気づいたようだ。「お嬢さん、さぞかしショックだったでしょう。わたしの車で送っていきますから、熱い風呂に入って紅茶を飲むといい」

「その前に、サンドリンガムにいる人たちに話をしないと」わたしは言った。

「そのことなら心配いりませんよ。もう、その気の毒な男のためにできることはないんです。あなたを家まで送ったらすぐに戻ってきて、わたしがサンドリンガムの人たちに伝えますよ。ボクシング・デイに地元の警察官や医者を呼べるとは思えないが、あなたから聞いたかぎりでは、事態は単純なようだ」

わたしは反論する気分ではなかった。いまはただウィンダム・ホールに帰って、熱いお風呂に入り、紅茶を飲みたいだけだ。いまにも吐きそうな気がしたけれど、朝食がまだだったと思いだした。わたしの代わりに少佐がするべきことをしてくれるのだとわかって、わたしは心の底から安堵した。彼と並んで車に乗りこんだところで、最初の夜、廊下で言い寄られたことを思い出した。不安にかられて彼を見たが、今日は有能な士官のモードに切り替わっているようだ。道路の状態を考えれば、彼は大胆なくらいの速度で車を走らせ、わたしたちはあっという間に家に帰り着いた。玄関へとわたしが歩いているあいだに、車は砂利道で方向を変え、走り出していった。

家のなかは気持ちよく暖められ、コーヒーとベーコンのにおいが漂っていた。いつもなら、来客があるたびに尻尾を振り立てながら駆け寄ってくるはずの犬たちの姿はない。にもかかわらず、わたしが戻ってきたことに気づいた人間がいた。

「おかえりなさいませ、マイ・レディ」執事が持つ不思議なほどの洞察力で、ヘスロップが現れた。「乗馬は楽しまれましたか?」

「ええ、ありがとう、ヘスロップ」わたしは答えた。「ミスター・オマーラは朝食の最中かしら?」

「いえ、そうではないと思います、マイ・レディ。あなたと少佐以外は、今朝はまだお見掛けしておりません。もっともだと存じます」

階段をあがろうとしたところで、玄関のドアが開いてレディ・アイガースが入ってきた。

「ああ、今日は本当に寒いわね。庭師の家族にいつものクリスマス・ボックスを届けに行ったのだけれど、すぐそこなのに骨の髄まで凍えてしまいましたよ」彼女はなにかを考えているかのように、言葉を切った。「ずいぶん早く帰ってきたのね。ぐるりと回ってこなかったの？」

「ええ、早めに戻ってきたんです」事故の話をしたくなくて、わたしは口ごもった。一度話せば充分だ。

「大丈夫？」彼女が訊いた。「真っ青じゃありませんか。いまにも気を失いそうよ」

「朝食がまだなんです。少し気分が悪くて」

「まあ、こっちでお座りなさい。紅茶を飲んで、なにかお腹に入れたほうがいいわ。さあ」

わたしはおとなしく彼女に連れられて、食堂に向かった。

食堂では、ダーシーのミセス・レッグ・ホーンが、トーストにポーチドエッグをのせたものを食べていた。ダーシーの伯母はわたしを座らせると、紅茶にたっぷりの砂糖を入れ、料理を取り分けてくれた。わたしは紅茶を飲んだものの、皿の上のこってりした食べ物は食べる気になれなかった。

「ミセス・レッグ・ホーンのように、トーストにポーチドエッグをのせたものをいただいてもいいですか？」わたしが頼むと、料理の皿がさげられた。

「これはダーシーが平らげてくれるでしょうね」ダーシーの伯母はそう言って、わたしのためにトーストにバターを塗ってくれた。

わたしは食べ始めたが、口のなかのものがなかなか飲みこめずにいた。ディッキー・オルトランガムの顔が、しきりに浮かんでくる。人の気を引こうとするようなあだっぽいあの笑顔。どんな男性であったにせよ、彼は生きていて、人生を楽しんでいた。その彼が死んでしまった。どうにも理解できなかった。ダーシーが食堂に入ってきたときも、わたしはまだ食べ続けていた。「もう帰ってきたの？」彼はそう言ったあとで、わたしの様子に気づいた。「なにがあった？　落馬したの？　大丈夫かい？」

彼には黙っていられなかった。「わたしは大丈夫。でも事故があって――」

「夫ですか？」ミセス・レッグ・ホーンが立ちあがった。「馬から落ちたりしていませんよね？　行かないでって言ったのに。あの人、耳を貸さなくて」

「ご主人がいらしたのは遅くて、わたしたちと一緒には行けませんでした」わたしは答えた。

「王子の侍従が……」

「ディッキー？」ダーシーが険しい口調で訊いた。

「ええ」わたしは大きく息を吸った。「馬から落ちたの。首の骨を折ったのよ、ダーシー」情けないことに、頬を涙が伝い始めた。ダーシーに抱き寄せられて、わたしは彼の肩にもたれて泣いた。

「ブランデーを取ってきますね」レディ・アイガースが言った。「若い女性には恐ろしいことでしたね。どうしてそんなことになったの、ジョージー？　〝馬から落ちた〟ってどういうことかしら？」

「そのとおりの意味です。わたしが見たわけではないんです。彼は強い馬に乗っていて、先を走っていたんです。それに、あのあたりの霧はとても濃かったし。耕された畑に沿った草の道を走っているところでした。片側には大きな木があって、わたしの馬が突然脚を止めたので、わたしは前に放り出されそうになりました。丸太が道をふさいでいるのかと思ったら、ディッキー・オルトランガムが倒れていたんです。彼は死にました」

「それなら、どうして彼が馬から落ちたってわかるんだ？」ダーシーが訊いた。

「ほかに説明がつかないもの。オークの木の枝が道に張り出していたの。彼の馬はわたしの馬よりずっと背が高かったから、ぶつかったのかと思ったのよ。でも、彼にも枝が見えていたはずよね」

「霧がとても濃かったんでしょう？」レディ・アイガースが言った。

「ええ。でも霧のなかでも、前になにかあるかどうかはわかりますよね？　はっきりとは見えなくても、太い枝があれば気がつくはずなのに」

「彼の馬はどうなったの？」レディ・アイガースが尋ねた。「彼を振り落として逃げたということは考えられない？」

「数メートル離れたところに立っていました。大きくて強い馬ですけれど、オルトランガム大尉は完全にコントロールしているように見えました。ギャロップで走っている最中に、乗っている人を突然振り落とすなんてわけがわかりません」

「突然鳥が飛びたって驚いたとか？　ウサギが足元に飛び出してきたとか？　馬は臆病な生き物でしょう？」

「そうですね」

「不運なことが重なったのかもしれないわね」レディ・アイガースが言った。「ウサギが飛び出してきて、馬が驚いて立ちあがったところに、張り出した枝があったとか。彼は本当に不運だった」

「はい。本当に不運でした」わたしは言った。

馬丁の言葉が脳裏から離れなかった。〝またですか？ あれもボクシング・デイでした〟

「吐きそう」わたしはそう言い残し、部屋を走り出た。

一二月二六日　ボクシング・デイ
ウィンダム・ホール　ノーフォーク

なんて恐ろしいことが起きたんだろう。楽しい気分がすっかり消えてしまった。あの光景が頭から消えることはきっとないだろう。

その後は、みんながとても心配してくれた。わたしは朝のこの時間はだれもいない応接室へと連れていかれ、火を入れたばかりの暖炉の脇の肘掛け椅子に座らされた。ブランデーが運ばれてきて、わたしはためらいがちに口をつけた。強い酒に体は温められて、震えは収まった。

「デイヴィッド王子は無傷なんだね?」ダーシーが確認した。

「彼は直前になって行かないことにしたの」わたしは答えた。「ミセス・シンプソンの部屋の窓に石を投げるって言いだしたから、彼女はもういないことを話さなきゃいけないと思ったの。彼女がロンドンに帰る前に駅で捕まえようとして、デイヴィッド王子はあわてて出ていったわ。だから馬で出かけたのはオルトランガム大尉とわたしだけだった」

ダーシーは眉間にしわを寄せた。「サンドリンガムには伝えたのかい？」

「レッグ・ホーン少佐が伝えてくれるって。まずわたしをここに連れ帰ってくれたのよ」わたしは深々とため息をついた。「ディッキーを連れ帰ってくる以外、できることはもうあまりないわ。お医者さまがきっと死因を調べてくれるわね」

ダーシーがわたしの肩に手を置いた。「ぼくは現場に行くべきだと思う。何本か電話をかける必要もありそうだ」

「ダーシー、事故じゃないかもしれないって考えているの？」わたしは、心の奥底に忍びこんでいた疑念を口にした。

「ディッキー・オルトランガムは、理由もなく落馬するような男ではないと言っているんだ。ぼくは彼とポロをしたことがある。遺体を確認しておきたいんだよ」

「それって？」

「だれかが、彼が落馬するように仕向けたのかもしれないということだ。彼は先に撃たれていたのかもしれない」

「銃声は聞こえなかった」わたしは言った。「それに、いったいだれがオルトランガム大尉のような人を撃ったりするの？」

「彼は元軍人だが、内務省に命じられて王家付きになったことは話したよね――警備のために。彼はなにかを知ったのかもしれない。デイヴィッド王子に対する陰謀とか。アイルランド共和国のテロリストとか」

「だれかを殺すつもりなら、どうしてデイヴィッド王子を直接狙わなかったの？　どうして警備の人間を殺すの？」そう言ったところであることを思い出し、わたしは全身が冷たくなった。「このあいだ、だれかが王子を撃ったんだった」

考えていたことが現実味を帯びてきて、わたしは手で口を押さえた。

「今朝、わたしと一緒に馬に乗っているのはデイヴィッド王子のはずだったんだわ。彼は直前になって行くのをやめたから、犯人はデイヴィッド王子を殺すつもりだったのかもしれない」

ダーシーはうなずいた。「ぼくもそのことを考えた。ふたりは見た目がそこそこ似ているだろう？　それに乗馬用の帽子をかぶって、霧の中で馬を走らせていれば、見極めるのは難しい」

わたしは考えこんだ。「だとすると、ゆうべあの階段がミセス・シンプソンの上に落ちてきたのも、事故じゃなかった可能性が出てくるわね？」

「それも考えたよ」

「でも、いったいだれが？　王家の人たちに恨みを持つ人間？　ミセス・シンプソンの事故が事故じゃなかったのなら、この家に入ることのできるだれかということだわ。レッグ・ホーン夫妻以外は知っている人ばかりだし、レッグ・ホーン少佐は王家に仕えている。あ、アメリカ人夫妻がいたわね。でもあの人たちはミセス・シンプソンの友だちだわ。彼女を気絶させるなんて考えにくい。それに、使用人たちはみんな害がなさそうな人ばかりよ。そうでしょう？」

「あれが本当に偶然の事故でないのなら、あの階段に欠陥があることを知っている人間だということになる」

そのとき玄関のドアが開いて、けたたましい犬の鳴き声が聞こえ、ミス・ショートが玄関ホールにはいってくるのが見えた。「静かに」彼女が言った。「気持ちよく散歩したんだから、行儀よくしなさい」

ダーシーとわたしはじっと見つめ合った。

「あの階段を最後に触ったのは彼女だわ」わたしは小声で言った。「それに、少佐とわたし以外に、今朝、外に出ていたのは彼女だけ。でも——彼女を見て。物静かで、目立たない、おとなしい人よ。彼女がだれかに銃を向けるところなんて、想像できる？」

「目立たない人間の仕業というのは、往々にしてあることだ」以前、祖父に聞かされたのと同じことをダーシーが言った。

「でもそれって筋が通らないわ。彼女はもう何年も、あなたの伯母さまと一緒にいるんでしょう？　忠実なコンパニオン。それに彼女が反王室じゃないことは確かよ。国王陛下のスピーチを聞く必要はないってミセス・シンプソンが言ったとき、彼女が思わず声をあげたのを覚えている？　それまで、ほとんどなにも喋っていなかったのに」

「彼女から目を離さないようにするんだ」ダーシーが言った。「彼女と話ができるといいかもしれない」

「話ならしたわ。彼女がレディ・アイガースを捜しに出かけたとき、車に乗せてあげたの。小さなティーショップを経営していたけれど、つぶれたんだって話してくれた。助けてくれたレディ・アイガースにはとても感謝しているようだったわ」

「あの朝彼女は、レディ・アイガースを捜しに出かけていたんだったね？」

「だれかが王子を撃ったときのこと？　ええ、そうよ。それは、わたしも気づいたけれど」

「電話をかけるときに、彼女についてなにか記録がないかどうかも調べてみるよ」ダーシーが言った。「さて、ぼくはもう行かないと。現場にあるうちに遺体を見ておきたい。きみは休んでいるんだ。あとで会おう」

わたしは彼を見送ったあと、ブランデーを飲み干した。こんな早い時間だからか、アルコールがすぐに回ってきて、部屋が少し揺れ始めた。彼に言われたとおり、横になったほうがよさそうだ。いい考えだと思えた。これ以上、同じ話をするのはごめんだ。わたしは階段をあがってベッドに横たわると、そのまま寝入ってしまったらしかった。

だれかが傍らにかがみこんでいることに気づいて、ぎょっとして目を覚ました。

「ぼくだよ」ダーシーが言った。「大丈夫？」

「ええ。ブランデーのせいで眠ってしまったみたい。いま、何時？」

「一一時くらいだ」

わたしは体を起こしたが、強い酒の影響がまだ残っているのを感じていた。

「サンドリンガムから戻ってきたのね？」

「きみを迎えに来たんだよ。王妃陛下がきみと話をしたがっているようだ」

「わお。勘弁してほしい」わたしは立ちあがった。「わたし、ひどい有様でしょう？」

ダーシーは面白そうな顔でわたしを見た。わたしは乗馬ズボンとブーツとジャケットを脱いでいて、ポロネックのセーターと下着という格好だった。

「出かける前に、もう少し服は着たほうがいいと思うね」彼が言った。

「それで、なにかわかったの？」わたしは衣装ダンスを開き、昨日着ていたキルトとブラウスを取り出しながら訊いた。

ダーシーはため息をついた。「残念ながら、遅かった。彼らを追ってようやく目的の場所にたどり着いたときには、すでにトラクターと荷車が到着していて、遺体は運びだしたあとだったし、あたりは散々踏みしだかれていた。なので、彼らと一緒にサンドリンガム・ハウスに戻った。遺体は医者が来るまで、離れ家のひとつに安置されている。犯罪行為の証拠はなにも見つからなかったよ。撃たれた傷はなかった。ただ首の骨が折れていただけで、それが落馬のせいであることは間違いない」

「それじゃあ、だれかが彼が落馬するように仕向けたとは証明できないのね？」

「そういうことだ」わたしが髪をとかすために腰をおろすと、彼はベッドに腰かけた。「きみは彼の近くにいたわけだけれど、霧のせいでよく見えなかったんだよね？　でも、なにか聞こえなかったの？」

「残念ながら。霧が音を消していたのよ。わたしの馬のひづめと馬具の音しか聞こえなかったわ。鳥の鳴き声もしなかったと思う」

「それじゃあ、悲鳴も聞いていないんだね？」

わたしはうなずいた。

「馬が立ちあがったり、つまずいたり、あるいは彼が枝に頭をぶつけたりしたなら、なんらかの声をあげたはずなんだ。なにかにぶつかりそうになったり、どこかから落ちたりしたときは、普通声を出すだろう？」

「確かにそうね」

「きみが馬から降りて、彼に近づいたときはどうだった？」

「見つけたとき、彼はまだ生きていたの」わたしは泣くまいと心に決めながら言った。

「さぞ辛かっただろうね。でもぼくが訊きたいのは、近くにだれかがいる気配はしなかったかっていうことなんだ」

「感じなかったわ。以前、危ない状況に陥ったときや、だれかに脅されたときのような危険は感じなかった」

ダーシーは首を振った。「まったく、いらだたしいよ。馬がつまずくようになにか細工をしたのかと思って、そっちも見てきたが、脚はなんともなかった」

「並んで連れて帰ってきたときは、なにも問題なかったわ」

「筋が通らないよ。なにも障害物のないまっすぐな道を走っているときに、腕のいい乗り手が落馬することはない。たとえバランスを失って落ちたとしても――」ダーシーは言葉を切り、わたしを見た。「きみは落馬したことがある？」

「何度か」

「ひどい怪我をした？」

「一度だけね。老いた馬で柵を飛び越えようとしたら、彼が急に脚を止めたんで、前に放り出されたのよ。そのときは腕の骨を折ったわ」わたしは考えてみた。「でも普通は、落ちそうだって思ったら、身構えてうまく転がるんじゃないかしら？」

彼はうなずいた。「ぼくもそれを考えていた」

わたしは、霧が晴れて、冬の赤い太陽が顔をのぞかせている窓の外に目を向けた。

「お医者さまが彼を調べたら、もっとわかることがあると思うわ。彼が朝飲んだコーヒーになにか入れられていて、その効き目が出たときにあんなことになったのかもしれない」

「だとすると、サンドリンガム・ハウスにいる何者かが関わっていることになる。今朝、あそこの人間に話を聞いたし、ロンドン警視庁とも話をしたが、使用人たちは代々とは言わずとも、もう長年王家のために働いているようだ」

「それって、屋外で働く使用人も含まれているのかしら？　彼が厩舎前の庭でコーヒーを飲んでいたの。なにか入れるなら、家の外のほうが簡単よね」

ダーシーはうなずいた。「ロンドン警視庁は捜査のためにだれかをよこすと思うよ。ディッキー・オルトランガムは、王子の警護のためにあの仕事を与えられていたわけだからね。ぼくはそうじゃないかと考えているが、ターゲットは王子だったのかもしれない。だが、デイッキーがなにか陰謀に気づいて狙われたという可能性もある」

わたしはため息をついた。「どちらにしろ、証明するのはとても難しそうね」

「彼が薬を盛られていたのなら、解剖でわかるだろう。そうでない場合は……」ダーシーは最後まで言おうとはしなかった。そうでない場合、人を殺した人間はなんの罪にも問われておらず、まただれかを殺す機会をうかがっているのかもしれない。

22

一二月二六日　ボクシング・デイ
ウィンダム・ホールと、その後サンドリンガム　ノーフォーク

ひどい気分だ。ショックのせいだろう。いまはただ、まわりにいるだれかがデイヴィッド王子を殺そうとしたということしか考えられない。

わたしは着替えを終え、髪をとかしてから、ダーシーと一緒に階下におりた。応接室で話し声がする。そのまま通り過ぎようとしたが、ミセス・レッグ・ホーンに見つかった。

「なにか知らせは？」彼女が訊いてきた。「夫を見かけませんでしたか？」

「ほかの人たちと一緒に遺体を回収しに行ったと思いますよ」ダーシーが答えた。

「彼は無事なんですか？」

「もちろんです」

ハントリー大佐が立ちあがった。「つまり——気の毒な男が馬から落ちて、首の骨を折ったということかね？　残念だ」彼の視線がわたしをとらえた。「きみは一緒にいたんだね、リトル・レディ？」

わたしを〝リトル・レディ〟と呼んだことは気にしないようにしようと思った。けれど、決して忘れない。「彼は前を走っていました。あいにく、倒れている彼を見つけるまで、わたしはなにも見ていません」

「さぞショックだったでしょう」レディ・アイガースが言った。「今日は一日ベッドで横になっていたらどうかしら？　食事は運ばせますよ」

「大丈夫です、ありがとうございます」わたしは答えた。「横になってあれこれ考えているよりは、起きていたほうがいいです。それに、王妃陛下がわたしに会いたがっているとダーシーから聞いたので、あまりお待たせするわけにもいきません」

玄関に向かって歩いていると、ドリー・ハントリーの声が聞こえてきた。

「ほらね、言ったとおりでしょう？　王妃陛下は彼女を頼りにしているのよ。ふたりは本当に親しい間柄なんだわ」

その言葉を聞いて、ふと考えたことがあった。ダーシーの伯母アーミントルードは、かつて王妃陛下の親しい友人だったから、サンドリンガムに越してくるようにと言われたのだ。それなら、どうして王妃陛下はいま彼女にそばにいてほしいと思わないのだろう？　どうしてわたし？　その答えならわかっている気がした。王妃陛下は、いくつかの殺人事件の解決にわたしが関わったことをご存じだからだ。わたしは犯罪や悪人について、いくらか経験がある。そう考えたところで、首を振った。王妃陛下はそう思われているのかもしれないが、実のところ、以前の事件が解決したのは運がよかったからにほかならず、今回のことが殺人だとしても、わたしになにかできるとは思えなかった。王妃陛下が、わたしのことをそこまで信じてくださらなければよかったのに。

細い道に車を走らせているあいだ、ダーシーとわたしは無言だった。サンドリンガム・ハウスの外に着いてみると、中庭に数台の車が止まっていた。一台はパトカーで、一台は救急車だ。救急車はもう役には立たないとわたしは思った。

「ぼくはここで待っているよ」ダーシーが言った。

「臆病者！」

「ぼくが王家の方々に呼ばれたわけじゃないからね」ダーシーはにやりとした。「でも、ただぼうっと待っていたりはしないよ。屋外の使用人に話を聞いてみる。さあ、行っておいで。幸運を祈るよ」彼は安心させるように、わたしの肩をぎゅっと握った。

わたしは大きく深呼吸をすると、玄関へと向かった。ドアを開けてくれた見事なお仕着せ姿の従僕に、わたしが何者であるかを説明し、王妃陛下に呼ばれてきたのだと告げようとしたが、彼はすべて承知していて、わたしを待っていたようだった。

「王妃陛下はプライベートの居間にいらっしゃいます。どうぞこちらへ、マイ・レディ」彼はわたしを連れて、ヒイラギの小枝で飾られた肖像画のなかから、先祖たちが難しい顔でこちらを見おろしている中央の廊下を進んだ。飾りつけをされたクリスマスツリーが、いまとなっては場違いのように思える。従僕は廊下の突き当たりのドアをノックしてから開けた。

「レディ・ジョージアナです、王妃陛下」

数日前に王妃陛下を見かけた部屋とはまったく違っていた。ひっくり返してくださいと言いたげな中国風の美術品や高価な骨董品がずらりと並ぶ豪華な部屋ではなく、座り心地のよさそうなソファと赤々と火が燃える暖炉がある、シンプルな田舎の居間だ。ここにも大きなクリスマスツリーが窓の前に立てられていて、ドイツ製の手彫りの木のオーナメントと小さな蠟燭を入れた木の燭台が吊るされていた。ソファのひとつに座っている王妃陛下は小さくて、弱々しく見えた。その顔には隠し切れない不安が浮かんでいる。わたしに手を差し出した。

「ジョージアナ。隣にお座りなさい。大変なショックを受けているのでしょうに、来てくれて助かりましたよ」

わたしは王妃陛下の手を取り、いつものように膝を曲げてお辞儀をしてから、隣に腰をおろした。

「それでは、あなたはこの件に関係していたのですね」彼女が言った。「なんて愚かしいことが起きたのでしょう。気の毒に彼の妻は打ちのめされるでしょうね。夫のことを一途に愛していましたし、ふたり目の子供を身ごもっているのですよ」

ディッキーは妻ほど一途ではなく、明らかにわたしの気を引こうとしていたことを思い出したが、わたしはうなずいて言った。「おっしゃるとおり、本当に愚かしいことです。なにも危険なことをしていたわけではないんです。柵をひとつ飛び越えましたが、落馬したあたりでは野原の脇を軽く走っていただけでした」

「それなのに彼は落馬したのですか？　道に延びていた低い枝に頭を打ったという話もあるようですが？」

「そうかもしれません、陛下。残念ながら彼の馬のほうが速くて先を行っていたので、霧に隠れて見えなくなっていたんです。道に延びている枝はありましたが、彼の馬がわたしの馬より数ハンド（馬の背の高さを測る単位）高いことを考えても、頭を打つには高すぎたように思えます」

王妃陛下はいつものようにしゃんと背を伸ばして落ち着いた様子ではあったが、その指はウールのスカートを不安そうにもてあそんでいる。

「昨年の同じ時期に、同じような人間が同じ目に遭っていなければ、珍しい事故として片付けていたでしょう。昨年は息子の以前の侍従でした。そして今度はいまの侍従。偶然とは思えません。違いますか、ジョージアナ？」

「そのように見えます」わたしはうなずいた。

「ふたりの優れた馬の乗り手。健康で、働き盛りだったのに、突然命が奪われた。わたくしがどういう結論に達したのか、あなたはわかっていますよね？」

王妃陛下に見つめられて、わたしは改めてその瞳の澄んだ青さに感動した。彼女の家族は全員がとびっきり青い目の持ち主だ。残念なことにわたしはスコットランドのほうの血を多く受け継いだらしく、目は緑がかったハシバミ色だ。「どちらの場合も、デイヴィッドに対するなんらかの陰謀だという結論に達したのです。昨年、息子と侍従は今日と同じような霧のなかを近い距離で走っていましたし、今日は息子がサルタンに乗るはずでした。いまあの子はどこにいるのかわかりません。わたくしは心配でどうにかなりそうなのですよ。あの子の居場所を知っていたりしませんよね？」

「実は知っています、陛下」わたしは答えた。「ミセス・シンプソンがロンドン行きの列車に乗るのを止めるために、キングズ・リンの駅に行かれました」

「まずだれかに連絡しようともせずに？　ボディガードにも。家族にも。いつものあの子の浅はかで愚かな行動ですね」王妃陛下はため息をついた。「あの子はいつだって、自分のことしか考えていないのですよ。ほかの人はどうでもいいのです。あの女以外は。父親が急激に衰えていて、心配事のせいで命を落とすかもしれないと考えたことはないのかしら？　もちろんないのでしょうね」王妃陛下は言葉を切った。なにも言うべき言葉を思いつかなかったので、わたしは抜け目なく沈黙を守った。やがて陛下は再び口を開いた。「彼女がデイヴィッドを残してロンドンに帰ったのは、かすかな希望と言えるかもしれませんね。ふたりは喧嘩をしたのかもしれない。あの子がクリスマスをずっと家族と過ごしたことに、彼女が不満を抱いていたのは知っています。彼女は常に注目を浴びていたくて、デイヴィッドはいつだってうんざりするほど彼女の言いなりなのですよ」

「残念ですが、喧嘩をしたわけではありません」わたしは言った。「ミセス・シンプソンはゆうべ、ひどい事故に遭ったんです。頭を打って、気を失いました。それで、ロンドンに戻ってかかりつけのお医者さまに会うことに決めたんです」

「事故？　頭を打った？　アーミントルードの家で？」王妃陛下の声は不意に険しくなった。

わたしはうなずいた。

「考えさせられますね」王位陛下は静かに言った。「悪がそこまで手を伸ばしたのですね」

わたしは彼女を見つめ返した。「それは、使用人たちが言っていた呪いを信じているということですか？　それとも、何者かが害を及ぼそうとしていると考えておられるんでしょうか？」

王妃陛下はほほ笑んだ。「わたくしは呪いを信じるような人間ではありませんよ、ジョージアナ。けれど、悪は信じています。この場所には邪悪なものを感じるとあなたに言いましたよね？　昨年、息子の前の侍従が亡くなったときに感じたのです。だれもが〝気の毒に、恐ろしく不運だった〟と言いましたが、わたくしは不安でたまりませんでした。そして先週ここに到着してすぐに、昨年と同じ不安に襲われたのです」

わたしはじっくり考えてから、口を開いた。

「王妃陛下、サンドリンガムの地所にいるだれかが、デイヴィッド王子に危害を及ぼそうとしていると考えておられるんですか？」

「わたくしたちが雇っている人間が、悪事を企んでいるとはとても信じられません。慎重を期して、使用人は吟味していますし、サンドリンガムで働いている者たちはだれもがもう何年もここにいるのです」

「二件の事故はどちらも馬に乗っているときに起きたものですから、外部の人間の仕業だと考えることもできます」わたしは言った。「地所に入るのは難しくはないのですよね？」

「とても簡単です。野原を横切ればすむことです。すぐそこに出られますよ。やはり警察に依頼して、一帯を入念に調べてもらう必要がありそうですね。本当に煩わしいこと。平穏に過ごしたくてここに来たというのに。これまではなんとか国王陛下の耳に入れないようにしてきましたけれど、息子に危うく当たるところだったあの銃の事故だけはどうしようもありませんでした。目の前で起きたことですし、陛下は大変動揺しています。わたくしはこれ以上、陛下を心配させるようなことを知らせるわけにはいかないのです」

わたしはもっともだと思った。

「なにかわたしにできることはありますか？」

「ええ、あります。あなたはこういったことに経験がありますよね？　あなたは以前、王家のガーデンパーティーで起きた、わたくしたちに対する暗殺計画を暴いてくれました」

あれは偶然にすぎなかったのだと認めたくはなかったので、わたしはなにも言わなかった。王妃陛下は手を伸ばし、わたしの手に重ねた。その手は氷のように冷たくて、白い肌に青い血管が浮きあがっているのが見えた。

「真相を探ってほしいのです、ジョージアナ。これが不慮の事故であって、無政府主義者や共産主義者の企てではないと証明してください」王妃陛下は一度言葉を切ってから、低い声で言い添えた。「もしくは、頭のおかしな人間の仕業ではないと」

「最善を尽くします、王妃陛下」

立ちあがって帰ろうとしたとき、ドアがさっと開いてデイヴィッド王子その人が現れた。

「ああ、ようやく戻ったのですね」王妃陛下が言った。「わたくしたちをどれほど心配させたのか、わかっているのですか？ だれにもなにも言わずに姿を消すなんて。どこへ行くとも言い残さなかったのですよ。そのうえ、ボディガードも連れていかないなんて」

デイヴィット王子は部屋に入ってくると、王妃陛下の頬にキスをした。

「ばかなことを言わないでくださいよ。わたしがいつボディガードを必要としたというんです？ それもこんな荒野の真っただ中で」

「知らせを聞いているのですよね？」王妃陛下は冷ややかに訊いた。

「知らせ？ なんのことです？ 帰ってきたら、母上が心配していると係の者からくどくどと言われたので、従順な息子らしくまっすぐここに来たんですよ」

デイヴィッド王子は王妃陛下からわたしに視線を移した。

「わたしの行き先を話さなかったのかい？ それとも、見当違いの忠誠心で口をつぐんでいたとか？」面白がっているように彼が言う。

「だれかに話すような余裕はありませんでした」わたしは答えた。「みなさん、手一杯でしたから。事故があったんです、サー。オルトランガム大尉が馬から落ちて、亡くなりました」

「ディッキーが？」デイヴィッド王子はだれかに引っぱたかれたような顔になった。「馬から落ちた？　あの男はどんな馬だろうと乗りこなせるのに。彼も、なにかとんでもないものを飛び越えようとしたのか？　去年、気の毒なジェレミーが落馬した、小川の脇のあの石の塀とか？」

　わたしは首を振った。「いいえ、平坦な野原の真ん中でした。頭上に張り出していた枝に頭をぶつけたのかもしれませんが、どうしてそんなことになったのか、わたしにはわかりません」

「なんということだ」デイヴィッド王子はわたしたちの向かいに置かれた肘掛け椅子にどさりと座りこみ、両手で頭を抱えた。「とても信じられない。ひどい気分だ。わたしがあの馬に乗るはずだったんだ。きみを連れていってくれるように、わたしが彼に頼んだ」

　わたしはいたたまれなくなって、立ちあがった。「わたしは帰ります、王妃陛下」

　王妃陛下は重々しくうなずいた。「それがいいでしょうね」

　わたしは膝を曲げてお辞儀をし、作法に則（のっと）ってあとずさった。ドアのほうに向き直ろうとしたところで、王妃陛下が言い添えた。「頼りにしていますよ、ジョージアナ」

　ああ、どうしよう。そんなことは言ってほしくなかった。

一二月二六日　ボクシング・デイ
サンドリンガム・エステート　ノーフォーク

　大変なことになった。どうして王妃陛下は、わたしがすべてを解決するなんて思えるの？　わたしにはなんの技能もなくて、これまでは、ただちょっとばかり運がよかっただけなのに。これは警察の仕事だ。警察なら、見知らぬ人間が来なかったかどうかを地元のパブに訊くこともできるし、疑わしい人間に話を聞いたり、足跡を調べたりすることもできる。けれど、もしも外部の人間の仕業なのだとしたら、どうやって階段をミセス・シンプソンの上に落とすことができたの？　階段が緩んでいることをどうやって知ったの？


　ダーシーが外でわたしを待っていた。

「疲れたみたいだね。みっちり尋問された？」

「王妃陛下は心配なさっているのよ、ダーシー。このあたりに邪悪なものを感じているんですって」

「陛下らしくない話だな。普段はとても冷静な人なのに。まさか、呪いを信じてはいないよね？」

「ええ、信じてはいないわ。でも、なにかが起こりそうな予感がしていて、息子のことをとても心配しているの」

「デイヴィッド王子を？」

わたしはうなずいた。

「それじゃあ、王妃陛下は何者かが彼を殺そうとしていると考えているんだね？」

「そうなの」

「それはまずありえないと思うよ」ダーシーはあたりを見回した。雪の絨毯に覆われた地所は、どこまでも穏やかだ。「こんな平和な田舎のど真ん中だ。王子を殺そうと思うなら、もっと簡単な方法はいくらでもある」

「自分のまわりにいるだれかじゃないかって王妃陛下は考えているみたい。ここに着いたとき、邪悪なものを感じたっておっしゃっていたわ」

「今日の午後にもロンドン警視庁の人間が来るはずだ。彼らなら全員に尋問できる」

「ここの使用人はみんなもう何年も働いているし、忠実だそうよ」

ダーシーが車のドアを開けてくれたので、わたしは乗りこんだ。

「目的がデイヴィッド王子とミセス・シンプソンだとしたら、彼を国王にしないことが君主制に対する貢献だと、忠実な家臣こそ考えるかもしれない」

「わお」そうつぶやいたあとで、これほどの重大事にこんな女学生じみた言葉を口にした自分が嫌になった。「ありうるわよね？　でもどうやって証明するの？」

「ぐらついている階段のことを知っていたわけだから、伯母が雇っている人間の仕業かもしれない」

わたしは不安げに笑った。「ダーシー、考えてみてよ。彼女の執事はもういい年よ。あとは罪のない若い地元のメイドと従者がいて、庭師とその妻が洗濯や掃除をしている。料理人とレディズメイドもいるけれど、どちらも年だわ」

「ミス・ショートがいる」彼が言った。

「まあ」わたしはダーシーの顔を見た。また彼女のことを忘れていた。ミス・ショートは、つい見過ごされてしまうような人だ。「ミス・ショート。そうね、彼女は君主制や伝統に思い入れが強い人みたいだし、アメリカ人の侵入者には憤慨するでしょうね。それに、デイヴィッド王子が撃たれたとき、外出していた。階段の件は彼女の仕業だって考えてもおかしくない。でも、だれかを落馬させる？　あの馬は少なくとも一六ハンドの高さがあったし、猛スピードで走っていたの。彼女はせいぜい一五三センチといったところよ。どうやってそんなことができたっていうの？」

「わからない」ダーシーが言った。「でも、きみが彼女と親しくなってくれれば、役立つと思う。きみも言ったとおり、彼女は君主制の熱烈な支持者だ。きみと話ができるのは光栄だと感じるだろう。うっかりなにかを口走るかもしれない」

「あなたの説が正しければ、四人を殺したか、あるいは殺そうとした人間と親しくなるように、ありがたくもわたしに勧めてくれているわけね。詮索しすぎるって思われて、わたしが次の犠牲者になったらどうするの？」

「きみも言ったとおり、彼女は身長一五三センチしかないんだ。それにきみに恨みは持っていないよ」

「心強いこと」

ダーシーが車を発進させ、わたしたちは前庭を出た。

「わたしが王妃陛下に行っていた。尋問されているあいだに、あなたはなにをつかんだの？」

「遺体を見に行っていた。医者が来ていて、落馬したせいで首の骨を折ったのが死因だと宣告しようとしているところだった。死亡証明書にサインをして、ボクシング・デイの祝宴に戻ろうとしていたんだ。なにか落馬を引き起こしたものがないかどうか、解剖をして調べるべきだとぼくが言っても、ずいぶんと不愛想だった。でも心臓発作や脳卒中を起こした可能性があると指摘すると、態度を変えて、その通りだと言ってきた。そういうわけで、とりあえず解剖は行われることになったよ」

「ミス・ショートの仕業だとしたら、飲み物に毒や眠り薬を入れるのは、彼女でも簡単にできるわね。帰る前に、今朝彼女を見かけなかったかどうか、馬丁に訊いてみましょうよ」

ダーシーは苦々しげに笑った。「彼女が厩舎にやってきて〝王子のコーヒーカップになにか入れてもいいかしら?〟なんて言ったとは思えないけれどね」

「それはそうだけれど、彼女が抜け目のない人だったら、馬にあげるためのニンジンや砂糖の塊を持って、あらかじめ何度も厩舎に通っていたかもしれない。だとしたら、彼女がやってきて馬たちを撫でたあと、マグカップになにかを入れても、だれも気にも留めないでしょうね」わたしはディッキー・オルトランガムのマグカップのことを考えながら言ったが、冷たいと言って彼がひと口しか飲まなかったことを思い出した。「でも、だれのマグカップなのかなんて彼女が知るはずがないわよね? やっぱり筋が通らないわ」

ダーシーは厩舎の庭の入り口で再び車を止めた。わたしは彼について庭に入った。馬たちはそれぞれの馬房に戻されていて、あたりは落ち着いた空気に包まれている。馬丁が馬具置き場で馬具の手入れをしていた。ダーシーがいくつか彼に質問をしたが、なにも役立つことは聞き出せなかった。彼と見習いの少年以外、今朝、ここにやってきた人間はいないという。もちろん、知らない女性をこのあたりで見かけてもいない。また、サルタンに鞍をつけたのは自分だから、鞍や馬具に細工はされていなかったと彼は断言した。

「サルタンはまっとうないい馬です。ここを出ていったときは、走りたくてうずうずしていましたけれどね。それにあの若い方――たいした乗り手でしたよ。姿勢を見ればわかります」彼は一歩わたしたちに近づいた。「なにか得体の知れないものがあの馬を驚かしたんだと、見習いは考えているみたいです。ほら、呪いですよ。幽霊とか悪魔とか。コテージにいる母親のところに戻るときに見たんだって言っていました。なにかが森のなかをうろついていて、野原のほうへふわりと移動していったとか。血が凍る思いをするってやつですよ」

「今朝、仕事に来る途中で彼はなにかを見たのかしら？」わたしは尋ねた。

馬丁は首を振った。「彼は厩舎に泊まっていたんです。王子が朝早くに出発したがっておられるのがわかっていましたから、寝坊するわけにはいきませんからね」

それだけだった。わかったことと言えば、なにかが森のなかをうろついていて、野原のほうに移動していったということだけだ。ダーシーもわたしと同じことを考えていたらしく、車に戻りながら言った。

「現場の野原をもう一度見ておくべきだと思うんだ。きみは、妙なことによく気がつくからね」

「いい考えだわ。でも、サルタンがなにかに驚いたわけじゃないことは間違いないの。遺体を見つけたとき、わたしの馬は震えていたけれど、サルタンは数メートル離れたところでおとなしく待っていた。もしなにかに驚いたのだとしたら、どこかに逃げていたはずよ」

「確かに」ダーシーはうなずいた。

「それで、野原まで車で行くの？　それとも放牧場と森のなかを何キロも歩かなきゃいけないのかしら？」

「楽しくハイキングする気はないのかな？」ダーシーが笑顔で訊いた。

「こんなに寒くなければ、歩くって言ったでしょうね。でも、わたしはまだ気持ちが動転しているのよ。震えが止まらない」

ダーシーはわたしに腕をまわした。「心配ないよ。車での行き方はわかっている。最後のほうはちょっとでこぼこしているが、とりあえず道らしきものはあるから」

「今日は丈夫な靴を履いていてよかった」わたしはつぶやいた。それでも、足が濡れて冷たくなるのは覚悟した。ということで、わたしたちは出発した。一・五キロほど細い道を走ったところで、トラクターが泥と解けかけた雪をかきまぜていった農道に出た。「車はここに置いていこう。ボクシング・デイにトラクターは来ないだろうからね」

「家に帰ったら、フィップスに車をきれいにしてもらわなきゃいけないわね」わたしは車を降りながら言った。途端に、家が恋しくてたまらなくなった。家。安全な場所。ミセス・ホルブルック。おじいちゃん。どうして、ああ、どうしてアーミントルード伯母さまの誘いを受けて、こんなところに来てしまったんだろう？　答えはわかっていた――王妃陛下がなにかおかしいと感じて、わたしをそばにいさせたかったからだ。

ダーシーがわたしの手を取って、踏み越し段を越えるのを助けてくれた。わたしたちは細い木立のあいだを進み、やがて事故があった野原に出た。遠くのほうには霧がまだ残っていたけれど、わたしたちが馬でたどった道はすっかり晴れている。

「どの木だった？」ダーシーが訊いた。

わたしは上を見あげ、木を一本一本確かめながら進んだ。自分の足で歩いていると、とてつもなく遠く感じる。ようやくのことで、大きなオークの木にたどり着いた。幹には蔦がからみつき、太い枝が四方に張り出している。

「これよ、間違いないわ。そう、わたしの馬をつないでおける場所を探したときに、横に枯れたイバラがあったのを覚えているの」

ダーシーは、道の上に延びている太い枝を見あげていたが、やがて首を振った。

「きみの言ったとおりだ。あれは高すぎる。たとえ一番大きな馬に乗っていたとしても、問題なく下をくぐれたはずだ——立っていたなら話は別だが」

「立っていなかったわ。彼は全速力で馬を走らせていたの。だからわたしよりずっと早くここまで来られたのよ」

わたしはあたりを見まわした。なにも聞こえない。遠くでミヤマガラスが鳴いているだけだ。木を見あげた。幹が節だらけの太くて古いオークの木——子供の頃は、この手の木に嬉々として登っていたものだ。この木に登るのは簡単だろう。でも……なんのために？　ディッキー・オルトランガムを撃つ？　なにかを落として、彼の馬を驚かせる？　もしそうだとしても、その人物はわたしが来る前に木からおりて逃げるだけの時間はなかったはずだ。ディッキーの様子を確かめるために馬から降りたとき、なにかを感じたかどうかを思い出そうとした。危険を感じた？　だれかに見られている感覚はあった？　わたしは首を振った。あのときはディッキーを助けることで頭がいっぱいだったし、彼の馬も捜さなくてはいけなかったから、自分の身の危険など考えてもいなかった。

「あの木の上で待ち構えていて、布かなにかをひらひらさせて馬を驚かせることはできただろうね」ダーシーが言った。

「でも、彼は優れた乗り手だったってあなたが言ったのよ。もし馬がうしろ脚で立ったとしても、きっと乗ったままでいられたでしょうし、それが無理でも馬のうしろから降りたはず。それに、さっきも言ったとおり、わたしが見つけたとき、サルタンはとても落ち着いていた。おとなしくわたしについてきて、家まで素直に並んで走ったわ」

「驚いた馬は声をあげただろうし、なだめようとするディッキーの声も聞こえたはずだしね」ダーシーが言い添えた。

わたしはもう一度上を見た。「上からロープを輪にして垂らすことはできるわ。枝の下を通ったときに、乗っている人が首を吊る格好になるように」そう言いながら、わたしは身震いした。枝の上で待ち伏せし、身を乗り出してロープを垂らし、そして待つ……。

「その場合、彼の首にロープがこすれた痕が残る。それに、馬が全速力で走っていれば、枝の上にいる人間は引っ張られて落ちる。ロープがどこかにしっかり結わえつけられていれば別だが、そんな痕跡はないだろう？」

そのとおりだった。

「なにかがここで起きたのよ」わたしは言った。「彼が撃たれたわけじゃないのは確かなのね？」

「撃たれてはいない」ダーシーはオークの木に近づいた。

「木の幹から指紋を取れるのかしら？」

「どうだろう。蔦が一面にからまっている、こんな古い木では無理だろうね」ダーシーは面白がっているような口調だった。「それに、きみは忘れているのかもしれないが、いまは冬の最中だよ。みんな手袋をしているよ」

「あら、そうね」わたしは地面に目を向けた。「役に立ちそうな足跡も見つからなかったって言ったわよね？」

「あいにく、ぼくが着いたときには、農家の男たちが数人、ここらを歩きまわっていたよ。足跡が残っていたとしても、わからなくなっていただろうね」

わたしは彼と並んで、オークの木の前に立った。

「それに、きっとだれもがゴムの長靴を履いていただろうから、足跡はどれも同じに見えたでしょうしね」わたしは興味深いことに気づいた。「見て、ダーシー。ここに低い枝があったんだわ。切られている。ほら――イバラのあいだに、切った枝がある」

「切られたばかり？」ダーシーは興奮した口調になった。

わたしはさらに目を凝らしたが、首を振った。「いいえ、しばらく前だと思う。それに、おがくずが見当たらないし」

「それじゃあ、役には立たないね」ダーシーはため息をついた。

わたしは遺体が横たわっていたあたりを見つめた。芝は踏みしだかれて、彼がどんなふうに倒れていたのかはもうわからない。ほかの人の前でその話をしたくなくて、これまで黙っていたことを、わたしは彼に打ち明ける気になった。

「ダーシー、わたしが近づいたとき、彼はまだ生きていたって言ったわよね。彼が言ったことがあるの……」

ダーシーは即座に反応した。「なんて言ったんだ？」

「まず〝ごめん〟って。それから〝エリー〟って」

「彼の妻だ。彼女を悲しませたならごめんと言いたかったんだろう」

「妻を悲しませていたの？」

「彼は遊び人だったからね。アフリカに行ったとき、英国人の入植者たちがどんなふうだったか覚えているだろう？」

「忘れられないわ。でも、彼はあそこまでひどくなかったでしょう？」

「おそらくね。でも、貞節なタイプだったとは思わないな」

彼がわたしに向けた誘うようなまなざしを思い出した。貞節なタイプではない。けれど、ダーシーもそれなりに羽目をはずしていたと教えてくれたのは彼だ。ダーシーは貞節なタイプになろうとしただろうか？　けれどいまはそんなことを考えているときではない。

「彼は妻に謝った。大切なのはそれよね」わたしは言った。

「ほかになにか言っていた？」

「ひとことだけ言ったけれど、よく聞き取れなかったの。〝タペストリー〟って聞こえたんだけれど、どういう意味かわかる？」

「〝タペストリー〟」ダーシーは眉間にしわを寄せた。「なにも思いつかないな。そう言ったことに間違いはないの？　ほかの言葉だったということはない？　〝茶番(トラベスティ)〟とか？」

「そうかもしれない。か細い声だったし、唇はほとんど動いていなかったの」首が妙な角度に曲がったディッキー・オルトランガムの姿が脳裏に浮かんで、わたしは身震いした。

ダーシーはわたしの肩に腕をまわした。

「さあ、帰ろうか。また震えているじゃないか。奥さんを肺炎にしたくはないからね」

わたしたちは踏み越し段に戻った。ダーシーの手を借りてそこを越えたところで、さほど遠くないところにある煙突から煙が立ちのぼっていることに気づいた。

「森のすぐ向こうに家があるみたい」わたしは言った。

ダーシーも踏み越し段にのぼった。

「農家だね。ここもサンドリンガムの敷地なのかな？　おそらくそうだろうな。だとしたら、あのコテージの持ち主はだれなんだろう――まあ、どうでもいいことだが。ボクシング・デイには、みんな家のなかだ。働いている人間はいないよ」

「あの屋根には見覚えがあるわ」わたしは言った。「ウィンダム・ホールの裏にある庭師のコテージよ」

「確かにそうだ」ダーシーがうなずいた。「つまりぼくたちは大きな円を描いてここまで来たということだ。あの森を突っ切る道路がないのが残念だね。きみはあの細い道を通って帰る？　ぼくは車で帰るから、どちらが先に着くか競争するかい？」

「こんなに寒くなかったら、そうしたかもしれないわね」

サンドリンガムに向けて車を走らせ始めたところで、わたしはいま見たものがなにを意味するかに気づいた。ウィンダム・ホールにいる何者かがこっそり家を抜け出してあそこまで行き、だれにも気づかれることなく戻ってくることができるのだ。

24

一二月二六日　ボクシング・デイ
ウィンダム・ホール　ノーフォーク

ああ、どうしよう。ひどく動揺している。わたしたちは、殺人犯と同じ家に滞在しているんだろうか？　いますぐ家に帰りたかったけれど、王妃陛下がわたしを頼りにしている。せめて、危険はないと思えればいいのだけれど。

家に戻ってみると、全員が応接室に集まっていた。レディ・アイガースと母は暖炉の脇の椅子に座っている。少佐の妻とハントリー夫妻は、暖炉の向かい側のソファに陣取っている。新しい人形の服の着せ替え方を披露しているアディの前で、フィグは退屈そうな様子だったし、部屋の隅ではビンキーがポッジと一緒になって床に膝をついて、円形の線路に列車を走らせていた。ポッジとアディはどちらもまたよそいきの服装で、万一どちらかをすぐに部屋から連れ出す必要が生じたときのために、子守はドア近くの椅子にしゃんと背筋を伸ばして座っていた。大人たちはシェリーを飲んでいる。わたしたちが入っていくと、会話が中断した。ミセス・レッグ・ホーンが不安そうな顔をわたしに向けた。

「なにかわかりましたか？」彼女が訊いた。

「たいしてなにも」ダーシーが答えた。「彼は馬から落ちて、首の骨を折ったんです。ですが、どうしてそんなことになったのかはわかりません」

「そういうことは起きるものだ。たとえ、どれほど優れた乗り手であっても」ハントリー大佐が言った。「馬がウサギの穴に足を突っ込んでふらつき、乗っていた人間が落ちる。わたしもそんな経験がありますよ」

考えなかったわけではない。けれど、そうだとしたらサルタンは脚を引きずっていたはずだし、彼に問題はなかったと馬丁は言明した。

「わたしが訊きたかったのは主人のことなんです」ミセス・レッグ・ホーンが言った。「主人は一日中、向こうに行ったままなんでしょうか？」

「彼がいなくてはいけない理由はないと思います」ダーシーが答えた。「医者がオルトランガム大尉の解剖を行いますが、ご主人がいる必要はないでしょう。もうこちらに向かっていると思いますよ」

わたしは彼女の顔を眺めた。不安と嫌悪の入り混じった表情。夫を愛しているのだろうと思った。けれど同時に、彼を信じてはいけないこともわかっているのだろう。そこにいない彼がなにをしているのか、最悪のことを考えてしまうに違いない。

紫色と金色の美しいアンゴラのショールを肩にかけたダーシーの伯母は、暖炉のそばに座っていた。

「あなたたち、寒かったでしょう？　ここに来て、暖まるといいですよ。あら、その前にシェリーをおあがりなさい。昼食はすぐにでも用意できるのだけれど、あなたたちが戻ってくるのを待っていたんですよ。少佐のことも待ったほうがいいかもしれませんね。少佐は昼食に戻ってくるつもりかしら？」

「わかりません」ダーシーが応じた。「ぼくたちが帰るときには、彼の姿は見当たりませんでしたが、銃の保管庫にいたのかもしれません」

「そうでしょうとも。銃の保管庫にね」ミセス・レッグ・ホーンはとげとげしい口調で言った。

わたしはダーシーが注いでくれたシェリーをひと口飲んでから、暖炉のそばのスツールに腰かけた。炎の熱さを受けて凍てついた頬がちくちくするのを感じながら、暖炉に両手をかざす。

「それで、王妃陛下と会ったんですか？」ドリー・ハントリーがわくわくした様子で、身を乗り出してきた。

「ええ、会いました。デイヴィッド王子が行き先をだれにも言わずに出かけたせいで、心配なさっていたんです。なにか恐ろしいことが起きたのではないかと思われたみたいで。ミセス・シンプソンがロンドンに戻るのを止めるために駅に向かっただけだということがわかると、とても憤慨しておられました」

「それじゃあ、彼女を引き留めることはできなかったの？」レディ・アイガースが訊いた。

「彼女はここには戻ってこないのかしら？」

「ロンドンに戻ったはずです」わたしは答えた。「お医者さまに診てもらったら、ここに帰ってくるかもしれません」

「わたしたちと一緒にいても、彼女はあまり楽しくなかったんじゃないかしら？」母は、悪だくみをしているときにいつもそうなるように、目をキラキラさせている。「それどころか、死ぬほど退屈していたことは間違いないわね。わたしたちは、きらびやかな彼女の取り巻きたちが交わす機知に富んだやりとりはとてもできないし、会話すらろくにしていないんですもの。ここには、彼女が気にかけるような人間はいないのよ」

「あら、大佐とわたしがいますけれど」ドリー・ハントリーがいかにも邪気のなさそうな声で言った。「わたしたちは彼女の一番古くて、一番親しい友人のひとりですし、彼女と過ごすためにわざわざここまで来たんですよ」

「まあ、そうだったわ、本当にごめんなさい」母が謝った。「もちろん、あなたたちがいたわね。わたしったら、軽率だったわ。それで、これからどうなさるの？　ロンドンに戻るの？　それともミセス・シンプソンが帰ってくるかもしれないから、ここに残るのかしら？」

「あわててロンドンに戻る必要はないと思うの。どうかしら、ホーマー？」ドリーが彼に訊いた。

「わたしたちにどうしてほしいかがはっきりするまでは、ここに残ったほうがいいと思うね」ハントリー大佐が答えた。「ここはとても居心地がいいのだから、ロンドンのわびしいホテルにあわてて戻ることはないよ」

「つまりは、王子のそばにいたいという思いと、不便な場所でわたしたちといることの退屈さのどちらが彼女にとって大きいかということですね」レディ・アイガースはやはり面白がっているように見える。「王子は国王陛下のそばを離れられないと思います。そうするべきではないでしょう。最期のときが近づいているかもしれないのですから」

「本当にそう思いますか?」床に膝をついたままのビンキーが顔をあげた。「国王陛下をお訪ねするべきかもしれない。わたしは陛下をとても尊敬しているんだ」

「陛下があなたに会いたがっているとでも言うの? ビンキー、陛下には家族がいるのよ」

ビンキーの顔が赤く染まった。「なにを言うんだ、フィグ。わたしは陛下の親戚なんだぞ」

「親がいとこ同士なだけでしょう? それに、国王陛下とは生まれてから数えるほどしか会ったことがなかったんじゃなかった?」

「祖父が生きていたときは、毎年秋にはラノク城で国王陛下と一緒に狩りをしていたんだ」

ビンキーが言った。「陛下はいつもわたしには優しかった。ポケットに入れていた薄荷入りキャンディーをくれたよ。わたしを気に入ってくれていたと思う。ジョージーは間違いなくお気に入りだったね」

ビンキーが確かめるようにこちらを見たので、わたしはうなずいた。

「でも家族でクリスマスを過ごしているときに、邪魔をするのはよくないんじゃないかしら？　訪問するのはあとにしたほうがいいわ」

「もちろんだとも。なにも今日行くつもりだったわけじゃない。ここにいるあいだにという意味だ」ビンキーが弁明した。

「いつなら都合がいいか、王妃陛下に尋ねておくわ」わたしは言った。「兄がお会いしたがっているって伝えておく」

「それじゃあ、また王妃陛下に会う予定があるんですね」ドリーが言った。「わたしたちを一緒に連れていってもらうことはできないかしら？　ぜひ宮殿のなかを見てみたいし、本物の王妃に会ってみたいんです」

「いまはタイミングが悪いんじゃないでしょうか」わたしは気まずさを覚えながら反対した。「オルトランガム大尉が亡くなったことで、だれもが動揺なさっていると思います。喪に服されるんじゃないでしょうか」

「心配いらないよ、ドリー。しばらく待てば、本物の王妃と知り合いだったことがわかるし、いつでも好きなときに宮殿に行けるようになる」ハントリー大佐が言った。

わたしたちがその言葉の意味を悟ると、部屋は水を打ったように静まり返った。

「まさか、ミセス・シンプソンがいずれ王妃の地位につくって言っているわけじゃないでしょうね？」ミス・ショートの声だった。このときまで、だれも彼女がいることに気づいていなかった。それまでクリスマスツリーのそばでひっそりと黙って座っていたのだが、全員の視線が集まると、彼女は顔を真っ赤に染めた。

「ふむ、いいかね」ハントリー大佐は、南部人特有のゆっくりした口調で言った。「デイヴィッド王子が国王になって彼女と結婚すれば――彼女の離婚が成立したら、そうするつもりなのは間違いない――そういうことになるんじゃないのかね？」

「ありえません！」ミス・ショートが反論した。「二度も離婚している民間人が？　とんでもない。ありえない。英国人は絶対に賛成しません」

レディ・アイガースがなんとかその場を取り繕おうとした。「理解していただきたいのですが、ハントリー大佐、わたしたちはこの国の君主制を自分のことのように感じているんです。それに、国王は英国国教会の長でもあります。この教会は離婚を認めていません。ですから、国王が離婚歴のある女性と結婚するというのは、そもそも許されないことなんです。それに、彼女を王妃にする？　それはありえませんね。議会が決して許可しません」

「でも彼が国王になれば、法律を変えて、彼女を王妃にすることはできるんじゃないのかしら？」ドリーが言った。「彼女はそう望んでいるわ」

「わたくしは絶対に彼女に頭をさげたりはしませんよ」フィグがきっぱりと告げた。今回ばかりは、わたしも彼女に全面的に賛成だった。

「そろそろ昼食にしたほうがいいようですね」レディ・アイガースが言った。「料理人たちがいつまでも午後の休憩に入れませんからね」

いろいろと恐ろしい思いをしたりショックを受けたりしたせいでわたしはとても空腹だっ

たので、全員がうなずいたときにはほっとした。

「ご主人の分は取っておきますね、ミセス・レッグ・ホーン」レディ・アイガースが気遣った。「向こうでなにも食べていないかもしれませんからね」

わたしたちは順序を決めることなく食堂に入った。昼食は正式なものではなく、残ったヤマウズラと七面鳥の肉を使ったシチューと焼きたてのロールパンだった。とてもおいしかった。席が決められていなかったので、わたしはテーブルの端でミス・ショートの隣に座ることにした。わたしが隣に座ると、彼女はきまり悪そうな顔になった。

「まあ、だめです、レディ・ジョージアナ。お客さまたちと一緒に座ってください。わたしの隣じゃなくて」

「この食事は正式なものではないでしょう？」わたしは勇気づけるように微笑んだ。「それに、あなたに仲間外れのような気分になってもらいたくないですし」

「わたしはただのコンパニオンです」彼女は顔を鮮やかなピンク色に染めた。「それどころか、レディ・アイガースがこんな華やかな席にわたしを加えてくれて、運がよかったって思っているんです。自分の部屋でひとりで食べることになるかと思っていたんですから。それなのに、こんな素晴らしいクリスマスを過ごせているんです。これまでで最高のクリスマスです」

男性がひとり死んで、女性がひとり気を失ったことを除けばと、わたしは言いたくなった。けれど彼女を身構えさせたくはない。

「とても素敵ですよね」わたしは言った。「結婚して初めてのクリスマスを自分の家で迎えられなかったのは残念なんですけれど、でもここに来てよかったと思っているんです」

「今朝はあんな恐ろしいことがありましたけれど、でも最悪のときは過ぎたと思いますよ。悪い夢を見ないといいですね」

「わたしの最悪のときは過ぎましたけれど、あの人の家族が気の毒で。奥さまと幼いお子さんがいらっしゃるんですよね？」

「そうだと思います。わたしは彼とは会ったことがないんです。わたしたちは、サンドリンガム・ハウスの上流の方々とはお付き合いがないんですよ。王子がここに来られるのは珍しいんです。普段であればレディ・アイガースは定期的に王家の方々と会っていますけれど、いまは国王陛下の具合がよくないので、呼ばれたときは別として、あえて距離を置いているんです」

「あなたは、ずいぶん前からレディ・アイガースと一緒にいるんですよね？　以前は、ハロウゲートで小さなティーショップをやっていたって、言っていましたね」

ミス・ショートは再び顔を赤く染めた。

「覚えていてくれたんですね。そうなんです。本当に小さな店でしたけれど。手放すのはすごく残念だった。でも、レディ・アイガースのそばに、自分が役に立てる場所を見つけたって思っています。アイガース・アビーにいらしたことはないですよね？　気の滅入るような家で、レディ・アイガースはあそこでとても孤独だったんです。伯爵は留守のことが多かった――ヨーロッパに遊びに行っていたんですよ。モンテカルロでギャンブルとかそういったことです。彼女を連れていくことは一度もありませんでした」ミス・ショートは訳知り顔でわたしを見た。「伯爵は自由気ままでいたかったんです。わたしの言っている意味、わかってもらえると思いますけれど」

「どうして彼女も旅をしなかったのかしら？　自分の好きなように？」

ミス・ショートはわたしに顔を寄せた。「伯爵が充分な金を渡していなかったんだと思います。家を維持できるだけしかなかったんじゃないですかね」

「それじゃあ、彼女はヨークシャーの家を出てここに来ることが不満だったわけじゃないんですね？」

「王妃陛下に来てほしいって言われて、とても喜んでいました。だいたいあの家にいたら、だれだって鬱っぽくなりますよ。レディ・アイガースはいつも絵を描いていました――それが唯一のはけ口だったんです。小塔のひとつにあるアトリエにこもって、毎日毎日、ずっと描いていました。それがここに来てからは、まったく描いていないんです。ずっと前向きになりました。性格がすっかり変わったみたいに。王妃陛下が望まれるような人に変わったんです。遠い昔、若い頃にそうだったように、また完璧な女官になったんです」

「絵を描きたいとは思わないのかしら？」わたしはいぶかった。

「以前は絵が唯一の感情表現だったんだと思います。でもいまは、ごく普通の田舎住まいの女性でいることに慣れて、鶏を眺めたり、犬の散歩をしたりしています」

「犬の散歩はあなたがしているんだと思っていたわ」

「彼女の気が進まないときだけです。普段は毎朝早くに彼女が散歩させるんです。今日は、お客さまたちの朝食の準備がちゃんとできているかどうかを確かめたいから、代わりに行ってほしいって頼まれたんです。いつものコースに行きました——まだところどころ雪が残っているし、水たまりは凍っていたりするんで、なかなか大変でした。わたしの足が遅いので、犬たちはいらいらしていましたよ。逃げ出さないように気をつけなきゃいけませんでした。一匹でも逃がしたりしたら、レディ・アイガースは絶対許してくれませんからね。犬が大好きなんですよ」

「それはひどいわ。家には犬がいるべきだとわたしは思うの。ダーシーとわたしはクリスマスに、子犬を一匹ずつ贈り合ったんですよ」

「それはいいですね」彼女は微笑んだ。「おいしいシチューをもう少しいかがですか？　あまり食べていないようですね。冷めてしまいますよ」

いまのうちになにか訊いておくべきことはあるだろうかとわたしは考えた。「いいえ、わたしはけっこうよ。昨日、食べすぎたみたい。あなたはもう少しどうぞ」

「それじゃあ、いただきます。とても濃厚でおいしいですよね？」

わたしは目の前にあるボウルにおたまを入れて、肉のかけらを探した。すると妙なものが浮かんできた。七面鳥の足だと、すぐには気づかなかった——シチューからかぎ爪のついた足先が突き出ている。わたしはあわててそれを自分の皿に置いた。

「あら、おいしそうな手羽があるわ」そう言って、ミス・ショートの皿にのせる。七面鳥の足はクイーニーの仕業だろうと思った。見つけたのがわたしだけならいいのだけれど。

「あなたも、ヨークシャーよりここでの生活のほうが楽しいんでしょうね」わたしは話を続けた。

「ええ、ここのほうがずっと楽しいです。寂しくないですから。天気も環境もずっといいし、サンドリンガムの王家の人たちの近くですし。本当に光栄です。馬丁と一緒に馬に乗る王女さまたちを時々見かけるんですよ。本当に可愛らしくて、でも威厳があって。いつの日か、あの小さなエリザベスが女王になることを願っているんです。たとえあの女と結婚したとしても、デイヴィッド王子があの年で子供を作るなんて想像できませんよ。それにその子供が正統な跡継ぎとみなされることはないでしょうしね」

「そうだといいんですけれど」わたしは言った。

ぎこちない沈黙のあと、わたしは尋ねた。「アイガースの近くに住んでいる人はいなかったんですか？」

「浅瀬の近くに何軒かコテージがありました。地元の農家です。でもそれなりの人たちに会う機会はと言うと――めったにありませんでした。アイガース卿はいわゆる社交的な人じゃなかったんです――きれいな女性は別として」そう言ったところで、ミス・ショートは口を滑らせたことに気づいてはっと息を呑み、雇い主に聞かれてはいないかとテーブルの先に視線を向けた。けれどレディ・アイガースはハントリー大佐とわたしの母との会話に夢中だった。

「それで、彼はどうして亡くなったんですか?」わたしは訊いた。「事故だと聞いていますけれど」

彼女はうなずいた。「伯爵は散歩が好きでした。デールは岩場の多いところです。峡谷を歩いていたときに、大きな岩が落ちてきたんです」

悲しんでいるように見せようとしていたけれど、彼女にとっては喜ばしいことだったのだろうとわたしは思った。

次になにを訊けばいいのだろうと考えていると、玄関のドアをノックする音がして、男性の声が聞こえてきた。

「ああ、ようやく夫が帰ってきたんだわ」ミセス・レッグ・ホーンが言った。

けれど食堂に現れたのは執事だった。

「ロンドン警視庁の方が、レディ・ジョージアナとミスター・オマーラにお話があるそうです」

25

一二月二六日　ボクシング・デイ
ウィンダム・ホール　ノーフォーク

楽しいクリスマスからはほど遠い。次々と心配事が起きる。今後はだれに招待されようと、絶対に自分の家で過ごすから！

玄関ホールでわたしたちを待っていた男性は、これまでわたしが会ってきたロンドン警視庁の刑事たちがそうだったように、いかにもそれらしく見えた。わたしが何度も逮捕されていると思った人のために言っておくと、わたしは彼らから手助けを要請された側だ。少なくとも、ほとんどの場合はそうだった。今回やってきたのは、こけた頬に黄褐色の小さな口ひげをはやした痩せた男性だった。襟を立て、トリルビー帽を握りしめているその様子は、体の芯まで凍えているように見える。

「ミスター・オマーラですか？」彼は感覚を取り戻そうとしているかのように、小さく足踏みを繰り返しながら尋ねた。

「そうです」ダーシーが答えた。「こちらは妻のレディ・ジョージアナです」

「わたしは主任警部のブロードと言います。初めまして、奥さん」彼は会釈をした。

わたしはおかしくなった。こんなに細い男性の名前が、〝幅が広い（ブロード）〟だなんて。笑いたくなるのをこらえた。

「応接室で話をしましょうか？」この家の下の階にあるほかの部屋を知らなかったので、わたしは言った。「ほかの人たちはまだ食事中なので、そこなら静かなはずですから」

「よければ、暖炉のあるところにしてもらえますか」彼が言った。「サンドリンガム・ハウスから歩いてきたんです」

「この天気のなかを大変でしたね、主任警部」ダーシーが言った。

「そんなつもりはなかったんです。あなた方がどこにいるのかと尋ねたら、〝木立のすぐ向こう側〟にある家だと言われたので。我々は列車できたんですよ。そのあとはタクシーでした」

「まあ、大変でしたね」わたしは優しく微笑んだ。「帰りは車でお送りしますね。温かい飲み物はいかがですか？　それともなにか召しあがりますか？」

「いただきます、奥さん」

わたしは普段、〝奥さん〟ではなく〝マイ・レディ〟と呼ばれていると言おうかと考えたが、自分が〝ミスター〟の妻であることを思い出した。だとすれば、彼がわたしを〝奥さん〟と呼ぶのも、あながち間違いではない——わたしの称号がそのままだとしても。

応接室で呼び鈴を鳴らした。やってきたヘスロップに紅茶とスープ、できればサンドイッチが欲しいと頼んだ。すぐにクイーニーが頼んだものを運んできた。サンドイッチの形を見れば彼女が作ったものだとわかったが、少なくとも鳥の足が突き出たりはしていない。警部は感謝している様子だったので、話を聞く前にまずは食べてもらうことにした。

「ミスター・オマーラ」警部が言った。「わたしたちがここに呼ばれた理由がいまひとつわからないのですが、ロンドン警視庁に注意を呼びかけたのがあなただとお聞きしました。死んだのは、いわば我々の一員ですし、王室が関わっているということで、わたしが派遣されたというわけです。くわしい話を聞かせてもらえますか？」

ダーシーが話をした。わたしが知っているたいていの警察官と同じで、ブロード主任警部はそのあいだぴくりとも表情を変えなかった。ダーシーが話し終えると、彼が言った。

「整理させてください——若い男性が落馬をした。あなたはそれをロンドン警視庁が調べるべきだと考えているんですね？」

「あなたを呼んだ理由はいくつかあります、主任警部。まず、その男性が優れた馬の乗り手だったということ。ぼくは何度か彼とポロをしたことがあるんです。ふたつ目ですが、これが単独の出来事であれば、ぼくも不運な事故だと考えたでしょう。ですが残念なことに、去年の今頃、同じような事故が起きているんです。彼も優れた乗り手でした。さらに数日前、何者かが撃った弾がデイヴィッド王子をかすめるといったことがありました」ダーシーは座ったまま身を乗り出した。「ぼくが今回のことを気にかけているのは、妻と一緒に乗馬に行くのはデイヴィッド王子のはずだったからなんです。そして死んだ男は王子に見た目が似ていた」

警部の表情が、より重苦しく真剣なものになっていく。

「つまり、サー、何者かが王子を殺そうとしているとおっしゃっているんですね」

「残念ながら、そうかもしれないと考えています」ダーシーが答えた。

ブロード主任警部はわたしに向き直った。「彼と一緒だったのはあなただとうかがっています。彼が落馬するところを見たんですか？」

わたしは霧が濃かったことと、彼の馬がわたしの馬よりずっと速かったことを話した。

「わたしが着いたときには、彼は道に倒れていました」死ぬ前に彼が妻に謝ったことは、いま話す必要はないだろうと思った。「彼の馬は近くに立っていましたから、なにかに驚いたわけではないと思いました。怪我もしていませんでした」

「近くでだれかを見ませんでしたか？」

首を振った。「だれも。静まりかえっていましたし、そこは野原の真ん中だったんです」

彼はため息をついた。「わたしになにができるんでしょうね」

「サンドリンガムの使用人を調べることができますよね？　恨みを持っている人間やアイルランド共和国軍の支持者がいないかどうか」ダーシーは笑みを作った。「自分がアイルランド人のような話し方をしているのはわかっていますが、ぼくは英国市民であることを選んでいます。それにロンドン警視庁のあなたの上司はぼくをご存じですよ」

「そのとおりです、サー。調べる必要があるとあなたが言うのなら、あるんでしょう」ブロードは顔をしかめた。「こんなになにもない場所に、アイルランドの支持者がいると考えているんですか？」

「まわりにだれもいないんですから、王子を襲うにはうってつけだと思いませんか？」

「確かに」彼はため息をついた。彼はずいぶんとため息をつくとわたしは思った。歯の隙間から息を吸う癖もいらだたしい。

「少なくとも、あなたの部下にこのあたりを調べさせて、地元のパブによそ者が滞在していないかどうかを確かめることはできますよね」ダーシーが言った。

わたしはちらりとダーシーを見た。ミセス・シンプソンの身に起きたことや、事故が起きたとき、ミス・ショートが犬の散歩に行っていたことを話すのだろうか？　そのつもりはないようだった。わたしはなにか訊かれたとき以外は黙っていたが、不意にあることに気づいてぎくりとした。どちらのときも、レッグ・ホーン少佐は外出していた。デイヴィッド王子を弾がかすめたとき、彼は国王の狩りに同行していた。わたしが二頭の馬を連れて厩舎に戻ったときには、寝過ごしたと言いながら現れた。けれどいま記憶をたぐってみると、彼はいくらか息を切らしていた気がする。階段がミセス・シンプソンの上に落ちてきたとき、彼は部屋にいただろうか？　部屋を出たり入ったりしていた人間がいたかどうか、思い出すことはできなかった。

だ。唯一彼が有利な点と言えるのは、かつては近衛師団連隊の誇り高き将校だったということだ。もっとも優秀で、だれよりも王室に忠実な兵士たち。けれど、ミス・ショートに疑念の目を向けたのと同じ理由が、少佐にも通用する。熱心な愛国者は、未来の国王があれほどふさわしくない女性と結婚しようとしていることに嫌悪感を抱くだろう。彼もまた、次男のほうがいい国王になると考えて、自分でなんとかしようとしたのかもしれない。彼は、わたしたちが馬でたどるであろう道筋を知っていた。昨年、狩りのときに使ったのと同じ道で、彼もその狩りに同行していたからだ——狩りはあまりうまくはいかなかったけれど。

「どうしたんだい、ジョージー？」ダーシーがわたしの様子に気づいて言った。

「レッグ・ホーン少佐のことを考えていたの。どの事故のときも、現場にいたわ」

「少佐というのは？」主任警部が訊いた。

「この家に滞在している人です」わたしは答えた。「どちらの事件のときも近くにいて、わたしたちがたどった道を知っているという以外、彼を疑う理由はありません」ダーシーがいさめるようなまなざしでわたしを見ていることに気づいた。「彼が信頼のおける近衛師団の士官だったことは間違いありません。けれど、英国のために自分の手で問題に対処しようと考えたのかもしれない」

「それはどういう意味ですか？」ブロード主任警部が訊いた。

「デイヴィッド王子は国王にふさわしくないかもしれないという意味です」

「それはどうしてです？」彼は怪訝そうな顔になった。「少々遊び人であることは承知していますが、心根は善人ですし、現在の国王が亡くなった暁にはちゃんと役目を果たすと思いますよ」

英国の新聞社が優れた仕事をしていることをわたしは知った。彼の上司はともかく、彼はミセス・シンプソンのことを知らない。

「まあ、そうおっしゃるなら、その少佐のことを調べてみましょう」彼は言った。「ですが、なにもないところで男性が馬から落ちて、首の骨を折ったという以外に怪我もしていないのであれば、なにかを証明する手立てはなさそうですが」

「解剖の結果を待ってはどうでしょう？」ダーシーが言った。「たとえば、オルトランガム大尉は薬を盛られたのかもしれない」

「なんのためにですか、サー？」警部は戸惑ったような顔のままだ。「どうして彼を殺そうとするんです？」

「わかりません、警部。ですが、去年と同じ事故が繰り返されたわけですから、そういう企てがあったのかもしれない」

「若い紳士というのは、狩りの最中に愚かな危険を冒したりするものではありませんか？」警部は、貴族のことが話題になるときによく見られるような軽蔑的な薄笑いを浮かべて言った。

「ないとは言いません」ダーシーが言った。「ぼくは狩りをしますし、障害物競走に出たこともある。何度か落馬もしましたが、ひどい怪我をしたことは一度もないですし、これまで馬から落ちて死んだ人間を見たことはありません」

主任警部はまたため息をついた。「わかりました、ミスター・オマーラ。上司からあなたの意見は真剣に受け止めるように言われていますから、そのとおりにします。部下たちに、サンドリンガム・エステートで働く人間全員を調べさせます。よそ者が泊まっていないかどうか、地元のパブに聞きこみをさせますし、事故の現場もわたしが自分で確かめましょう――ひょっとしたら、なにか手がかりがあるかもしれない」

「今朝、行ってみました」わたしは言った。「でも、遺体を回収するために、男の人たちがトラクターで現場に向かったんです。ですから、雪が残っているところに足跡があったとしても、すっかり踏み荒らされてしまっています」わたしは一度言葉を切った。警部は耳を傾けている。「張り出した枝にぶつかった可能性があります。だとしたら、もちろん彼は馬から落ちたでしょう。でも、どんなに大きな馬でもその枝は高すぎて届かないというのが、ミスター・オマーラとわたしが出した結論です。低い枝もありましたけれど、切られていました。しばらく前のことだと思います。それに、木の下に切られた枝が残っていましたが、雪をかぶっていました」

「つまり、なにも変わったところはなかったわけですね？」

「その木に登るのは簡単そうだというだけです。枝に座って馬が来るのを待ち、乗り手に向かってなにかを落としたのかもしれません。でも直後にわたしが行ったときには、あたりにはだれもいませんでしたし、大きな石やなにか重いものを拾おうとしたような足跡もありませんでした」

ブロード主任警部は首を振った。「あなたが言っていることを可能にするには、寸分の狂いもあってはいけないし、そのうえ運も必要だ。猛スピードで走っている馬になにかをぶつけ、乗り手を落馬させて命まで奪おうというんですからね」

「そのとおりだと思います」わたしは言った。「それに、そんなことをすれば馬も怪我をするはずですけれど、わたしが見つけたとき、馬はとても落ち着いていましたし、怪我もしていませんでした」

「とにかく、わたしが行って見てきますよ」彼が言った。「一緒に来てもらえますか、ミスター・オマーラ。正確な場所を教えてください――できれば、歩かなくてもいいように車に乗せてもらえると助かります」

「喜んで」ダーシーが言った。

わたしは彼が〝一緒に来るかい、ジョージー？〟と言うのを待ったけれど、彼の口から出たのは「それじゃあ、あとで会おう、ダーリン」という言葉だった。

そしてふたりは、少し腹を立てているわたしを置いて出発した。

一二月二六日　ボクシング・デイ
ウィンダム・ホール　ノーフォーク

　ダーシーは、わたしを置いて行ってしまった。結局わたしはただの女で、ボーイズ・クラブのメンバーではないっていうことね！　だからといって、わたしは捜査をやめたりしないんだから。

　食堂に戻ると、すでにデザートは終わっていて、客たちはコーヒーを飲むために居間に移動していた。わたしが入っていくと、だれもが待ちかねていたようにこちらを見た。

「ロンドン警視庁の警部ですって？」レディ・アイガースが言った。「いったいなんの用だったの？」

「オルトランガム大尉が亡くなった件です」わたしは答えた。「警部はダーシーと一緒に現場に行きました」

「なんのために？」

「王家の人間が関わっているときには、慎重になりすぎることはないんだと思います」

「よくわかりませんね」レディ・アイガースは顔をしかめた。「男性が落馬した。それが国の安全に関わることになるのかしら？」

「去年も同じような事故が起きたからだと思います。とても偶然とは思えないと考えている人がいるようです」

「ばかばかしい話だこと。狩りに行けば危険はあるし、飛び越えてはいけないものを飛び越えることもあるかもしれない。それに、凍てつくような朝に馬で出かければ、馬がよろめいて乗っている人間を振り落とすこともあるでしょう。もちろんどちらも残念な事故でしたけれど、警察にできることはありませんよ」

ハントリー大佐が椅子から身を乗り出し、じっとわたしを見つめて訊いた。

「これが事故ではないと考える理由があると思うかね？」

「そんなこと、わかるはずがないじゃありませんか」レディ・アイガースが言った。「もし理由があったとしても、たとえ木の陰に隠れていただれかが飛び出して馬を驚かせたとしても、乗っている人が落ちるという確証はないんです。乗っている人の腕がよければなおさらです」

「彼は撃たれたりはしていないのだね？」大佐が訊いた。

わたしはうなずいた。「出血している様子はありませんでした。落馬したせいで首の骨を折っただけです」

「ほらね、そういうことですよ」レディ・アイガースが言った。「気の毒に、あの警部さんはなんでもないことで、ボクシング・デイを家族と過ごせなくなってしまったのね」彼女は立ちあがった。「休みたい人はいますか？　ゲームかジグソーパズルをしようかと思うのですけれど」

「ドリーとわたしは少し休むことにしますよ」大佐が言った。

「トランプかボードゲームならやりたいですね」ビンキーが言った。「たっぷり食べたあとだから、かくれんぼのような体を動かすものは遠慮しておきたいところだ」

「ボードゲームならわたくしもやりますよ」今回ばかりは、フィグも驚くほど愛想がよかった。「最後にゲームをしたのは、もうずいぶん前のことだわ。なにがあるんですか、レディ・アイガース？」

「隅のキャビネットにいくつか入っているはずですよ。すごろくとかその類が」

「すごろくか、面白そうだ」ビンキーが言った。「やろうじゃないか、フィグ。やりますよね、レディ・アイガース？　ジョージー？」

「今日はもうこれ以上の刺激はいらないわ」わたしは言った。

「部屋に戻って休むといいですよ」レディ・アイガースの口調は優しかった。「ショックは、遅れてやってくることがありますからね。死体を見つけるなんて——どれほどしっかりした人でも、動揺するものですよ」

ここ数年、何度も死体と遭遇してきたことは言いたくなかった。

「ダーシーが戻ってくるまで、ここにいようと思います」

「だれか、四人目の参加者はいませんか？」ビンキーの顔に浮かんだ、熱心な表情はそのまだ。「どうですか、ミセス・レッグ・ホーン？」

彼女は首を振った。「遠慮しておきます。夫が戻るまでは、なんであれ集中できそうにありませんから。夫のことが心配なんです」

「なにも心配するようなことはないと思いますよ」レディ・アイガースが言った。「いまサンドリンガムはひどく混乱しているんでしょう。ロンドンから警察官が来ているのですからね。ご主人はきっと、残っているように言われたんですよ」

「ええ、そうですね」ミセス・レッグ・ホーンは自分を納得させようとするかのようにうなずいた。「主人がなにか役に立てるとは思えませんけれど。寝坊をしてしまって、一緒に行けなかったんですから」

その言葉には少し熱がこもりすぎてはいない？　実は彼女もわたしと同じような疑念を夫に抱いているんだろうか？

「わたしがやります」ミス・ショートが声をあげた。「レディ・アイガースとゲームをしたのは、もうずいぶん前のことだわ」

わたしは雑誌を持って窓のそばに座り、機械的にページをめくりながら、ゲームをしている者たちの活気に満ちた声を上の空で聞いていた。ビンキーの楽しそうな声。

「おや、まいったね。一気に進んだじゃないか、フィグ」

同じくらい楽しそうなフィグ。「まあ、ミス・ショート。そこは蛇のマスよ」

わたしは立ちあがって、カップにコーヒーを注いだ。ミセス・レッグ・ホーンがひとりでソファに座っていることに気づいて、その隣に腰をおろした。

「ご主人はきっと無事ですよ。わたしたちと一緒だったわけじゃないんですから」

彼女は疲れたような笑みを浮かべた。

「ご心配なく。わかってもらえないと思います。主人は、信頼できる人ではないんです。あの人がどこにいてなにをしているのか、わからないことがよくあります」

その意味ならよくわかっていた。女性とどこかにいるんだろうか？　口説いている？　それとも？　なにかたわいのないことに話題を変えようとしたちょうどそのとき、砂利を踏むタイヤの音が聞こえてきた。ダーシーが戻ってきたのかもしれないと思いながら窓の外に目をやると、そこにいたのは少佐その人だった。

「少佐が戻ってきましたよ」わたしは言った。「ね、心配する必要なんてなかったでしょう？」

「そうですね。心配する必要なんてなかった」彼女は立ちあがって玄関へと向かったが、少佐は外の階段を駆けあがって自分でドアを開けて入ってきた。

「いったいどこにいたの、レギー？」ミセス・レッグ・ホーンが訊いた。「わたしたちみんな、とても心配していたのよ」

「おまえが心配していたんだろう？　ほかの人間は気にかけたりしないと思うね」その荒々しい口調を聞いて、わたしは彼が酔っていることを知った。「知りたければ教えてやるが、サンドリンガムにいるやつら――ピーターや外の使用人たちだ――がちょっとしたクリスマスパーティーをやっていて、わたしのことも誘ってくれたんだ。断るのは無作法だから、一緒に何杯かスコッチを飲んだっていうわけさ。クリスマス気分でね」

「言ってくれればよかったのに」

「どうやって言えっていうんだ？　ばかな女だな。ここには電話がないんだぞ。しばらく戻らないっておまえに伝えるために、ここまで車で戻ってこいって言うのか？　少しは頭を使えよ、まったく」

「あなたの身になにかあったんじゃないかって心配していたのよ」

「心配？　いったいおれの身になにが起きるっていうんだ？　あのサンドリンガム・ハウスにいたんだぞ。王家の人たちと一緒に。あそこの犬に襲われるとでも思ったのか？」

「今朝、人がひとり死んでいるのよ」

「彼は馬から落ちたんだ。おれが一緒に行かなかったのは幸いだったよ」

「去年の狩りであなたはもう少しで落馬するところだったのを忘れたの？　まったく同じところを走ったでしょう？」

「落馬なんてしていないね。馬の脚の調子が悪くなったから、家まで引いて帰ってこなきゃならなかっただけだ」

「聞いていた話と違う」彼女がつぶやいた。

「なんだって？」

「なんでもない」しばらく沈黙が続いたあとで、彼女が言った。「お腹がすいているでしょう。なにか食べるものをもらってきましょうか？」

「気にしなくていい。たっぷり食べてきた。ソーセージロールやスコッチエッグ——そういったものがいろいろあったんだ。腹は減っていないから、ちょっと寝てくる。それじゃあな」

彼はそう言うと、居間のドアロに立ちつくす妻を残して、階段をあがっていった。戻ってきた彼女の顔には、痛みと屈辱の表情が浮かんでいた。わたしは気をきかせたつもりで、雑誌を手に取って夢中で読んでいるふりをした。

「ご主人がようやく帰ってきたんですね？」レディ・アイガースが言った。

「ええ、ありがとうございます」ミセス・レッグ・ホーンは懸命に表情を取り繕おうとしている。「サンドリンガムの使用人たちにボクシング・デイの祝宴に誘われて、断りたくなかったみたいです」

「そうでしょうとも。眠らせておくといいですよ」

彼女はそう言って、すごろくに戻った。わたしはちらちらと窓の外を眺め、ダーシーが戻ってくるのを待った。やがてわたしはコートと帽子を身に着け、散歩に出た。子犬——バブル？　それともスクイーク？——の様子を見に行こうと思い、庭師のコテージに向かった。

けれど直前になって、ボクシング・デイは家族で過ごす日だから、邪魔をしてはいけないと気づいた。そこでそのまま足を進め、野原の端までやってきたところで目を凝らし、事故が起きた木立を探そうとした。途中に雑木林があって、問題の木ははっきりとは見えなかったが、視線を下に落としてみるとだいたいの位置がわかった。雪の上に、そちらの方向に続いている足跡が残っていたからだ。

犬の散歩に来たミス・ショートだとわたしは自分を納得させようとした。なにもおかしなことはない。けれど、ダーシーが戻ってきたら伝えたほうがいいだろう。ウェリントン・ブーツの靴底に目印になるような特徴があるのかどうか、わたしは知らないけれど、ダーシーは知っているかもしれない。冷たい風が頬を刺す。わたしは両手をポケットに突っ込み、家へと戻った。

一二月二六日　ボクシング・デイ
ウィンダム・ホール　ノーフォーク

　なにかわかりかけている気がする。なにかが意識の端に引っかかっている——わかりきっているなにか。オルトランガム大尉の死は事故ではないという確信がいまではあった。少佐とミス・ショートのことをもっと知る必要がある。のんびりしたクリスマスにはなりそうもない！

　ダーシーはちょうどお茶の時間に戻ってきた。居間に集まり、クリスマスケーキをみんなで食べているときだった。彼の顔がぱっと明るくなったけれど、それがわたしに会えたからなのか、それともケーキを見たからなのかはわからない。

「ああ、お茶の時間だ。いいね」彼が言った。「昼食のデザートは食べそこねたからね」彼はクリスマスケーキの大きなひと切れを皿に取ると、窓際に座るわたしの隣に腰をおろした。

わたしは食べている彼の邪魔をしたくなかったし、部屋にいるほかの人たちと話をする気にもなれずにいた。

「なにも問題はない？」ダーシーがようやく口を開いた。「少佐は戻ってきたの？」

「ええ。サンドリンガムの屋外の使用人たちと、クリスマスを祝っていたんですって」

「え？　ああ、そうか」彼はそれ以上言わなかったが、なにかあるのだとわたしは気づいた。あいにく、今夜は夕食のための着替えはしないことになっている。近くに住んでいる使用人たちが家で過ごせるように、今夜の食事も冷菜だからだ。彼もわたしと同じことを考えていたらしく、こう言った。「さっき、万年筆が見つからなかったんだ。きみは見なかったかい？　きっと寝室で落としたんだと思う」

「捜すのを手伝うわ」わたしはそう応じ、ふたりで堂々と部屋を出た。

上の階のわたしたちの部屋に入るなり、わたしは尋ねた。

「それで？　なにかわかったの？」

「なんとも言えないが、ディッキーが二日前にロンドン警視庁に連絡を取って、デイヴィッド王子が撃たれたことを伝え、犯人の心当たりがあると言っていたみたいだ」

考えてみた。「それなら、どうして犯人は彼を撃たなかったのかしら？　落馬させるより、簡単なのに」

「だが、事故と主張できなくなる」

「そうね」

「それに、彼はどうも去年の事故に疑念を抱いていたみたいなんだ」

「疑わしいとは思っていたけれど、だれにも言っていなかったっていうこと？」

「言ったのかもしれないが、耳を傾ける者はいなかったらしい」

「残念ね」

「もう一度現場を見に行ってきた。上の枝の樹皮になにかをこすったような痕があった。何者かがそこに登って、彼をなにかで叩いたのかもしれない」

わたしは眉間にしわを寄せた。「あそこから急いでおりるのは簡単じゃないわ。それにわたしが着くまで、ほんの一、二分しかなかったのよ」

「木の上に隠れることはできないだろうか？」

考えてみた。「できるでしょうね。大きな木だもの。それに幹には蔦がからみついていた。なにも危険は感じなかったけれど、あそこで見たものにショックを受けていたせいかもしれない。彼が死ぬのを見たあとは、彼の馬を見つけてみんなに知らせることしか考えられなかったの」

「人の息遣いは聞こえなかった？」

思わず笑いが漏れた。「まさか。全速力で走ってきた馬が二頭いたのよ。どちらも、ぜいぜいいっていたんだから」蒸気のような息を吐く馬たちの姿を思い出した。

ダーシーは首を振った。「地元のパブに滞在している不穏な無政府主義者が見つからないかぎり、打つ手がないよ。警察がいま、サンドリンガムにいるすべての人間の身元調査をしているところだ」

「サンドリンガムと言えば、少佐が戻ってきたってわたしが言ったとき、あなたは妙な顔をしたわね」

「サンドリンガムでは、使用人たちの祝宴は行われていないはずだ。彼の死が伝えられてすぐ、王妃陛下は喪に服すことを宣言したんだよ」

「まあ」わたしたちは顔を見合わせた。「それじゃあ、彼はどこにいたのかしら？」

「考えられるのはパブ……」

「ボクシング・デイにパブって開いているの？」

「開いているところもあるだろう。あまり規制が厳しくない田舎のほうでは特にね。あるいは、近くに女性の知り合いがいるのかもしれない」

「彼の奥さんには言わないでね」

「自分の夫がどういう男なのか、彼女はもうわかっていると思うよ」

「話は変わるけれど」わたしは彼に知らせることがあったのを思い出した。「散歩に行ったの。そうしたら、庭師のコテージの脇から野原を横切っていく足跡があるのを見つけた。ディッキー・オルトランガムが事故にあった方向に向かっていたわ。もちろん、ミス・ショートが犬を散歩していただけなのかもしれないけれど、でも……」

「なにか特徴があるかもしれないから、足跡の写真を取る価値はあるだろうな」ダーシーが言った。

「ほかにわかっていることはあるかしら？」

「ぼくは手を貸してくれと頼まれたよ」

わたしはじっと彼を見つめた。男性だけが協力を頼まれるのだ。けれど、わたしは王妃陛下から直々に頼まれている。「ダーシー、ミセス・シンプソンの事故のことを話した？」

「いいや。ロンドン警視庁の下のほうの人間は、彼女と王子の関係を知らないことがわかったからね。ぼくが話すべきではないと思ったんだ」

「それじゃあ、この家に関わりのある人間が第一容疑者かもしれないことを、警察は知らないのね？」

「そういうことだ」ダーシーはしばし間を置いた。「警察には、サンドリガムと近隣の捜査をしっかりやってもらおう。その間ぼくたちは、ここで目を光らせていよう。ミス・ショートが次に外出したときには、ブーツを確認するんだ」

「少佐は？」わたしは訊いた。

ダーシーは顔をしかめた。「きみは、本当に少佐が関わっていると思うの？　近衛師団の少佐だぞ？」

「どの事故のときも、彼は現場にいたのよ。去年は狩りに同行していて、馬の具合が悪くなったからと言って、遅れて戻ってきた。王子が撃たれたときは散弾銃を持っていたし、今朝はわたしが二頭の馬を連れて戻ってきたときに、厩舎に現れたの。一緒に行くつもりだったのに、寝過ごしたって言って」

「なるほど」ダーシーは困ったような顔になった。「だとしたら、彼の動機は？」

「ミス・ショートと同じよ――自分の国を愛していて、離婚歴のあるアメリカ人女性が国王と結婚することが我慢できない。それに、デイヴィッド王子はひ弱で、立派な国王にはなれないって考えているの」

「パーティがそれほど優れているとも思えないが」ダーシーが言った。「彼は吃音がひどい。人前に出るのが得意じゃない。気が短い」

「でも彼は信頼できると思うわ。それに、ヨーク公爵夫人は素晴らしい人よ。いまの彼があるのは、彼女のおかげよ。あの人たちはどう振る舞うべきかを心得ているし、この国のことを大切に思っている。それに小さなリリベットは、いずれいい女王になるわ」

「きみの言うことにも一理あるね。少佐から目を離さないようにしよう。乗馬の事故に彼がどう関わっているのか、ぼくには見当もつかないけれどね」

わたしたちは居間に戻った。ビンキーは別のゲームをしようと声をかけていたけれど、クリスマスを共に楽しもうという気分は急速に薄れているようだ。レディ・アイガースが大きなジグソーパズルを取り出してきて、何人かはそれに取りかかった。なにを飲んできたにせよ、少し眠って酔いが冷めたらしいレッグ・ホーン少佐がやってきた。

「で、明日の予定はどうなっているんですかな？」ハントリー大佐が訊いた。

「ちょっとした狩りに行けるくらいには気分がいいと国王陛下がおっしゃっていました」少佐が言った。「王妃陛下はあまり喜んでおられないようですがね。寒さは胸に悪いですし、亡くなった人がいるのに狩りはふさわしくないと考えておられるようですが、国王陛下のささやかな楽しみを取りあげたくないということで、九時頃に出発することになりました」

「わたしも参加してもいいものだろうか？」ハントリー大佐が訊いた。「昔は鴨狩りに行ったものだよ」

「いいんじゃないでしょうか」少佐が応じた。「ミスター・オマーラとラノク公爵を誘うようにと言われていますから、あなたが来てもかまわないと思いますよ。ただし言っておきますが、英国の狩りには厳しい作法があるんです。もし来るのなら、階級の約束事を守ってもらわなくてはいけません。撃っていいのは、わたしがそう言ったときだけです」

「了解した。わたしも軍人だ。階級と作法は承知しているよ」

「わたしたちも行って、見ていることはできるのかしら？」ドリーが興奮した口調で尋ねた。

「うるさくせず、射手たちのうしろのほうにいるのであれば、かまわないと思います。椅子や毛布、温かいスープといったものは持っていきますから。もし来るのであれば、わたしの信用がかかっていることを忘れないでくださいね。呼ばれてもいないのに王家の方たちに話しかけにいくような、わたしに恥をかかせるような真似をしてもらっては困ります」

「ええ、わかっていますとも」彼女は答えた。「行儀よくすると約束するわ。王女さまたちも来るのかしら？」

「いらっしゃいませんよ。国王陛下とデイヴィッド王子、それからおそらくヨーク公爵ご夫妻とグロスター公爵だけです。お子さまが生まれたので、ケント公爵はご家族とお過ごしになっています。どうなさいますか、公爵、ミスター・オマーラ？」

「もちろん行くとも！」ビンキーが答えた。「もう長いあいだ、狩りには行っていないよ。きみも来るかい、フィグ？」

「とんでもないわ」フィグが言った。「凍えるような牧草地で鳥が飛ぶのを立って待つなんて、わたしはごめんんよ」

「ダーシー、きみは？」ビンキーが訊いた。

「行きますよ」ダーシーが答えた。「ジョージーも行きたいだろうな」

「でも、撃たないわよ。射撃は苦手なの。あなたに恥をかかせてしまうわ。でも、喜んで精神的な支援はするわ」デイヴィッド王子が参加する狩りを見逃すわけにはいかない。わたしはいつものごとく、一番いい椅子に座っている母に視線を向けた。「お母さまも行く？」

「抵抗できないかわいそうな鳥が撃たれるのを見に？　なんて恐ろしい。それ以上にひどいことがあるかしら。下手な俳優がハムレットを演じるのを見るのはもっとひどいけれど。わたしは暖炉のそばで丸くなっているわ。面白い本があるかしらね」

「わたしたちも行きますか、レディ・アイガース？」ミス・ショートが訊いた。

「あなたは行っていらっしゃい」レディ・アイガースが言った。「凍える寒さのなかでほかの人が鳥を撃つのを眺めるのは、もうたくさんなんですよ。伯爵が狩りをしているあいだ、ずっとあそこで立っていましたからね」

「わたしは狩りが好きですよ。でもここに残って、あなたと一緒にいることにします」ミス・ショートが言った。

「あら、やせ我慢する必要はないのよ、ショーティ。行きたいのなら、行けばいいわ」

ミス・ショートは首を振った。「いえ、きっと邪魔になるだけでしょうから。雪が降らないといいですね」

「夜は厳しい寒さになると思いますよ。きっと湖でスケートができるんじゃないかしら。スケート遊びがしたいなら、サンドリンガムに余分なスケート靴があるはずだわ」

「とんでもない」フィグがまたつぶやいた。

明日の予定が立ったところで、わたしたちはシェリーとソーセージロールをいただき、それから夕食が待つ食堂に向かった。今夜も七面鳥のカレーに付け合わせというシンプルな料理だった。わたしたちの食べっぷりを見たら、もう何日も食事にありついていなかったのかと思うかもしれない。とてもおいしくて、冬の夜にはぴったりだった。デザートはオレンジのムースで、その後男性陣はポートワインを、わたしたちは居間でコーヒーを飲んだ。ゲームをする気分の人はもうだれもいないようだ。しばらくラジオでコンサートを聴いたあと、わたしたちはそれぞれ部屋に引き取った。

28

一二月二七日
ウィンダム・ホールと、その後サンドリンガム・エステートでのキジ狩り　ノーフォーク

　今朝は少し吐き気がしている。胃も気分もむかむかしている。七面鳥のカレーのせいだけではなさそうだ。なにかが起こりそうな気がする。狩りに行くと言わなければよかったと思った。けれどもしなにかが起きようとしているのなら、阻止するためにわたしにできることがあるかもしれない。ミス・ショートは来ないと言ったけれど、少佐は参加するから、わたしが彼に目を光らせておかなくては。

　夜が明けて葉を落とした木の向こうに赤い太陽がのぼり、地面におりた霜が日光を受けて輝いている。

「気をつけてね」寝室で着替えをしながら、わたしはダーシーに言った。

「ぼくとデイヴィッド王子を見間違える人間がいるとは思わないだろう?」ダーシーの言葉

に、わたしは苦笑いするほかはなかった。ダーシーは癖のある黒髪で身長は一八〇センチ近くあるけれど、デイヴィッド王子は背が低くて金髪だ。

「胃のあたりがなんだか変な感じなの」わたしは言った。「国王陛下の具合がいまひとつで、狩りが中止になればいいと思うくらいよ」

けれどサンドリンガムからそんなメッセージは来なかった。しっかり朝食をとるようにとレディ・アイガースに促されたが、わたしは緊張のせいで、スクランブルエッグとマーマイトを塗ったトーストをほんの数口しか食べられなかった。わたしたちは二台の車に分乗した。ビンキーはわたしたちと一緒に、大佐夫妻はレッグ・ホーン夫妻と同じ車に乗った。ミセス・レッグ・ホーンが車に乗りこむのを眺めながら、だれも彼女に行きたいかどうかを尋ねなかったことをわたしは思い出した。一緒に行くのが当たり前だと少佐は考えているのかもしれない。

わたしたちはサンドリンガム・ハウスに向けて出発した。凍った水たまりの上を走ると、パリパリと音がした。到着すると、待っていた男たちに案内されてエステートカーに乗り換え、王家の方々のグループを追って、畑の端にある雑木林までがたがたと揺れながら進んだ。畑は耕されておらず、枯れた切り株がそのままだ。男性陣が配置につこうとしているその向こうの森には、ツツジらしい茂みが密集している。わたしたち女性はありがたいことに、茂みのなかに置かれた椅子に座ることになった。茂みが冷たい風を遮ってくれる。わたしはオーバーにフェルトの帽子、ウールのスカーフ、ツイードのズボンという装いだったが、それでも震えが止まらなかった。ダーシーのうしろに置かれた椅子に座り、国王陛下と息子たち、それにヨーク公爵夫人が一番いい場所に案内されていくのを眺めながら、全身の神経を研ぎ澄ませた。ビーターや猟場番人や猟犬の飼育係に囲まれているレッグ・ホーン少佐は、いつものようにいささか尊大な物腰だ。飼育係の横で犬たちはおとなしくしているけれど、早く走っていきたくてうずうずしている様子だった。

レッグ・ホーン少佐が決まり事を告げた。左から順に番号を振る。最初は国王陛下だ。二発目で必ず獲物を仕留めること。装塡した銃が男たちに手渡された。ビーターたちが移動を始める。彼らが切り株のあいだを進むにつれ、乾いた草を踏む音が聞こえてくる。突然、羽音が聞こえたかと思うと、鳥たちがぎこちなく飛びたった。鳥たちが目の前までやってくると同時に、銃声が轟く。数羽の鳥が落ちた。犬たちがそれを捕まえるために駆けだしていく。わたしは殺生が嫌いだけれど、キジ狩りはいつもわくわくする。きっと、生まれ持ったものなんだと思う。今度は違う角度で、また鳥が飛び立った。銃声。鳥が落ちる。わたしは射手たちを順に眺めた。国王陛下がなかなか散弾銃を持ちあげられず、手助けを必要としているのがわかった。デイヴィッド王子を探した。彼はすでに狩りに興味を失っているようで、うしろにさがって煙草を吸っている。王家のほかの方々はまだ嬉々として新たに装塡された銃を受け取っている。ダーシーが二発とも命中させた。ビンキーもだ。実のところ兄の射撃の腕はなかなかのものだ。わたしはほかの女性たちの様子を見ようとした。森が鬱蒼としているせいで、だれもはっきりとはわからない——羽根のついた帽子がひとつと、茂みの向こう側にドリー・ハントリーの場違いな赤い帽子が見えるだけだ。とりあえず彼女は行儀よくしていて、興奮のあまり大きな声でささやいてだれかを怒らせたりはしていないようだ。もっとよく見るために立ちあがりたかったけれど、それはだめだ。わたしたちはじっと座っていなければいけない。やがてデイヴィッド王子が言った。「国王陛下は満足されたと思う。このくらいにしておきませんか、父上？」

「そうだな」国王陛下が言った。「昔ほどの壮健さは、わたしにはもうないようだ。それとも、銃が重くなっているのかもしれんな」彼はわたしたちのほうへと近づいてきた。「だが、いい狩りができたじゃないか。今年は猟場番人たちがいい鳥を育ててくれた。彼らにそう伝えておいてくれ、少佐。スコッチを振る舞ってやってくれないか？」国王陛下はあたりを見まわした。「彼はいったいどこに行った？　また姿をくらましたのか？」

銃の装填係たちもあたりを見た。「さっきまでここにいたんですが、陛下」ひとりが言った。「地面に弾を落として叱られたんです」

「だがいまはもういないようだ」デイヴィッド王子が言った。「きっと、銃の保管庫でウィスキーを抱えているんだろう」

デイヴィッド王子は国王陛下に手を貸して、一番近くにあるエステートカーへと連れていった。ほかの王家の方々もあとに続き、装填係たちは薬莢を拾い、銃を集めた。犬たちはリードにつながれて一台の車に乗せられたが、そのうちの一匹がそれに逆らって、吠えはじめた。わたしが座っていたところからそれほど離れていない茂みへと、飼育係を引っ張っていく。

茂みの下から片方の足が突き出していることにわたしたちが気づいたのはそのときだった。

一二月二七日
サンドリンガム・エステートと、その後ウィンダム・ホール　ノーフォーク

こんなことって。わたしは完全に間違っていた。王妃陛下は正しい。ここには邪悪な存在がいる。けれど、その隠れ場所をどうやって見つければいい？

ツツジの茂みの下でワラビに半分埋もれて倒れているのがレッグ・ホーン少佐だとは、すぐにはわからなかった。彼は至近距離で背後から撃たれていて、頭部は見分けがつかないくらい損傷を受けていた。ヒステリーを起こしたドリー・ハントリーは、その場から連れ去られた。王家の方々が帰ったあとだったので、わたしはほっとした。ミセス・レッグ・ホーンは手で口を押えたまま彫像のように立ち尽くし、信じられないといった表情で夫を見つめている。

「レジーじゃない」小声でつぶやく。「レジーのはずがない」

わたしは彼女の肩に手を置いた。「行きましょう。ここにいても、もっと辛くなるだけですから」

「これ以上辛くなることがある？」彼女は震える声で言った。「わたしは夫を亡くしたの。だれかが夫を殺したのよ。報いを受けさせなきゃ」

「だれがこんなことをしたのか、必ずわかりますから」わたしは言った。「一緒に家に帰って、熱い紅茶を飲みましょう」

「ブランデーのほうがいいかもしれないな」ダーシーが背後から言った。「ロンドン警視庁の人間を呼びに行かせた。彼らが到着次第、きみはミセス・レッグ・ホーンとハントリー夫妻を連れて帰るんだ。ぼくは残る。自分の目でこの付近を確かめておきたいからね。使われた散弾銃の口径とそれを撃っていたのがだれなのかを調べてみるよ」

「でも、射手のだれかのはずがないわ。みんな一番前にいたのよ。わたしは見ていたんだもの。だれかが背後から忍び寄ったに違いないわ。茂みの合間から」考えてみた。「鳥が飛び立って、銃が一斉に発射されるまで待ったのね。そうすれば、撃ってもだれにも気づかれない」

ダーシーはわたしの腕を取ると、少し離れたところに連れ出した。

「ぼくは少佐に背を向けていた。きみは彼を見ていた？」

「ええ」少佐を殺人犯かもしれないと疑っていたことを、妻には聞かれたくなかった。「彼はあっちに行ったり、こっちに来たりして、装塡係がちゃんと仕事をしていることを確かめていたわ。その後、装塡した銃が射手に渡されると、邪魔にならないようにうしろにさがったの」

「つまり彼は、発見された茂みの近くに立っていたんだね？」

「そうかもしれない。何度か、木立のなかに入っていったと思う。煙草を吸っていたのかしら？」

「たぶん、フラスクの中身を飲んでいたんだろうな」

ミセス・レッグ・ホーンに聞こえてはいないかと、わたしはあたりを見回した。けれど彼女はまだ彫像のように立ち尽くしたまま、荒涼とした野原を見つめている。

「彼の近くにいたのは？」

わたしは眉間にしわを寄せ、記憶をたぐった。「装塡係の人たちが彼の前にいたわ。せっせと散弾銃に次の弾を装塡していて、とても忙しそうだった。だれが彼を撃ったにせよ、うしろから来たに違いないわ」

「なにか策略があったなら、話は別だ。だれかが彼の名前を呼ぶ。彼が振り向けば、装塡係には彼を撃つチャンスができる」

わたしは首を振った。「だとしたら、わたしが気づいていたはず」一拍の間を置いた。「射撃の最中にだれかがこっそり木立に忍びこんでいたら、気づいたかどうかはわからないけれど。わたしたちみんな、鳥が落ちるのを眺めていたわけだから。警察がいま、彼らの身元調査をしているはずよ。事件は全部屋外で起きているから、犯人はサンドリンガムの屋外の使用人のだれかだという可能性が高い。この目的のために雇われた人間だわ」わたしは意気込んで、指を振った。「少佐は犯人を見つけたのね。だから昨日、帰りが遅かったのよ。自分で調べてみて、だれがオルトランガム大尉を殺し、デイヴィッド王子を狙ったのかに気づいた。その人物と対決したのかもしれないわ。だからすぐに殺された」

ダーシーはうなずいた。「そうかもしれないな。ロンドン警視庁がなにかつかんでくれることを祈ろう。すぐに来てくれるといいんだが。現場を荒らさないように、ほかの人たちは早く帰らせたい」

近づいてくる車の音が聞こえてくるまで、寒いなかでずいぶん待ったような気がした。主任警部とふたりの制服警官を乗せた一台のエステートカーが見えてきた。ダーシーが歩み寄り、低い声で長いあいだなにかを話していたが、内容までは聞こえなかった。ダーシーはすぐに戻ってきた。

「きみはミセス・レッグ・ホーンを連れて帰って、彼女の面倒を見てやってくれないか、ジョージー？　なにがあったのか、伯母に伝えてほしい」

「でも、あなたはどうするの？　いつ、迎えに来ればいいの？」

「自分で帰るよ。ぼくのことは心配いらない」

「でもサンドリンガムから歩くには遠すぎるわ」

「警部は歩いたじゃないか。それに、野原を横切ればここからはそう遠くない。ほら、ディッキーが死んだ場所からは、野原ひとつ分離れているだけだ」

彼がオークの木を指さし、わたしは張り出した枝と節くれだった幹を見て取った。あることに気づいた。家に残ったミス・ショートのことは、容疑者候補から除外していた。けれど、ここまでさほど遠くないのであれば、違う観点から見なくてはいけない。狩りが好きだと彼女が言ったことを思い出した。だが結局来ることをあきらめて、レディ・アイガースと一緒に残ることを選んだのだ。けれど、わたしが考えている動機とは一致しない。国王の威信に傷をつけると考えたミス・ショートが、デイヴィッド王子とミセス・シンプソンを排除しようとするのは理解できる。けれど、少佐にどんな恨みがあるというの？　そこまで考えて、ありえそうな答えにたどり着いた。少佐は彼なりに捜査をしていて、彼女が犯人であることに気づいたのだ。

凍った道をエステートカーで戻り、わたしたちの車を止めてあるサンドリンガム・ハウスの裏手にたどり着くまで、わたしはそのことを考えていた。王家の人たちの姿はない。すでに家のなかにいて、新たな悲劇のことなどきっとなにも知らないのだろう。王妃陛下に話をするべきだろうかと考えたけれど、ミセス・レッグ・ホーンの面倒を見るようにとダーシーに言われている。

「ご自分で運転しますか？　それともわたしたちが送っていきましょうか？」

彼女は首を振った。「レジーはわたしに運転させてくれませんでした。わたしは運転ができないんです。ガレージに車があっても、バスを使わなきゃいけなかった。女に機械が扱えるとは思えないって、彼は言っていました」

気まずい沈黙があり、やがて彼女はばつが悪そうに小さく笑った。

「これから、運転を覚えなきゃいけないみたいですね」

「わたしがお送りします。ビンキー、少佐の車でハントリー夫妻を連れて帰ってもらえる?」

わたしは自分のベントレーに彼女を連れていった。助手席のドアを開けて、乗りこむときに手を貸しても、彼女は無言のままだった。妙な考えが浮かんだ。ミセス・レッグ・ホーンが夫を撃ったのだとしたら? 彼はいばり散らす傲慢な男で、そのうえ浮気者だ。いろいろな意味で、夫がいないほうが彼女は幸せだろう。けれど昨日彼が戻ってこなかったとき、彼女は本当に心配そうだったし、最後はその心配が怒りに変わったほどだった。

「これからどうすればいいのかしら」車が動きだしたところで、彼女が静かな口調で言った。「わたしたちは、王室が無料で貸してくれている家に住んでいるんです。出ていかなくてはいけないでしょうね」

「息子さんがいらっしゃるんですよね?」

「ええ。でもひとりは軍に入っていて、いまはインドにいるんです。あの子のところに行きたくはありません。もうひとりはオールダーショットの軍の居住地で暮らしています。家は狭いし、子供が四人いるんです。祖母がいる場所はありません」

「いまは考えないほうがいいと思います。頭が真っ白になっているんじゃないですか」

「そうなんです。真っ白です。とても現実とは思えない」彼女はわたしに向き直った。「いったいだれが夫を殺そうなんて思うんでしょう? さっぱりわかりません。彼は男性に好かれる人でした。ほかの男の人たちは、彼を気持ちのいい男だと考えていた。だれともうまくやっていたんです」

ハントリー大佐は別だと、わたしは心のなかでつぶやいた。大佐は彼より前に並ぶことにこだわっていた。けれど大佐は外国から来た人間だ。ミセス・シンプソンの友人で、今回のハウスパーティーで彼女を居心地よくさせるためだけに、招待されたのだ。わたしは彼を除外した。

ウィンダム・ホールに戻ったわたしは、ダーシーの伯母を脇へ連れ出し、なにがあったかを説明した。彼女は信じられないというように目を見開いた。

「殺された？　少佐が？　デイヴィッド王子のときのように、うっかり弾が当たるところに立っていたとか？」

「違います。野原の端の茂みのなかで見つかったんです」

「それじゃあ、撃たれたわけじゃないのね。どうして死んだの？」

「いいえ、撃たれたんです。至近距離から。ひどい有様でした」わたしは見たものを記憶から消し去ろうとして、目を閉じた。

「信じられない。茂みで撃たれたですって？　そもそも彼は茂みのなかでなにをしていたの？　ロンドン警視庁の人たちは、まだ向こうにいるの？　調べているの？」

「はい。ダーシーが協力しています」

「ダーシーが？　どうしてダーシーの協力が必要なの？」

「彼はこういったことが得意なんです」

「ダーシーが？　警察で働いているわけじゃないでしょう？」

「違います。でも、ときどき仕事を引き受けているんです」

「まあ、そうなの。あの子は究極の遊び人だとばかり、思っていましたけれどね」

「結婚する前はそうだったかもしれません」わたしは玄関ホールに視線を戻した。「ミセス・レッグ・ホーンをどうにかしないと。ひどくショックを受けているんです」

「あのとんでもない男がいなくなって、うれしさのあまり踊りだすかと思っていましたよ」

「だれと恋に落ちるのかは、選べないんだと思います。打ちのめされているようです」

「気の毒に。あなたが部屋に連れていってあげてちょうだい。ブランデーをいれた熱い牛乳を持っていかせますよ」

「わかりました。なにか食べるものもあったほうがいいかしら？　食欲はないでしょうけれど」

「どちらにしろ、昼食は簡単なものにするように言ってあります。コンソメスープとパセリソースをかけたゆでたハム。ミス・ショートもわたしも、あまり具合がよくないんですよ。あの七面鳥のカレーのせいかもしれませんね。わたしたちふたりとも、午前中はずっと横になっていなくてはならなかったの。わたしは活動的なほうだから、珍しいことなんですよ」

「わたしもあまり具合がよくないんです」わたしは言った。「ここで起きたことを、あれこれと考えていたせいだと思っていました」

「そうでしょうね。そして今度は少佐。どこかの無政府主義者だか共産主義者を早く捕まえて、毎日の暮らしが元通りになることを祈りましょう」

ビンキー、フィグ、母、ハントリー夫妻は、緊迫した雰囲気で話をしていた。

「荷造りをして帰るべきだとドリーは考えているのだよ」ハントリー大佐が切り出した。

「近くに殺人犯が野放しになっているようなところにいたくないの」ドリーが応じた。「きっと、みんな寝ているあいだに殺されてしまうんだわ」

「そんなことはありませんよ」ビンキーが言った。

「わたくしも不安がないとは言えませんよ」フィグが言い添えた。「あのシンプソンという女が気を失った。次に、男性が落馬して死んだ。そして今度はこれ。普通じゃありませんよね？　このあたりにいるだれかが、恨みを抱いているんだわ。それとも、頭がおかしいのか。ビンキー、どういうことなのかがわかるまで、ポッジとアディを外で遊ばせないようにしてくださいね」

「わかった。気をつけすぎるということはないからね」

昼食の準備が整ったと告げられると、全員がほっとした様子だった。ミス・ショートがやってきたが、聞いていたとおり顔色が悪い。けれど、至近距離から少佐が撃たれたと聞けば、だれであれ具合が悪くなってもおかしくない。彼女は料理をほんの少し口にしただけだった。わたしはと言えば、食欲が戻ってきて、ハムとスカロップト・ポテト（薄くスライスしたゆでたジャガイモに、ホワイトソースなどをかけてオーブンで焼いたもの）をお代わりした。デザートはアップル・ダンプリングとカスタードだった。

これもおいしかった。

昼食のあとは横になるとほかの人たちが言っていたので、わたしもそうすることにした。部屋がとても大変な朝だったのだ。自分の部屋に戻り、ベッドに横になって布団をかけた。部屋がとても寒かったからだ。ダーシーはいつ帰ってくるのだろう、彼に危険はないのだろうかと考えた。彼が危険な状況に陥る可能性があることに、そのときになって初めて気づいた。無政府主義者のグループの仕業だったら？　追いつめられて、反撃してきたら？

とても眠れそうにない。わたしは体を起こし、部屋を見まわした。気がつけば、壁の絵を見つめていた――レディ・アイガースの不気味な作品のひとつだ。わたしたちに贈ってくれたものと同じくらい、とんでもない絵だった。巨大な緑色のヒキガエルが、家を飲みこもうとしている。わたしは唐突に悟った。彼女はアイガース・アビーを相続した遠縁の男をヒキガエルのような人間と評していた。アイガース・アビーを飲みこんでいるヒキガエル。この絵には意味があった。彼女は自分の人生、自分の思いを絵にしていたのだ。

いる。

どう考えればいいのか、わからない。今日はここまで、現実とは思えないことが続いて

一二月二七日
ウィンダム・ホール　ノーフォーク

早くこのことを話したくて、ダーシーが帰ってくるまで待っていられなかった。レディ・アイガースの絵は全部、現実を描いたものなのだろうか？　階下におりてみると、彼女は居間で新聞を読んでいた。窓際の椅子に座って外を見ているミス・ショート以外、ほかにはだれもいない。

「オルトランガム大尉が亡くなったことは書かれていないわ。ありがたいこと」彼女は新聞から顔をあげて言った。「いまは、王家の方々に悪い評判が立ってほしくないんですよ。それでなくてもいろいろと言われてきたのに、デイヴィット王子がミセス・シンプソンのことを公表すれば、それどころじゃすまないでしょうから」

そう言い終えたか言い終えないかのうちに、ハントリー大佐夫妻が階段をおりてきた。

「無礼だと思われたくはないのだが、ドリーがとてもロンドンに帰りたがっている。ここはもう安全だとは思えないと彼女は言うし、実はわたしもそう考えている」

「かわいそうなあの少佐は、ほとんどずっと、わたしからほんの数メートルのところに立っていたんですよ」ドリーが言った。「いったいだれがあんなひどいことをしたんでしょう?」

「警察が早く犯人を捕まえることを祈りましょう」わたしは言った。「ところで、あなたはなにか気づきませんでしたか? いまおっしゃったとおり、少佐はあなたのすぐ近くにいた。背後でなにかが動くのを感じませんでしたか?」

「わからなかったわ」ドリーが答えた。「国王陛下と王子たちを見ることに夢中だったんですもの。ここでどんなことをしたのか、カメラを持ってきていれば、家に帰ったとき娘たちに見せてあげられたのにって考えていたんです。だから、うしろでなにが起きていたのか、まったく気づかなかった」

「銃声は聞こえませんでした?」

ドリーは首を振った。「あの人たちが次々に撃ち始めたときはものすごい音で、耳鳴りがしていたくらいです。でも、そう言われてみれば、一度、順番通りじゃない銃声がしたかもしれない。ほら、国王陛下から始まって、次が王子、といった具合に順に撃っていたじゃないですか——それなのに、次は左からだと思っていたとき、銃声が右から聞こえてきたんです。でも、反響だろうと思って、忘れていました」彼女は言葉を切った。「お役に立てなくてごめんなさい」

「お帰りになるのは残念です、ハントリー大佐。でも、よくわかります」レディ・アイガースが言った。「英国のことを悪く思わないでいただけるといいんですけれど。これが当たり前ではないんですよ」

「もちろん、わかっていますとも」大佐が応じた。「どんな社会にも厄介者はいるものです。きっと、過激派のしわざですよ」

「それとも、アイルランド共和国軍か」ミス・ショートが口をはさんだ。

「いますぐ出発なさいますか？　それとも明日の朝まで待ちますか？」レディ・アイガースが尋ねた。

「ここには電話がないから、どうやってタクシーを呼べばいいのかわからない」大佐が答えた。

駅までふたりを車で送っていく気にはなれなかった。そもそも、このあたりの道はよくわからないし、そのうえ暗くなりかかっている。幸いなことに、ドリーが言った。

「朝まで待ったほうがいいと思うわ。サンドリンガム・ハウスには電話があるでしょうから、あそこからタクシーを呼んでもらいます」彼女は夫に目を向けた。「ベッドのなかはきっと安全よ――気の毒なウォリスは、この家のなかで気を失ったわけだけれど」

「まさか、あれが事故ではなかったと思っているんですか？」レディ・アイガースは動揺しているようだ。「ここのような古い家の床は、歩くたびに揺れるんです。そのせいで、きちんと留まっていない掛け金がはずれるのは、たまにあることなんですよ」

「わたしは確かに掛け金をきちんと留めました」ミス・ショートの口調には怒りがこもっていた。「レディ・ジョージアナが一緒にいましたから。見ていましたよね？」

見ていないとは言いたくなかった。わたしは薄暗いところに立っていたし、わたしと階段の掛け金のあいだには彼女がいたのだ。

「しっかり掛け金を留めたと思っているのはわかります。でも、レディ・アイガースが言ったとおり、こういう古い家ではいろいろなものが動くんです。ラノク城でも同じような問題があるんですよ」

「ラノク城にどんな問題があるというの？」居間にやってきたフィグが言った。両手で子供たちと手をつないだビンキーが、そのうしろからついてくる。「家族の秘密を漏らしているの、ジョージアナ？」

「とんでもない。ラノク城の床も軋むと言っていただけよ」

「ああ、それはそのとおりね」フィグがうなずいた。「それに、ビンキーが窓を開けたままにしておけと言うから、廊下を風が音を立てて吹き抜けるのよ」

「新鮮な空気が体に悪いはずがないだろう、フィグ」ビンキーが言った。「おいで、ポッジ。また列車を走らせよう」

食べ物に関して不思議なほど感覚の鋭い母は、お茶が運ばれてくると同時に姿を見せた。

全員が、ジャムを添えた焼きたてのスコーンとブランデー・スナップとミンスパイに喜んで手を伸ばした。わたしはまだ動揺が収まらなくて、食べ物を見たくなかった。立ちあがった。わたしを除いて。「ミセス・レッグ・ホーンにお茶と食べるものを持っていきますね」

「アニーに持っていかせますよ」レディ・アイガースが言った。「あなたがそんなことをする必要はないわ」

「いまは、見慣れた顔がそばにあるほうがいいと思うんです」わたしは言った。「それに、ほかにすることもありませんから」

わたしはカップに紅茶を注いでたっぷりと砂糖を入れ、スコーンとミンスパイをひとつずつ皿にのせて、二階に向かった。レッグ・ホーン夫妻の部屋のドアをノックし、なかに入る。ミセス・レッグ・ホーンはベッドに横たわり、天井を見つめていた。泣いていたのだとすぐにわかった。

「なにか食べたいんじゃないかと思って」わたしは傍らのテーブルに持ってきたものを置いた。

「ありがとう。でも、二度となにも食べられないような気がします。いまもまだ、現実とは思えないの」彼女は不意にわたしに視線を向けた。「警察は、犯人を見つけますよね？　償いをさせますよね？」

「最善を尽くしてくれると思います」

彼女を残し、忍び足でまた階段をおりた。居間に戻ろうとしたところで、ふと思いついたことがあった。レディ・アイガースのほかの絵。書斎にあると彼女は言っていた。王家の方々の気分を害さないように、片付けたらしい。わたしにはうってつけの言い訳があった――暇つぶしの本が欲しいと母が言っていたのだ。そういうわけで、わたしは静かに廊下を進みながら順番にドアを開けていき、ようやく家の裏手にある書斎を見つけた。革装の本が並ぶ棚が天井まで壁を埋めている、暗くて陰鬱な部屋だ。天井から吊るされたランプが弱々しい光を投げかけているだけだった。炉棚の上にランプがあったのでつけてみたが、これだけの広さの部屋ではたいして役には立たなかった。暖炉に火は入っておらず、部屋は寒くてじっとりしている。古い本のかび臭いにおいが、いっそうそう感じさせるのかもしれない。わたしは唐突に、世界から切り離されたような気がして体を震わせた。ドアに近づいて閉め、それから絵を探した。中央のテーブルにまとめてもたせかけてある。なかには、結婚のお祝いにもらったものとおなじくらい大きなものもあった。一枚ずつ見ていった。どれも心をかき乱すような絵だった。地すべりを起こしているらしい山の絵では、川に流れ込む土砂から腕や脚が突き出していて、山頂では小さな女性がダンスをしている。異常に大きな目でカンカンを踊る踊り子たちをじっとりと眺める、歪んだ体の男の絵もあった。絵を眺めていくうちに、ぞっとするような思いが広がっていった。最初の絵がなにを表しているのかがわかると、ほかの絵の意味も理解できるようになった。あの滝がアイガース滝で、腕と脚が岩に押しつぶされた前伯爵のものだとしたら？　踊っている女性がレディ・アイガースだとしたら？

様々な思いが駆けめぐり、わたしは思わず手で口を押さえていた。彼女が夫を殺したの？　彼を押しつぶした地すべりを起こしたの？　わたしはほかの絵に視線を戻した。奇妙な十字模様や、浮かんでいる女性や、飛んでいる矢など、複雑なものもある。どれもテーマは同じようだ——女性をいやらしい目で見る男たち。そして男たちは恐ろしい最期を迎えていた。ダーシーが戻ってきてくれればいいのにと思った。そうしたら彼にこれを見せて、どう思うかを聞けるのに。絵を慎重に元の位置に戻し、母が読みたがるようなものはないかと本を眺めていると、不意に背後のドアが開いて、レディ・アイガースが現れた。

「まあ、アーミントルード伯母さま」わたしはにこやかな笑みを浮かべた。「勝手にすみません。母がなにか読むものが欲しいと言っていたので、使用人に書斎の場所を訊いたんです。ロマンス小説はありませんか？　母はその手の本が好きだと思うんです」

「わたしはロマンスは好きじゃないんですよ」彼女は言った。その視線が絵に注がれるのを見て、きちんと元通りにしておいてよかったと胸を撫でおろした。「ロマンスというものを買いかぶっていると、わたしは思いますね。あんなものは、脳のばかげた化学反応にすぎませんよ」

「まあ、そうじゃないことを願います。わたしはダーシーを愛しているし、彼もわたしを愛していると思っています」

「じきにわかりますよ。男という生き物は、本質的に一〇分しかひとりの女性に忠実ではいられないものなんです」

「探偵小説はどうかしら？」わたしは話題を変えた。「なにかありますか？　母はアガサ・クリスティーが好きだと思うんです」

「いい探偵小説はわたしも好きですよ。何冊かあります」

わたしはじっくりと数冊の本を選び、もう一度明るく彼女に微笑みかけた。

「ありがとうございます。母が時間をつぶせるものを探していたんです。退屈しているようなので」

「期待どおりにはなりませんでしたからね」彼女はドアまでわたしと並んで歩いた。「少なくとも、クリスマス当日はまずまずでしたよね？　クリスマスらしい日でした」

「素敵でした。完璧だったと思います」

レディ・アイガースはわたしの肩に手を置いた。

「あなたはかわいらしい人ですね。どんなことにもいい面を見つける。わたしたちのように、現実に幻滅する日が来ないことを祈りますよ」

一二月二七日
ウィンダム・ホール　ノーフォーク

ああ、神さま。わたしが間違っていることを祈るばかり。


ダーシーが戻ってきたのは、夕食の間際だった。わたしの心配は募る一方で、車の音が聞こえてきたときにはほっとした。カーテンを開けて、サンドリンガム・エステートの車から彼が降り立つのを確かめると、わたしは玄関ホールに向かった。

「やっと帰ってきたのね。心配していたのよ」わたしは言った。

「心配するようなことはなにもないよ。自分の身は自分で守れるからね」彼はわたしにキスをした。唇は氷のように冷たい。「あそこに残っていれば、役に立てるかもしれないと思ったんだよ」

「役に立てたの？」

「そうでもない。あまりわかったことはないよ。警察は近くのパブを調べたが、潜伏しているよそ者は見つからなかった。サンドリンガムの屋外の使用人に話を聞いたところ、ほとんどがずっとあそこで働いている者ばかりだった。狩りで使われた散弾銃とは違う口径の空の薬莢は見つかったが、それだけだ」

「上に行って、夕食のための着替えをしましょう。今夜からはまた、ちゃんとした食事なのよ」

「ミセス・レッグ・ホーンはどうしている？」一緒に階段をあがりながら、ダーシーが訊いた。

「ひどく打ちのめされているわ。夫がいなくなって、どうしていいかわからないみたい」

「それも妙だね」ダーシーはわたしの肩に腕をまわした。「少佐は彼女にひどい扱いをしていたし、女遊びをしていたし、酒も飲んだ。それでも彼女は夫を愛していたわけか」

「そうなの。女って、一番ふさわしくない人を愛してしまうことがあるのよ」わたしは彼を見あげた。「アーミントルード伯母さまは、あなたは遊び人だったし、これからも変わらないんじゃないかって心配していたわ」

ダーシーは、いつものあのいたずらっぽい笑みをわたしに向けた。

「きみはどう思うの？」

わたしは、自分たちの部屋に彼を押しこんだ。彼はわたしの体をつかんでぐいっと引き寄せた。

「でもきみは、ぼくにちょっと危ないところがあるのが気に入っているんだろう？　きみを崇拝していると言って、あとをついてまわるような、なよなよした男は嫌いだろう？」

わたしは彼を押しのけた。「ダーシー、聞いて。真面目な話なの。大切なことなのよ」

「もうぼくと離婚したいの？」彼はまだ冗談気分だ。

わたしは指を唇に当てて、ドアを閉めた。

「あなたの伯母さまのことなの。壁の絵をよく見て」

「おやおや――きみは好きじゃないって言っていたよね？　ぼくたちにこれをくれたわけじゃないんだろう？」

わたしは首を振った。「あの絵をどう思う？」

「巨大なカエルが家を食べている」

「ヒキガエルよ。どういう意味だと思う？」

「意味？」ダーシーは怪訝そうな顔になった。「アーミントルード伯母さんのばかげた絵に意味があったことなんてあるのかい？」

「あると思うの。家を受け継いだ親戚のことを、ヒキガエルみたいな男だって彼女が言っていたのを覚えている？　あれはヒキガエルよ。ヒキガエルが彼女の家を食べているの」

ダーシーは眉間にしわを寄せ、じっと絵を見つめた。「確かに、アイガース・アビーに似ていなくもない。右側の塔……興味深い。よく気がついたね」

「彼女のほかの絵も見てきたの」

いた」

「どれも、家を食べているヒキガエルだった？」ダーシーはまだ面白がっているようだ。

「いいえ。一枚は地すべりの絵で、土砂に埋もれた体の一部と山頂で踊る女の人が描かれていた」

彼は黙りこんだ。「伯母の夫の死を描いた絵だと言っているの？　彼が岩に押しつぶされて、喜んでいると？」

「彼女が地すべりを起こしたんじゃないかって言っているの。夫を殺したんじゃないかって」

「おいおい、ちょっとそれは話が飛躍しすぎじゃないか、ジョージー？」

わたしは少し間を置いてから訊いた。「ダーシー、去年の狩りで亡くなった男の人のことをなにか知っている？」

「ジェレミー・ヘイスティングス？　社交の場で何度か会ったことがある」

「彼は、あなたが言うところの社交の場が好きな人だった？」

「どういう意味だい？」

「パーティーやギャンブル。上流階級の人たちの集まり」

「ぼくは上流階級の人間とは言えないが、確かに——以前は——そういったグループに属する友人がいたよ。ゾゾのような」

「それで、ジェレミーなんとかのことは、なにを知っているの？」

「いいやつだったよ。スポーツが得意で、酒に飲まれることもなかった。笑うのが好きで……」

「女性を口説くのも好きだった？」

ダーシーはにやりとした。「女性を見る目はあったね」

「結婚していたのよね？」

「ああ。浮気をしているという噂はあって――」ダーシーは言葉を切って、わたしを見つめた。「きみはなにが言いたいんだ？」

「わたしたちは大きな誤解をしていたのかもしれないっていうこと。一連の殺人は、デイヴィッド王子を狙ったものじゃなかったのよ。殺されたのは、妻に不誠実だった男の人ばかりなの」

「そしてきみはぼくの伯母が……」ダーシーはゆっくりと言った。

「でも筋が通るでしょう？　事故はすべて、この家からそれほど離れていないところで起きたってあなたが言ったのよ。彼女はこのあたりを熟知している」

ダーシーは髪をかきあげた。気まずいときの彼の癖だ。「ジョージー、きみが言っていることは――考えられない。彼女はぼくの伯母なんだぞ。母の一番上の姉だ」

「わかっているわ。でも、全部つながっていることは認めるでしょう？」

「伯母があの木の枝に座って、通りすぎようとした彼を打ちのめすところを想像できるかい？　そもそも、彼女があの木にのぼって、急いでおりることができると思う？」

「考えにくいわ」

「夫と同じようなことをする男に敵意を抱いていたが、その思いを現実ではなく絵で表現したんだと考えたらどうだろう？　男が岩に押しつぶされていたあの絵——きっとあれは、伯母の空想だったんだろう。あんなことが起きて、伯母は実際に喜んだ。だが、伯母が地すべりを起こしたわけじゃない」

ダーシーは部屋を行ったり来たりし始めた。「とても小柄だということがあるにせよ、ぼくはやっぱりミス・ショートが怪しいと思う。いや、ひょっとしたらそれが彼女の有利な点なのかもしれない。あの大きな木の枝の上にいても、彼女なら見えないだろう。だが大柄な伯母であれば——大柄だし、どちらかといえば不器用な人だ——馬に乗って近づいてきた人間でも気づいただろうな」ダーシーはふと足を止め、わたしを振り返った。「彼は気づいたんだ。霧は出ていたが、彼は頭上にいる人間に気づいて馬を止まらせた」

「そうかもしれない。彼は上を見あげ、そこにいた何者かがなにか重たいものを彼の上に落としたのかもしれない」

「危険すぎる」ダーシーが言った。「彼が気を失っただけで死ななければ、だれの仕業なのかがわかってしまうんだから」

「ミス・ショートは少佐を撃つことができたと思う？　彼女が大きな散弾銃を持ってうろついているところを想像できる？　そもそも、彼女がどうやって銃を手に入れるというの？」

「アーミントルード伯母は一丁か二丁、銃を持っているはずだ」

「やっぱり！」わたしは指を振りたてた。「それに、ミス・ショートは具合がよくなくて、朝のうちずっと寝ていたのよ」ダーシーの伯母も午前中は休んでいたと言っていたことには触れなかった。けれど、こっそり抜け出すのは簡単だったはずだ。母はずっと家にいた。フィグもだ。彼女が出ていくところをふたりが見ているかもしれない。それとも使用人用の出入り口を使ったのだろうか。

ダーシーはまだひどく落ち着かない様子だった。「もしきみの言っていることが本当だとしたら、どうして彼女はぼくたちを招待したんだ？　少佐夫妻だけ呼べばよかったんじゃないのか？」

「ミセス・シンプソンと彼女の友人を滞在させるようにデイヴィッド王子から頼まれて、断れなかったからよ。それにわたしたちがいれば、アリバイ作りに役立つかもしれないと思ったんでしょうね。そういえば、朝食の時間に彼女がうろうろしているのを見たじゃない。それに、具合が悪いからと言って、今日は部屋で休んでいたのよ」

「だが、それをどうやって証明する？」ダーシーが身構えているのがわかった。当然だろう。さっき彼も言ったが、レディ・アイガースは愛する母親の姉なのだ。ある意味、母親の思い出を汚されているようなものだ。

「わからない。あの木の近くにあった足跡が彼女のブーツと一致したり、彼女の服の切れ端があの木に残されていたりすれば、話は別だけれど」

「明日、もう一度見に行こう」彼が言った。「彼女の靴底も調べたいね。なにか特徴があるかもしれない。それからミス・ショートのブーツも」

「いい考えだわ」わたしはそう言ったところで、あることに気づいた。「ふたりは協力していたのかもしれない。ミス・ショートはティーショップをだまし取られたせいで、社会に恨みを抱いているの。それにあなたの伯母さまのことを崇拝している。ふたりは一緒になって伯爵を殺す計画を立てて、ミス・ショートはもういまさら引き返せなくなっているのかもしれない」

「ぼくはやっぱり受け入れられない」ダーシーが言った。「夫が死んで、伯母の暮らしがずっと悪くなったとは思わないのかい？　社交界での地位も家も地所も失って、いまは細々と暮らしているんだぞ」

「でも、世界から締め出されたわけじゃない。今夜は夫がだれと一緒にいるんだろうとか、いつ帰ってくるんだろうとか心配しなくてもよくなったのよ。いい取引だって考えたのかもしれないわ。相続した人にあんなひどい扱いを受けるなんて想像もしていなかったのかも」

ダーシーはぐったりとベッドに座りこんだ。「どうにも気に入らないよ、ジョージー。証拠を見つけられるとは思えない」

「でもこのまま家に帰ったら、彼女はまた別の男の人を殺そうとするかもしれないのよ。いままでは、それが自分の使命だって考えているのかもしれない。あなたは以前から彼女のことを〝少しいかれている〟って言っていたわ。わたしたちのような家系のほとんどには、どこかいかれた人がいるものよ。そうじゃない？」

「空想の猫を飼っている伯母だとか、自分をナポレオンだと信じている伯父はいるかもしれないが、人を殺す癖のある人間はいないさ」

わたしはしばらく壁の絵を見つめていたが、やがてダーシーの隣に腰をおろした。

「証明する方法があると思うわ」

「どんな方法だ？」

「罠を仕掛けるのよ。あなたを餌にするの」

「なんだって？」ダーシーはぎょっとしたような顔になった。

「彼女は、あなたがいまも遊び人だって思っている。あなたがわたしを裏切るかもしれないと思うと心配でたまらないって、彼女に打ち明けたらどうなるかしら？」

「そしてそれを証明するために、ぼくの頭を吹き飛ばしてもらうわけ？」

「あなたのことはわたしがしっかり見ているから。でも、やってみる価値はあると思わない？」

「言わせてもらえば、まったくばかげているよ」ダーシーはそう言ったあと、かろうじて笑みを作った。「でもきみの言うとおり、やってみる価値はある」

32

一二月二七日
ウィンダム・ホール　ノーフォークとその周辺

生まれてこのかた、これほど神経をとがらせたのは初めてだ。どうして、ああ、どうしてわたしはあんな愚かなことを企てたんだろう。ダーシーの身になにかあったら、とても生きていけない。

夕食のための着替えを終えたわたしたちは階段をおりて、ほかの人たちと合流した。ビンキーとフィグ、母とアメリカ人夫妻がいた。ミス・ショートもミセス・レッグ・ホーンもどちらも見当たらない。

「ふたりでずいぶんとゆっくりしていたんですね」レディ・アイガースが言った。

「まだ新婚ですもの。ゆっくりしたくて当然だわ」母が喉の奥でくっくっと笑い、わたしにウィンクをした。わたしは顔を赤らめた。

「腕が落ちないようにしておかないといけませんからね」ダーシーが言った。「新年のパーティーに備えて。だれかにばったり会うかもしれない。昔の恋人とか……」

「ダーシー、あなたって本当に手に負えない人ね。どうすれば、あなたをおとなしくさせておけるのかしら？」

「男にはちょっとした自由が必要なんだよ。それに、いつだってきみのところに帰ってきているじゃないか」

困惑したような沈黙が広がった。母がにこやかな笑みを浮かべて言った。

「とりあえず、あなたにはするべきことがあるというわけね。わたしは一日中、退屈でたまらなかったわ。わたしは田舎の暮らしに向いていないのよ。ゲッベルス一家と過ごしたほうがましだったかもしれないと思い始めているくらいよ」

「ナチスに囲まれたクリスマスがましですって？」フィグが言った。「よくもそんなことが言えたものね、クレア？」

「ええ、フィグ、そのとおりね。わたしの言うことは気にしないで。ちょっと愚痴をこぼしているだけだから。わたしは行動的なのよ。大勢の人や音楽や楽しいことに囲まれているのが好きなの。本質的に町の人間なんだわ」

「今日、狩りに一緒にくればよかったんですよ」ビンキーが言った。「楽しかったですよ

——少佐が撃たれるまではの話ですが」

「わたしは射撃はしないの。抵抗できない生き物を殺すことが楽しいとは思えない」

「でも地所では、撃つためにキジを育てているんですよ」レディ・アイガースが言った。「それに、食べるために育てられた七面鳥をあなたも食べていましたよね？」

「あら、だれかが殺してくれて、わたしがそれを見ずにすむのなら、食べるのは一向にかまわないのよ」母はほれぼれするような笑顔で言った。「ええ、わたしは偽善者よ。そのことに誇りを持っているわ。それで、夕食は何時なのかしら？」

ダーシーとわたしは顔を見合わせて笑った。それからすぐにミス・ショートがやってきて、夕食の準備が整っていることを確かめていたのだと言った。

「すべて問題ないのね？」レディ・アイガースが訊いた。

「はい、なにも心配することはありません」ミス・ショートはなにかに気を取られているようだ。

ふたりのやりとりを聞いて、わたしはクイーニーがなにかしでかしたのではないかと不安になった。

「ミセス・レッグ・ホーンは一緒に食事をするんでしょうか？」ダーシーが訊いた。「それとも、部屋に運んだほうがいいですかね？」

「そうしたほうがいいでしょうね」レディ・アイガースが言った。「できれば迎えに来てほしいと、明日息子さんに電報を打つそうです。いい考えですよね？　家がどれほど窮屈になっても、こんなときは家族と一緒にいるのが一番です」

「食べ物を運ばせるように料理人に言ってきます」ミス・ショートが言った。「夕食の用意ができたと、いまにもヘスロップが言いにくると思います」

彼女がそう言い終えたとたんに、ヘスロップが現れた。執事たちには超自然の力があって、家の端にいても自分の名前が聞こえるに違いないとわたしは常々考えている。

「夕食の準備ができました、マイ・レディ」彼が言った。「今日はまた新たな悲劇が起きたようですが、シャンパンはどういたしましょう？」

「開けてちょうだい」レディ・アイガースが応じた。「せっかくオマーラ夫妻が持ってきてくださったんですから。楽しみましょう。明日はハントリー夫妻がお帰りになるのだし。それからミセス・レッグ・ホーンも」

「続々といなくなるわね」母はそう言ってから、ばつが悪そうにクスクス笑った。「あら、いまはこんな言い方をするべきじゃなかったかしら」

立ちあがり、食堂に向かおうとしたところで、二階からこの世のものとは思えない悲鳴が聞こえてきた。ダーシーとビンキーが階段に向かって駆けていき、わたしたちはそのあとを追った。少なくとも、フィグとハントリー夫妻とわたしはあとを追った。母はその場に残ったと思う。悲鳴はわたしたちの部屋がある廊下から聞こえていた。ある部屋のドアが半分開いていて、そこからの明かりが床板を照らしている。ダーシーがドアを押し開けると、聞きなれた声が耳に入った。「本当にすいません、奥さん。絨毯の端に足が引っかかったんです」

部屋に入ると、グレイビーソースをかけたラムと芽キャベツにまみれてベッドの上に座るミセス・レッグ・ホーンと、白いベッドカバーの上でひっくり返った皿が目に入った。

「このとんでもない女がわたしに料理を投げつけたの」ミセス・レッグ・ホーンが怒鳴った。「よくひどい火傷をしなかったものだわ」

「ちゃんと謝ったんです」クイーニーは訴えるようなまなざしをわたしに向けた。「このいまいましいトレイを運んでいたんで、絨毯の端っこが見えなくて、足が引っかかったんです」

「ここを片付けるものを持ってきなさい、クイーニー」わたしは命じた。ダーシーはすでに洗面器に近づいてタオルを濡らし、気の毒な女性にへばりついたグレイビーを拭き取り始めている。

「この呪われた家に安全な場所はないの？」彼女が言った。「ここに来るべきじゃなかった。そもそもわたしは来たくなかったのよ。でもレジーが来たがった。もう一度、王家の人たちのそばにいたがった。そうすれば、自分を重要だと感じられるから。でも、その結果がこれよ」

「それじゃあ、彼はもう王家に雇われてはいなかったんですか？」

彼女はうなずいた。「非常勤と言えばいいかしら。いくつか健康上の問題があったんです」

「でも、クリスマスに招待されたんですよね？」

「わたしたちを招待したのはレディ・アイガースだと思います。メアリ王妃が、狩りのときには信頼できる人に国王陛下のそばにいてもらいたいとおっしゃっていたらしくて」

「そうですか」レディ・アイガースは、彼をここに誘いこんだ。意図的に。

男性たちが階下におりていった。新しいシーツと石鹸とタオルを持ったアニーが、しょんぼりした様子のクイーニーを連れてやってきた。アニーが手早くシーツを交換しているあいだに、わたしたちはミセス・レッグ・ホーンの着替えを手伝った。すべてが元通りになったところで、わたしはクイーニーを部屋から連れ出した。

「すいません、お嬢さん。本当に悪かったです」クイーニーが言った。「あたしもすごくおつかなかったんですよ。顔から倒れるかと思いました」

「もっとひどいことになっていたかもしれないのよ。ところで、今日は台所でなにがあったの？」

「なにか？　なにかあったんですか？」クイーニーはなに食わぬ顔で訊き返してきた。

「台所で不手際があったんじゃないの？」

「台所の窓際？」

彼女がしらばっくれているのかどうか、わたしには判断がつかなかった。

「不手際よ、クイーニー。ちょっとした災難」

「たいした災難じゃなかったんです、お嬢さん。ばかげたパンケーキのせいですよ。運ぶ前にフランベしなきゃいけないって料理人に言われたんですけど、あたしはこれまで一度だってフランベなんてしたことはなかったんです。夕食の前に試しておいたほうがいいって言われたんですけど、コアントローをちょっとばかしかけただけであんなに大きな炎が出るなんで、あたしが知ってるはずないじゃありませんか。そうしたら、運の悪いことに、コンロのすぐうえに布巾がかかっていたんですよ。でも、たいしたことはありませんでした。すぐに火を消しましたし、布巾が一枚だめになっただけです。あと、壁がちょっと黒くなりましたけど。でもだれも怪我はしてませんから」

「クイーニー、あなたをどうするべきかしらね」

「だれにだってあることじゃないですか」クイーニーは言い訳がましく言った。

料理という取り柄があるにしろ、クイーニーは決して学ばないし、よくなることもない。わたしがそう考えたのは、もう何度目だっただろう。

ミセス・レッグ・ホーンの新しい料理が運ばれてきたが、今回運んできたのはクイーニーではなかった。

わたしたちはようやく居間に戻り、全員で食堂へと向かった。一連の妙な出来事がわたしたちの習慣を狂わせてしまったのか、厳密な序列にこだわる人はいなかった。それでもミス・ショートが座席札をテーブルに並べていて、ビンキーと母がレディ・アイガースをはさんで座った。ビンキーの隣がわたし、ダーシーの隣がフィグ、そして貴族席ではないテーブルの端がハントリー夫妻とミス・ショートだった。料理は素晴らしかった。パースニップのクリームスープ、ラムの脚のローストと様々な付け合わせ、そして、グランマルニエのソースをかけたパンケーキ。最後がポートワインとアンチョビペーストを塗ったトーストだった。抱いた疑念のことを思うと、おいしい料理をいただきながら、無難に会話を交わしていることが奇妙に感じられた。表情から内心を悟られることが怖くて、レディ・アイガースのほうは見ないようにした。

「あなたたちはいつまでいてくれるのかしら？」レディ・アイガースが訊いた。「こんな恐ろしいことが起きたあとで、すぐにわたしを見捨てたりはしないでしょうね？」

「帰れと言われるまではいますよ、伯母さん」ダーシーが言った。「ぼくたちはとても楽しい時間を過ごしていますから。そうだろう、ジョージー？」

「ええ、もちろん」熱心すぎる返事になっていないことを祈った。

わたしたちは暖炉のそばでコーヒーとリキュール、そして贅沢なチョコレートを楽しんだあと、部屋に引き取った。

「ああ、緊張したわね」部屋のドアを閉めるなり、わたしは言った。「これ以上、予想外の不愉快な出来事に耐えられる気がしないわ」わたしは彼を見あげた。「遊び人らしいことを、うまくほのめかしたわね。伯母さまは餌に食いついてくるかしら」

「ぼくはやっぱり、伯母だとは思えないよ」

「彼女は少佐を招待したのよ」

「そしてぼくたちも」彼が指摘した。わたしたちは顔を見合わせ、その意味を考えた。

「家に帰るべきかもしれない。できるだけ早く」そう言ったところで、わたしは思い出した。「でも、できることをするってわたしは王妃殿下に約束したし、警察は今後もあなたの協力が欲しいでしょうね。今日、わたしたちに話を聞きに来なかったのが驚きだわ」

「ここにいるのがだれで、彼らがどこにいたのか、ぼくが全部説明したからね。明日、正式

「警察が真犯人を見つけてくれることを願うよ」ダーシーが言った。

「そしてあなたとわたしは、もう一度あの木を見に行くのね。年配の女性が、全速力で走っている馬から男の人を落とせるのかどうか、確かめましょう」

な調書を取りに来ると思うよ」

わたしはなにも言わなかった。

一二月二八日　土曜日
ウィンダム・ホール　ノーフォーク

この件がなんらかの解決を見ることを願っているし、祈ってもいる。もちろん、ダーシーのためには、彼の伯母がどんな形であれ関わっていないのが一番いい。彼は亡くなった母親を敬愛していて、今回のことは自分の家族に対する辱めだと考えている。けれど、もし本当に彼の伯母の仕業だとしたら、わたしたちは彼を餌にした罠をしかけたわけで……わお。考えるだけでも耐えられない。わたしは鷹のように彼のあとをついてまわるつもり。

翌朝はまた霧がたちこめていて、葉を落とした木々の向こうに赤い太陽がのぼっていた。ダーシーとわたしは口数も少なく、朝食の席についた。わたしは今朝も神経がひどくぴりぴりしていて、とても食べるどころではなかった。ほかの人たちがやってくる前に、わたしたちはコートと帽子とブーツを身につけて、ディッキー・オルトランガムが命を落とした大きなオークの木がある場所へと向かった。庭師のコテージの脇に、枯れ葉や小枝、家庭ごみがうずたかく積みあげられ、燃やされるばかりになっているのが見えた。上のほうに一本のロープがあった。わたしはそれを指さして言った。

「どう思う？」

「どういう意味だい？」

「あのロープよ。なにか重要な意味があるのかしら？」

「伯母がターザンみたいにロープにぶらさがって、足で彼を捕まえたとでも言うのかい？」

わたしは彼をにらみつけた。「あなたはこの一件を真剣に受け止めないようにしているのね」

「いいや、いい若者の死はとても真剣に受け止めているよ。ぼくはただ、実の伯母が関わっているとはとても信じられないと思っているだけだ」

わたしたちは歩き続けた。野原に点々と足跡が続いていることに気づいたが、わたしはなにも言わなかった。少なくとも、ここを歩いた人間がひとりはいる――けれど大きなウェリントン・ブーツの足跡はどれも同じに見える。ようやく踏み越し段までやってきた。わたしはそこを乗り越え、オークの木に歩み寄った。問題の枝を見あげ、ダーシーの伯母がそこにのぼり、身を乗り出して大尉を馬から叩き落とすところを想像しようとした。不安定だし、とてつもなく危険だ。

「乗り手が引っかかるように、だれかがあのロープを枝に結びつけていたとしたらどうかしら？」

　ダーシーは木のまわりをぐるりと歩き、枝を見あげ、顔をしかめた。

「ロープが枝から垂れさがっていたら、ディッキーが気づいたはずだとは思わないかい？　仮に、彼が気づかないまま引っかかって落ちたとして、犯人はどうやってきみが来る前にロープをほどいて、木からおりることができたんだろう？」

　わたしは肩をすくめた。

「それに」彼はさらに言った。「彼が前方からロープに引っかかったのなら、うしろ向きに引っ張られる。その場合、後頭部を打ったはずだが、彼はそうじゃなかった」

「そうね」わたしはがっかりすると同時に、いらだちを覚えた。「結局、なにもわからないっていうことね」

「残念ながらそうだ。大勢の人間がこのあたりをうろついているから、役に立つような足跡は見つかりそうにない」

　わたしたちはもう一度、木をぐるりと回った。からみついている蔦が乱れている箇所があることに気づいたが、警察が証拠を探して木にのぼったのだろう。わたしたちは失望を抱えて、家に戻った。

「あら、帰ってきたんですね。どこに行ったんだろうと思っていたんですよ。早朝の散歩をしていたんですね？」暖かい玄関ホールに足を踏み入れるなり、レディ・アイガースが現れた。「いいことですよ。健康でいるのは大事ですからね。わたしは毎朝散歩するようにしていますから、すこぶる元気ですよ。朝食はとりましたか？」

「はい、ありがとうございます」わたしは応じた。

「よかったわ。ついさっき、サンドリンガムからメッセージが届いたんですよ。王妃陛下が朝のうちにあなたに来てほしいそうですよ、ジョージー」

「わお」わたしは言った。「このズボンを穿き替えてから、行くことにします」

「実を言うと、とても都合がよかったんです。警察官のひとりが運転手と一緒にやってきて、昨日の事故について全員から話を聞いたんです。そのあと、ハントリー夫妻をサンドリンガムまで車で送ってもらいました。あそこからなら、電話で車を呼べますからね。あなたによろしくと言っていましたよ」

ハントリー夫妻は脱出を果たしたわけだ。「ミセス・レッグ・ホーンはどうなりましたか？」

「息子さんの住所をご夫妻に託して、迎えに来てほしいという内容の電報を打ってもらうことになりました。いまは自分の部屋にいますよ。お気の毒に」

わたしは部屋に戻って着替え、ダーシーにサンドリンガムまで車で送ってもらった。

「伯母に対する疑念を王妃陛下には話さないよね？」木立のあいだに車を走らせながら、ダーシーが言った。

「いまの段階では話すべきじゃないと思うのね？」

「話さないほうがいいと思う。伯母は王妃陛下の古くからの忠実な友人だった。たとえ、あとになって伯母の無実が証明されても、友情にひびが入りかねない」

「そのとおりね」わたしは言った。「いまは、わたしのただの勘に過ぎないもの」

車はサンドリンガム・ハウスの前庭に入った。

「待っていてくれる？」わたしは訊いた。

ダーシーはにっこり笑った。「どう思う？　ぼくが、きみを歩いて帰らせるとでも？」彼はわたしの頬を撫でた。「離れ家にいるロンドン警視庁の人間と話をしているよ。昨日以降、なにかわかったことがあるかどうか確かめたいしね。きみが終わったら、だれかを呼びによこしてくれればいい」

「わたしの疑念を話すつもり？」

「慎重にやるよ」ダーシーが言った。わたしは彼の手を借りて車を降りた。

「こんな立場に立たされていないあなたは、本当に幸せなのよ」霜のおりた砂利道に立ったところで、わたしは言った。「王家の人に尋問されるのって、全然楽しくないんだから。話すことがないときにはなおさらよ」

「きみなら大丈夫だよ。いつだって切り抜けてきたんだ」彼は身をかがめ、わたしの額に軽くキスをした。

家に向かって歩いていると、ドアが開いて、家庭教師に付き添われたふたりの王女が現れた。

「こんにちは、ジョージー」マーガレットがわたしに声をかけた。「あのね、わたしたち、明日スケートをするのよ」

「本当のスケート遊びをするの。もう一日寒い日があったら、氷がしっかり凍るんですって」エリザベスが付け足した。「一緒に滑る？」

「スケート靴を持っていないわ」わたしは言った。

「大丈夫、たくさんあると思うよ。わたしたちもスケート靴はないけれど、小さいものを探してくれるってパパが言ったの。ブーツの底にくくりつけるのよ」

「きっと楽しいでしょうね」待ちきれない様子のふたりを見て、わたしの頬が緩んだ。「散歩に行くの？　遊べるほどの雪は残っていないと思うわよ」

「わたしたち、馬を見に行くのよ」エリザベスの顔が輝いた。「クローフィーが馬にあげる人参を持っているの。行きましょう、クローフィー」

家庭教師と並んでスキップをしながら遠ざかっていくふたりは、お気に入りの遊びをしに行くごく当たり前の少女のようだった。

家に入ると、従僕が近づいてきた。

「こちらへどうぞ。申し訳ありませんが、少しお待ちいただきます。国王陛下は医師の診察を受けておられますので、当然ながら王妃陛下も同席なさっています。こちらでお待ちいただければ、王妃陛下は間もなく戻られます。紅茶かコーヒーはいかがですか？」

「いいえ、けっこうよ」紅茶を飲みたい気分だったが、わたしは断った。王家の方を訪問したときには、こぼす可能性があるものはできるだけ避けるようにしている。広々とした中央の廊下には何本ものクリスマスツリーが飾られていて、わたしはそのうちの一本の傍らに置かれた椅子に腰をおろした。トウヒの甘い香りと蠟燭の残り香が漂ってきた。しばらく繊細な作りのツリー飾りを眺めていたが、王妃陛下はまだ姿を見せない。国王陛下の具合が悪化したのだろうかと心配になった。こんなときに、王妃陛下を待っていてもいいものだろうか？　家のなかは静まりかえっていて、廊下のどこかに置かれている振り子時計が時を刻む、堂々とした音が聞こえるだけだ。わたしは曲線を描く天井に視線を向け、それから壁に飾られた何枚かの大きな絵を眺めた。わたしの向かいにあるのは絵ではなく、包囲された城を描いた巨大な中世のタペストリーだ。暴力的な場面で、矢が飛び交い、熱い油が注がれ、男たちが破城槌で門を破ろうとしている。

記憶が蘇った。ディッキーは死ぬ間際に〝タペストリー〟とつぶやいた。彼もまたわたしと同じこの場所に座り、王家の方々に呼ばれるのを待ったことがあるのだろう。わたしは、犯人がどうやってディッキー・オルトランガムを殺したのかを悟った。

一二月二八日
サンドリンガム・ハウス　ノーフォーク

ようやくなにかをつかめたと思う。けれどその後がどうなるのかはわからない。


わたしはタペストリーを見つめながら、瀕死の男性と大きなオークの木の様子を思い浮かべていたので、声をかけられたときにはぎくりとした。

「王妃陛下がお会いになります、レディ・ジョージアナ。こちらへどうぞ」

わたしは彼に連れられて長い廊下を戻り、以前にも訪れたことのあるプライベートの居間へと向かった。いつものごとく、王妃陛下は背筋を伸ばし、暖炉のそばに毅然として座っていて、わたしが膝を曲げてお辞儀をすると、優雅にうなずいた。

「こちらに来て、お座りなさい。今日はとても寒くて陰鬱な日ですね」

わたしはうなずいた。「国王陛下は具合がよろしくないのですか？　お医者さまがいらしているとうかがいました」王家の方を相手に、こちらから会話を始めるべきではないことを思い出したときには遅かった。けれど、王妃陛下は気になさらなかったようだ。

「用心のためですよ。陛下は、昨日の家臣の無残な死にとてもショックを受けているのです」王妃陛下はほっそりした白い手をわたしに差し出した。「また殺人が起きました、ジョージアナ。どうすればいいのでしょうね？　警察がやってきて、使用人たちを散々脅していきましたが、彼らも当惑しているようです。この件の背後になにがあるのか、あなたにはなにか考えがありますか？」

「考えていることはありますが、いまはまだ推測にすぎません。証拠がありませんから、なにかをつかむまでは、残念ながらお話しすることはできません」

「それはこの家にいる人間ですか？　せめてそれだけは答えてください」

「そうではないとお答えできると思います」

「ああ、ありがたいこと。信用している使用人に裏切られたのだとしたら、いまの国王陛下はとても耐えられないでしょう。でも、教えてもらえませんか？　一連の事件が息子の命を狙ったものだったのなら、どうして少佐は殺されたのですか？　彼は犯人がだれであるかに気づいて、立ち向かったのでしょうか？」

「そうかもしれません」わたしが考えていることを打ち明けたくはなかった。

「犯人は近いうちに捕まると思いますか？　またなれかが殺される前に？」

「そうなることを願っています」わたしは言った。「できるだけのことをします」

「あなたがそうしてくれることはわかっていますよ。あなたを信じていますからね」王妃陛下は強くわたしの手を握った。「わかったことはすべて、わたくしに報告してくれますね？」

「そうします、陛下」

王妃陛下の表情が緩んだ。「今日は孫娘たちに会いましたか？」

「はい。馬に人参をあげにいくところでした」

「あの子たちは馬に夢中なのですよ。まるで生きがいのようですね。エリザベスは、大きくなったら農夫と結婚して動物をたくさん飼うのだと話してくれました」王妃陛下は悲しそうな笑みを浮かべた。「かわいそうに。あの子はまだ、自分の将来がどういうものかをわかっていないのです」

「氷が充分に厚くなってお天気がよければ、明日はスケート遊びをするそうですね」わたしは言った。

「そうなのですよ。あなたもぜひご主人と一緒にいらっしゃい。それから、もしよければハウスパーティーに来ているほかの人たちも。あんな恐ろしいことがあったあとですから、みなさん気晴らしが必要でしょう？」

「ありがとうございます、陛下。伝えておきます」

「アーミントルードはどうしていますか？　ここ最近は、人をもてなすことがなかったでしょうから」

「とてもよくしてくださっています」わたしは答えた。

「それはよかったこと。彼女はとても辛い人生を送ってきましたからね。あれほど世間から孤立していると、自分の殻に閉じこもってしまいがちです」

わたしはうなずき、それが礼儀作法に反することを知りながら、立ちあがった。

「これ以上お話がないようでしたら、失礼してもいいでしょうか、陛下？　ダーシーが外で待ってくれていますので」

「もちろんですよ。なにも進展がなければ、明日、会いましょうね」

わたしは膝を曲げてお辞儀をすると、テーブルに置かれているものにぶつかることなく、あとずさりして部屋を出た。

ダーシーは車のなかで待っていた。わたしに気づくと車を降りて、助手席のドアを開けてくれた。「ずいぶん長くかかったね。たっぷりと尋問されたの？」

「いいえ。国王陛下がお医者さまの診察を受けていたから、待っていなくてはならなかったの」

「悪いしらせ？」

「いいえ、念のためだったみたい。でもね、ダーシー、聞いてほしいの……」わたしは彼が運転席に座り、ドアを閉めるまで待った。「オルトランガム大尉がどうやって馬から落とされたのか、わかった気がする。もう一度、あの木を見にいきましょう」

ダーシーはいぶかしげな顔でわたしを見たが、でこぼこする道に車を走らせ、野原へと向かった。ゲートから先は歩いた。わたしは先に立ち、キイチゴと枯れたワラビのあいだに目を凝らした。

「それで?」ダーシーが訊いた。

「これがそうだと思うわ」わたしはそう言って、転がっている丸太を指さした。長さ六〇センチほどで、ほかの枝とは違い、雪をかぶってはいない。

「それで?」ダーシーは繰り返したが、さっきよりも少しいらだったような口調になっている。

「死ぬ直前、オルトランガム大尉は〝タペストリー〟って聞こえる言葉をつぶやいたの。今日、わたしはそのタペストリーを見たわ。包囲されている中世のお城を描いたもので、破城槌が使われていたのよ」

「それで?」ダーシーは難しい表情のままだ。

わたしはその丸太を指さした。「これは、最近になって動かされているわ。あの大きな枝にロープをかけて、一方の端を丸太に結びつけてあったとしたらどう? 犯人は木にからみついた蔦の陰に身を隠す。馬が駆け足で近づいてくる。タイミングを見計らって、丸太を放す。吊るされた丸太は乗り手の頭の横に当たって、彼を馬から落とす。犯人は手を放す。丸太が落ちる、ロープも落ちる。ロープをほどいて回収する。わたしが近づいてきたのを悟って、木の陰に隠れる」

ダーシーはわたしが期待していたほどには、感心している様子を見せなかった。

「ひどくばかげているように聞こえるよ。そんなことが……」

「試してみましょうよ。たき火の準備をしているところまで戻って、ロープを取ってきて」

「どうしてきみが行かないんだ？」

「わたしは王妃陛下の尋問を受けたもの」

ダーシーは笑った。「わかったよ。それで奥さんの機嫌がよくなるなら、行ってくる」

自分が正しいことを、彼が戻ってきたときにばかみたいに見えないことを祈りながら、わたしは彼を見送った。彼はじきにロープを持って戻ってくると、木にのぼって枝に一度巻きつけた。

「のぼるのは確かに簡単だ」ダーシーが頭上で言った。「どうしてこの方法だと考えたんだ？」

「彼女の絵のなかに、これと似たようなものがあったの。わたしたちがもらった絵に、線や滑車やその他もろもろがたくさん描いてあったのを覚えている？　彼女は頭のなかで、こういったことを考えていたに違いないわ。おそらく、夫を殺すことを計画したときに」

ダーシーは首を振ったが、枯れたワラビのあいだから丸太を拾いあげた。それをロープに結びつけ、大きな馬に乗った男性の高さに合わせた。最初の二回は丸太を落としてしまったが、三回目に思いどおりの高さになった。「いまよ」とわたしが叫び、彼が手を放す。丸太は狙い通りの軌道を描いた。彼がロープから手を放すと、丸太はロープと共に落ちた。

「視界の隅でとらえたものが、ディッキー・オルトランガムには自分に向かってくる破城槌に見えたんでしょう」わたしは言った。

ダーシーはしばらく丸太を見つめていた。「確かに、乗り手を馬から落とすくらいの威力はあるだろう。だが、だれの仕業であれ、思い切ったことをしたものだ。そのときみが一緒にいたら、どうするつもりだったんだろう？　乗っていたのがディッキーではなくて、デイヴィッド王子だったら？」

「そのときは、また別の日にすればいいことよ。でも彼女は、デイヴィッド王子がミセス・シンプソンを追いかけていったことを知っていたわ」わたしはしばし考えた。「彼女がデイヴィッド王子も排除したいと考えていたなら別だけれど」

「彼は浮気性の夫じゃないよ」

「でも、立派な国王にはなれそうにないじゃない？　それに、ミセス・シンプソンは浮気をしている妻だわ」

ダーシーは首を振った。「すべては憶測にすぎない。なんらかの証拠がなければ、ロンドン警視庁に話すことはできないよ」

「どういう方法を使ったかということだけ、話せばいいんじゃないかしら。加害者を名指しする必要はないわ」

「加害者？　どこでそんな言葉を覚えたんだい？」

「現場での経験よ」わたしは勝ち誇ったように小さく笑った。

車でサンドリンガムに戻ると、ダーシーは警部と話をしに行った。王女たちがクローフィーと一緒に戻ってきた。まわりでは悪意が渦巻いているというのに、ふたりはとても幸せそうで、なんの心配もないように見える。

ウィンダム・ホールに戻ってみると、そこにはいたって平穏な風景が広がっていた。母は暖炉のそばで本を読み、ビンキーとフィグはダーシーの伯母とミス・ショートを相手にトランプをしている。暖炉脇の別の椅子に座っているミセス・レッグ・ホーンは、膝掛けをして熱いココアを飲んでいた。

「なにか知らせは？」ビンキーが訊いた。「王妃陛下にお会いしたのかい？」

わたしはレディ・アイガースの顔に、相反する感情を読み取った。「ええ。国王陛下はレッグ・ホーン少佐の死にとても心を痛めておられるの。少佐を高く評価なさっていたのね」実際にそう聞いたわけではなかったが、ミセス・レッグ・ホーンの慰めになるようなことを言いたかった。

彼女はうなずいた。「ええ、国王陛下はよく、武器や鳥に関する夫の知識を活用なさっていたんです。その武器で夫が命を落とすなんて、皮肉なものですね」

シェリーと昼食の時間がやってきたときには、ほっとした。今日のメニューは赤ガレイのグリルとランカシャー・ホットポット（子羊とジャガイモで作るシチュー）、デザートがメレンゲ菓子のクリーム添えだった。食事を終えたダーシーとわたしは、部屋に戻って休むことにした。さすがに今朝はわたしも疲れを感じていたので、一時間ほど眠ってからお茶におりていき、それから子供たちと遊んだ。

ディナーは何事もなく終わり、事件の解決を見ることなくわたしたちは家に帰ることになるのだろうかと、わたしは考え始めていた。そしてまたさらに男の人たちが死ぬのだろうか？　ディナーのあとは、暖炉の近くに集まってジェスチャーゲームをして遊んだが、今夜はだれもが早く部屋に引き取りたがった。わたしが自分たちの部屋に戻った直後、紙切れを手にしたダーシーがやってきた。「警部から伝言が来ているようだ。明日のスケート遊びを妨害する計画があることを突き止めたらしい。湖でぼくに会いたいと言っている」

「いま？」

ダーシーはうなずいた。「相手がひとりなのか複数なのかはわからないが、現行犯で捕まえたがっている。しばらく戻れないかもしれない」

「わたしも行くわ」

彼は首を振った。「絶対にだめだ。これは警察の仕事だ。きみの考えていることが、全部間違っている可能性だってあるんだぞ。アイルランド共和国軍や無政府主義者の陰謀なのかもしれないいんだ。ぼくはやっぱり伯母の仕業だとは信じられない」彼はわたしにキスをした。

「着替えたら、出かけるよ」

「気をつけてね」わたしは言った。

彼がバスルームへと廊下を遠ざかっていくと、わたしは大急ぎで階段をおり、急いでコートとマフラーを身に着けてから外に出た。車に乗りこみ、後部座席の床に伏せて、敷物を頭からかぶる。くしゃみが出ませんようにと祈った。落ち着く間もなくダーシーがやってきて、エンジンをかけて車を発進させた。でこぼこした道を走る時間は、記憶以上に長く感じられた。ひどく緊張していたせいかもしれない。ダーシーが車を止めて降りる。わたしは彼が車から離れるまで待ち、かぶっていた敷物をはずした。薄い銀色の月の光は、そこが湖の脇であることがぎりぎりわかる程度の明るさしかない。湖の向こう側にはサンドリンガム・ハウスが黒くそそり立ち、窓が月光を反射していた。氷の上に立つ男の輪郭だけがかろうじて見えていた。彼がダーシーを手招きした。「こっちだ」彼を呼ぶ声が聞こえた。ダーシーは慎重に氷の上を進んでいく。わたしは車のドアを開け、彼らから見えないようにしながら、そっと外に出た。

「どういうことです？　なにを見つけたんですか？」ダーシーが訊いた。

「何者かが氷に穴を開けたんだ。ここだ」顔と首に巻かれた大きなスカーフ越しに発せられたその声はこもっていた。

ダーシーはそろそろと足を進めたが、不意に立ち止まった。

「待ってくれ。あんたはブロードじゃない」

しわがれた笑い声がして、わたしは唐突にそれがだれであるかを悟った。

「わたしは太って（ブロード）いるって、よく言われたものよ。死んだ夫は、わたしの体形のことをたびたび冗談にしていたわ」

「アーミントルード伯母さん？」ダーシーがショックを受けているのが、声でわかった。

「こんなところでなにをしているんですか？　メモを見たんですね。でもこれは警察の仕事です」

「警察の仕事じゃないのよ。あれはわたしが書いたの。馬鹿な子ね。あなたにひとりで来てもらいたかったから」

「なんのために？」

「なんのため？　わかりきったことじゃないの。あなたの可愛らしい花嫁が、毎晩あなたはだれのベッドにいるんだろうって心配しなくてもいいようにするためよ」

「それじゃあ、あなただったんだ」ダーシーが言った。「ジョージーは正しかった。あなたは、彼らを殺す方法を考え出した」

「だれにも気づかれない方法をね。うまくやれば事故ということになるのよ――去年の狩りのときのように。新しい方法を考えるのは、なかなか楽しかったわ。もちろん、全部がうまくいったわけじゃない。でも成功したものは――最高に満足できたわ」

「それで、これからどうするつもりなんだ？　武器は持っていないようだし、念のために教えておくと、ぼくのほうがあなたより大きくて強い。それにまだ六〇歳にはなっていないぞ」

「でもあなたが立っているのは氷の上よ」彼女はまた笑った。「もし、一歩でも前に出たら……」

彼女が最後まで言い終えることはなかった。もちろん、ダーシーはすでに一歩踏み出していた。氷が割れて、ダーシーは黒い水に飲みこまれた。わたしは一瞬たりともためらわなかった。滑ったりよろめいたりしながら、ふたりのほうへと氷の上を駆けていく。ダーシーの伯母はその音に気づいて振り向いた。自分がなにをするつもりなのかも、彼女が武器を持っているのかどうかもわからなかったが、考える必要はなかった。彼女の近くまで迫ったところで足が滑り、前につんのめって、彼女に完璧なラグビーのタックルをお見舞いする格好になった。彼女はうしろ向きに倒れ、氷に体をしたたか打ちつけた。わたしは荒い息をつきながら、よろよろと立ちあがった。ダーシーの頭と肩がかろうじて氷の上に見えている。彼がよじのぼろうとすると、氷の端が砕けた。

「ジョージー、コートを脱いで」ダーシーがあえぎながら言った。「この水温だと、長くはもたない」

「わたしはどうすればいい?」言われたとおりにコートを脱ぐと、冷たい風が吹きつけるのを感じた。

「ぼくが滑らないように氷の上に敷いて」

そのとおりにした。ダーシーはやっとのことで持ちあげた両腕をわたしのコートの上に置くと、体を引っ張りあげようとした。わたしも彼のコートをつかんで、ありったけの力で引っ張った。彼が力を振り絞るたびに、氷が砕けていく。とても無理だと思えた。彼のコートはどっぷりと水を吸って重く、穴の大きさは彼とさほど変わらない。そのうえ、レディ・アイガースがよろめきながらも立ちあがっていた。「せいぜいがんばるのね」彼女が言った。「そこから引きあげるのは無理よ。でもあなたの誠実さには心を打たれたわ。見当違いだけれど、感動的ね」

彼女はわたしたちから離れて歩き始めた。「車に散弾銃を持ってきておいてよかった。念のためのつもりだったけれど」

「車？」わたしは訊いた。

「少佐の車を借りたのよ、もちろん。ばかな男。死んで当然よ」

「階段の掛け金は？　あれもあなた？」

「次の国王をあんな女と結婚させるわけにはいかないでしょう？　英国の君主制に泥を塗るようなものよ」

彼女は湖の上を遠ざかっていく。足に布を巻いているせいで、滑ることなく氷の上を歩いていることに気づいた。風がわたしのスカーフをはためかせた。わたしはスカーフをほどいて、一方の端をダーシーに渡した。「それにつかまって」

「きみを巻き添えにしたくない」

「つかんで！」わたしは叫んだ。「ありったけの力で水を蹴るの」

彼を引っ張りあげようとした。もう一度。ダーシーの体から力が抜ける。「だめだ」

「やらなきゃだめ。あんな邪悪な女に勝たせるわけにはいかない。あなたを死なせたりしないから。ほら、残っている力を全部絞り出して。水泳のレースをしているみたいに。イルカになったつもりで」

彼の胴体が持ちあがった。わたしは思いっきり引っ張り、彼がずるりと水から這いあがると同時にうしろに倒れこんだ。彼は氷の上に腹ばいになり、岸に打ちあげられた魚のようにあえいでいる。ちょうどそのとき、月が雲に隠れ、わたしたちは闇に包まれた。湖の向こうに立つサンドリンガム・ハウスの点のような明かりがいくつか残ってはいたけれど、レディ・アイガースがどこにいるのかまではわからない。

「早く車にあなたを連れ戻さないと」わたしは言った。「濡れたコートを脱いで」わたしは凍えた指で、震えながら横たわって荒い息をついている彼のコートを引っ張った。「わたしのコートをかけて。内側は濡れていないから」彼を座らせて、わたしのコートでくるんだ。それから、手を貸して立たせた。

「車はどっちの方角から来た？」ダーシーはカタカタと激しく歯を鳴らしている。

「家の反対側だと思う。さあ。彼女が戻ってくる前に。この暗さのなかでは、わたしたちを見つけることはできないわ」

わたしは片方の耳で足音に注意しつつ、散弾銃の音がいまにも聞こえるのではないかと思いながら、よろめく彼を半分引きずるようにして進んだ。月が再び顔を出した。前方にアシと茂みが見えてきた。ようやく岸だ。

「あと数歩よ」そう言ったとたんに、まわりの氷がきしむ不気味な音が聞こえた。まさにその瞬間、銃声が轟いて、凍った湖に反響した。ダーシーがわたしを引き倒し、頭上を弾がかすめていった。

「這うんだ」彼が言った。「もうすぐそこだ」

振り返った。彼女の姿が見える。散弾銃を構え、確固たる足取りで湖をこちらに近づいてきている。不意になにかが砕ける音がした。足元の氷が割れて、彼女を呑みこんだ。「助けて！」彼女が叫んだ。「助けて！」

ダーシーとわたしは岸に立ち、彼女を見つめた。

「罠かもしれない」わたしは言った。「助けにいったら、頭を吹き飛ばされるかもしれないわ」

「だが、助けなければ彼女は死ぬ」

脳裏をよぎったイメージにおののきながら、わたしは必死に考えようとした。心臓があまりに激しく打っているせいで、声が出にくい。ダーシーの腕をつかんだ。

「ダーシー、彼女があなたの伯母さんだっていうことはわかっている。でも、これが一番いいのかもしれない。裁判になったら、彼女は絞首刑か精神科病院に入れられるかのどちらかよ」

彼はまだ震えていたし、息も荒かった。「ぼくの伯母なんだ。きみの言うことは理解できるが、でも……」

「わたしには、あなたが生きていることのほうが大事なの。あなたの実の伯母はあなたを殺そうとした。わたしがついてきていなければ、あなたは死んでいたわ。それに彼女は、わたしたちふたりに向けて銃を撃ったのよ」

「助けてはくれないのね、ダーシー？」彼女の声には怒りがこもっていた。「そうでしょうね。あなたは家族のことなんて、なんとも思っていなかった。あなたにとってわたしたちはなんの意味もないのね」

ダーシーは、また前に出ようとした。「あそこは、彼女が落ちるくらい氷が薄いのよ。あなたも同じことになる。

「死んで当然なのはあなたなのに、ダーシー。わたしじゃない」あえぎ交じりのその声はさっきよりも弱々しかった。「あなたのような男は、世界から消さなきゃいけない。かわいそうな娘たちに、わたしと同じ思いをさせるだけなんだから。これでもうできなくなることだけが心残り……」

ダーシーは氷を見つめていたが、やがてわたしに視線を戻してうなずいた。

「サンドリンガムに助けを呼びに行こう」

わたしたちは車に戻り、湖の向こう側にまわってコテージで眠る使用人たちを起こした。彼らはランタンと梯子を持って出発したが、現場に着いたときにはすでに彼女の姿はなかったという。彼女は氷の下に沈んでしまった。

わたしたちは家のなかへ連れていかれた。ダーシーは濡れた服を脱がされ、毛布にくるまって暖炉のそばに落ち着いた。紅茶が運ばれてきた。体にしみわたるようだった。カップを手に取るまで、わたしは自分が震えていることに気づいていなかった。ショックのせいだろうと思う。

「これでよかったのよね？」しばらくたって、車でウィンダム・ホールへと戻りながら、わたしは言った。「誇り高い人だったもの。もっとひどい最期から彼女を救ったのよ。少なくとも、長くは苦しまなかったはず」

「わかっている」ダーシーが言った。「あれでよかったんだって頭ではわかっているんだが、母さんは彼女を助けてほしかったんじゃないだろうかという思いが消えないんだ」彼はわたしに向き直った。「大切なのは、きみがぼくを助けてくれたということだ。きみが来てくれていなければ、いまごろきみは未亡人になっていた。きみは本当に勇敢だよ。それにあのタックル——ラグビー場のスターになれただろうな」

「あれはたまたまだったのよ。足を滑らせて、前につんのめって、彼女にしがみついただけ。そうしたら彼女もふらついて、一緒になって倒れこんだの」

「それでも、素晴らしかったよ」彼は身を乗り出して、冷たい唇をわたしの唇に重ねた。「ひとつ、約束する——ぼくはなにがあろうと、彼女が考えていたような男にはならない。世界のどこにいても、ぼくを信じてくれていいよ」

わたしは彼の首に腕を回し、今度は熱のこもったキスをした。

一二月二九日
サンドリンガム・ハウス　ノーフォーク
のちにサセックス　アインスレーの自宅に戻る

ゆうべの出来事と、ダーシーが危うく死ぬところだったという事実に、いまもまだ震えている。なんて恐ろしい光景——死ぬまで脳裏から消えることはないだろうと思う。これを書いている時点では、彼女の遺体はまだ見つかっていない。おそらく、春になって氷が解けるのを待たなければならないのだろう。

当然のことながら、翌日は説明しなければならないことが山ほどあった。警察に供述し、ウィンダム・ホールにいる人たちにわたしたちが知るかぎりのことを話した。

「あなたは彼女が殺人犯かもしれないと思っていながら、わたしたちをここに滞在させていたのね」フィグがわたしに詰め寄った。「よくもそんなことができたものね、ジョージアナ？」

「あなたたちは絶対に安全だと思っていたのよ」ビンキーを女たらしの遊び人だと考える人間がいるはずもないと思いながら、わたしは釈明した。「それに、確信はなかったの。証拠もないのに、人を告発することはできないわ。だからダーシーが囮になったのよ。あんなことになるとは思っていなかったけれど」

「運がよかったんだ」ビンキーが言い添えた。

「それじゃあ、ハウスパーティーはこれで終わりね」母が言った。「もう家に帰れるのかしら？　あなたの素敵な家とミセス・マクファーソンの料理が恋しくてたまらないわ」

ミス・ショートだけはなにも言わなかった。顔は青ざめてはいるものの、落ち着いている。雇い主についてどれくらい知っていたのだろう？　彼女は新しい居場所を見つけて、また一からやり直さなければならないのだとわたしは気づいた。なにが起きたのかを王妃陛下に報告に行くとき、そのことが頭にあった。気は進まなかったが、行かなくてはならないことも、わたしの口から告げるべきであることもわかっていた。

王妃陛下は、ある程度の話は聞かされているようだった。いかめしい顔つきで、わたしに手を差し出して言った。

「ジョージアナ、恐ろしい経験をしましたね。溺れかけたあなたの夫を助けたと聞きました。ですが、かわいそうなアーミントルードはそれほど運がよくなかったのですね」

真実をどこまで話すべきだろうと思いながら、わたしはうなずいた。このまま、友人は悲劇的な死を迎えたと王妃陛下に思わせておくべきなのだろうか？　けれど、わたしが傍らに腰をおろしたところで、王妃陛下が切り出した。「かわいそうなアーミントルード。しばらく前から、彼女のことを心配していたのですよ。彼女は狂気に陥ってしまったのでしょう？　こんなことになるのではと心配して、わたくしは彼女をここに呼んだのですよ。まわりに人がいれば、彼女も元気になって立ち直るだろうと考えたのです。アイガースのようなところにいれば、正気を失うのも無理はありませんからね。陰鬱で、孤立していて、夫は留守ばかりで」

わたしは言うべき言葉が見つからず、うなずいただけだった。

王妃陛下はため息をついた。「彼女が口にしたなにかの言葉を聞いて、彼女が夫を殺したのかもしれないとわたくしは疑念を抱いていました。彼女のことは責められません。ひどい男でしたから。ですがその後、ほかの事故が起こり始めて、放っておくことができなくなりました」王妃陛下はわたしの手を握ったままだ。「だからあなたに来てもらったのですよ。ジョージアナなら真相にたどり着くだろうと思ったのです」

「それほど信頼いただいて光栄です、陛下」

「わたくしは正しかったようですね？」王妃陛下はまたため息をついた。「息子が愛人を近くに呼び寄せる理由を欲しがって、その結果ハウスパーティーが企画されたのは本当に幸運でした。甥と結婚したばかりのその妻を招待するようにと、彼女に勧めるのは簡単でしたよ。デイヴィッドの身が危険なのではないかとわたくしは考えていたのです。アメリカなまりのある王妃をアーミントルードが認めないことはわかっていましたから」

「王子は危険だったかもしれません」わたしは言った。「ですが、彼女の本当の動機は、妻に忠実でない男たちを排除することだったとわたしたちは考えています」

「ええ、そうでしょうね」王妃陛下はうなずいた。「筋が通ります」その視線がわたしを通り過ぎ、外の景色へと向けられた。遺体を回収しようとしているのか、湖にはまだ人がいる。かわいそうな王女たちと、わたしは心のなかでつぶやいた。スケート遊びはできそうもない。

「家に帰るのですよね？　女主人がいない家にとどまる理由はありませんね」

「はい、陛下。今日、発つ予定です」わたしは答えた。「あんなことがありましたから、ほかの人たちも早く帰りたがっています」

「あなたとおしゃべりできなくなるのは残念ですね。もしよければ、年が明けたらご主人とふたりで戻ってくるといいですよ。ご家族の方が帰ったあとで。国王陛下は、少なくとも二月末までノーフォークにとどまりたいと言っていますから」

「ご親切にありがとうございます。国王陛下のご負担にならないようでしたら」

「快方に向かうといいのですけれどね。大好きな場所にいることが、陛下には驚くほどの効果があるようですから」

優雅に退出しようとしたところで、わたしはあることを思い出した。

「陛下、ひとつお願いがあります。レディ・アイガースにはコンパニオンがいたのですが、彼女は天涯孤独の身で、いまは行く場所もありません。なにか、彼女にできる仕事はないでしょうか？　有能ですし、意欲もあると思います」

「教育は受けているのですか？」

「上流階級ではありませんが、品のある人です」

「使用人をまとめている人間に話をしておきます」王妃陛下が言った。「彼女をここによこしてください。なにかできることを探しましょう。それから、ウィンダム・ホールは末息子のジョージに与えるつもりでいます。そうすれば、使用人が働き続けることができますから」

「安心しました。ありがとうございます、陛下」

「いいえ、ジョージアナ。お礼を言うのはわたくしのほうですよ」

わたしは膝を曲げてお辞儀をした。「国王陛下とご家族の方々にくれぐれもよろしくお伝えください。すべて解決しましたから、このあとは楽しく過ごされることを祈っています」

「ええ、楽しく過ごしますよ」王妃陛下は優しく笑った。

ドアまで戻ったところで、わたしはまた別のことを思い出した。

「レディ・アイガースの犬。ここのどなたかが、犬の飼い主を探してくださるといいのですが」

王妃陛下は笑みを浮かべたまま言った。「それは問題ありません。田舎で暮らすのに、犬が多すぎることはありませんからね」

ダーシーのところに戻ったときも、わたしはまだ子犬のことを考えていた。あの子たちをまだ母犬から引き離すべきじゃない。すると、その母犬に思いが及んだ。気立てのいい犬だと庭師の妻は言っていた。

「ダーシー」サンドリンガム・ハウスから戻る車のなかで、わたしは切り出した。「わたしたちの子犬だけれど、あと一週間くらいはお母さん犬と一緒にいさせたほうがいいと思うの。どう思う？」

彼はうなずいた。「あとで届けてもらうように、手配できると思うよ」

「あの子たちのお母さんなんだけれど。ティリー。飼い主がいなくなってしまったから、彼女にもいい家が必要だわ」

「きっと見つかるさ」

「わたしが言っているのは、わたしたちが飼ってあげられるんじゃないかっていうこと。そうすれば、子犬たちもずっと長くお母さんと一緒にいられるもの」

ダーシーは用心深いまなざしをわたしに向けた。「いいんじゃないかな。あそこはきみの家なんだから。きみの好きなようにすればいいんだよ」

「わたしたちの家よ、ダーシー。犬が三匹はちょっと多すぎるってわかっているけれど、大切にしてもらえないところにもらわれていって、犬小屋に入れられるのかと思うと……」

ダーシーはわたしの手を軽く叩いた。「問題ないよ。心配しなくていい。母犬ももらうことにしよう。だが、残りの子犬はだめだぞ。いいね？　限度っていうものがある」

「八匹全部はもらわないって約束するわ」わたしは笑いながら応じた。

わたしたちはその日の午後、ノーフォークを発った。サンドリンガムで手配をしてもらった車が使用人たちを駅まで乗せていき、その後、ビンキー一家をわたしたちの家まで連れていくことになっていた。

「気を悪くしないでもらいたいのだけれど、アインスレーには滞在しないつもりなの」フィグが言った。「あそこに残っている使用人たちをロンドンの家に向かわせたら、すぐに出発するから。はっきり言って、もう神経がずたずただから、自分の家で安全に平穏に過ごしたいのよ」

彼女たちが行ってしまうのが残念だとは言えなかった。

わたしは出発する前に、ふさわしい仕事を探してもらうように王妃陛下に頼んだことをミス・ショートに話した。彼女はとても喜んでくれた。

「なんてお礼を言えばいいのかわかりません。実を言うと、これからどうなるんだろうと思ってゆうべは一睡もできませんでした。わたしはもう若くありませんから」わたしは同情をこめて彼女を見つめた。わたしは彼女のような立場になったことはないけれど、人生を自分の手に取り戻す前は、兄の家には居場所がないと感じていたのだ。自分の足で歩き始めて本当によかった。そうでなければ、ダーシーにも出会っていなかったのだから。

わたしたちが乗った車は、夕食の時間にアインスレーに到着した。キングズ・リンで車を止め、これから帰ることをミセス・ホルブルックに連絡した。彼女はひどく慌てていた。「家にはちゃんとした食料がないんですよ、奥さま。使用人が食べるものだけなんです。あと数日は戻っていらっしゃらないと思っていましたし、今日は日曜日でお店も閉まっているんです」

「心配しないで、ミセス・ホルブルック」わたしは言った。「簡単なもので大丈夫よ。急なことだったもの。でも、援助物資も持ってきたから」ダーシーは、残りのシャンパン、半ダースのキジ、スモークサーモン、キャビア、そのほかわたしたちが持っていったものを取り返してくるくらいには立ち直っていた。家へと向かう車のなかで彼がいつになく物静かだったのは、道路が凍っていて危ない箇所がところどころ残っていたせいだけではない。家族のひとりがあんな振る舞いをしたというショックから、まだ抜け切れていないのだろう。その気持ちはよくわかった。父には南フランスに別の家庭があると知ったとき、どれほどのショックを受けたかをいまも覚えている——裏切られ、傷ついた。

「あなたの伯母さまがあんなふうになってしまった理由は想像がつくわ」沈黙が耐えきれなくなってきたところで、わたしは静かに切り出した。母は例によって、後部座席で眠っている。「あまりにも若くて、自分がなにに足を踏み入れようとしているのかもわからないうちに結婚して、夫が女遊びをしていることを知りながら、人里離れた陰鬱な場所でひとりで暮らしていたんだもの」

ダーシーはうなずいた。「だとしても、家族に頭のおかしな人間がいたことを知るのは、ね？」

「素晴らしい家族にだってそういうことはあるわ。ジョージ三世を思い出して」

彼はわたしに顔を向け、笑みを浮かべた。「命を救ってもらったお礼を言っていなかった

「あなたがいなければ、生きていたくないもの」

彼はわたしの手を強く握った。

「あなたにはおばさまが何人いるの？」車が交通量の多いロンドンの道路に差し掛かったところで、わたしは彼に尋ねた。

「母方のっていう意味？」

「ええ」

「母は五人姉妹だった。アーミントルードが長女だ。ホース＝ゴーズリー叔母さんは真ん中だよ」

「あなたのおばさまとクリスマスを過ごすのは、もうやめましょうね、ダーシー」わたしは言った。「恐ろしいことが多すぎるわ」

「心配ないよ。プルネラ叔母さんは独身で猫を飼っているはずだし、ジョセフィーヌ叔母さんは身分が下の男と結婚して、家族から縁を切られている」

「ひどい話ね」

「確かに。だが縁を切ったのは彼女のほうだったと思うよ。たしか相手は、なにかの店を経

営していたはずだ」

「ダーシー、人を見くだすのはよくないわ。とてもいい人かもしれないじゃないの」

「でもきみは、店の二階でクリスマスを過ごしたくはないだろう？」

「それはそうね」わたしは笑みを返した。

しばしの沈黙のあと、ダーシーはため息をついた。「こんなにショックが大きかったのは、彼女がぼくと母さんを結びつける数少ない存在だったからなんだ。きみも知っているとおり、ぼくは母さんを敬愛していた。素晴らしい人だったよ。みんなから愛されていた。ぼくが遠くの学校にいたときに亡くなったから、お別れも言えなかったんだ」

わたしは手を伸ばして、彼の手に重ねた。

帰り着いたのは、温かく迎えてくれる家だった。祖父はとても元気そうで、わたしたちに会えたことを喜んでくれた。ミセス・ホルブルックは、丸ごとのチキンを入れたスープとベークドポテトを添えたハムを用意するのでせいいっぱいだったと言って謝ったけれど、わたしには最高の料理だと思えた。ディッキー・オルトランガムが落馬して以来、あまり食欲がない。

母が満足そうな面持ちで、ディナーの席にやってきた。「こんなものが待っていたのよ。マックスからの三通の電報。わたしがいないせいでひどく落ち込んでいるんですって。わたしなしでは、もう片時もいられないらしいわ。ロンドンまでわたしをさらいに来るそうよ。ドーチェスターで彼と落ち合うことにしたの」

とりあえず母はまた幸せそうだ。ディナーを終えたわたしは、祖父と一緒に暖炉のそばに座った。「楽しい時間を過ごせたの?」わたしは尋ねた。

「とても楽しかったよ。ハミルトンはクリベッジが好きだっていうことがわかったんでね、たっぷり遊んだ。ミセス・ホルブルックとミセス・マクファーソンは、おいしい料理でわしを甘やかしてくれたしな。ついた贅肉を落とさなきゃいかんな。あれやこれやで、満足できるクリスマスだったよ。これからたくさん歩いて、ついた贅肉を落とさなきゃいかんな。おまえはどうだ? いいブローアウトだったかい?」祖父は豪華なパーティーを表すコックニーの言葉を使ったが、〝怒りの爆発〟という意味のその単語は、恐ろしいほどに事実を言い当てていた。

「残念ながら、ひどいものだったのよ」わたしは答えた。「恐ろしいことが起きたの。ここにいればよかったわ」

祖父はがっしりした大きな手をわたしの手に重ねた。「いずれおまえがその気になったら話してくれるのはわかっているよ。だが、おまえが帰ってきてくれたのがわしはなによりうれしいよ。素晴らしいね。まったくもって素晴らしい」

わたしは祖父の手を強く握りしめた。すべて世はこともなし。

翌朝目覚めたとき、わたしは気分が悪かった。

「ゆうべ食べたものが合わなかったみたい」わたしは言った。

「というより、いまになってショックを感じているんじゃないかな。あまりにもたくさんのことがあったからね。でも医者に電話をして、往診を頼んでみるよ」

「あら、そんな必要はないわよ。ボブリル（しばしば病人に与えられる牛肉エキス）を飲んで、トーストを食べれば、きっと元気になるから」

「やっぱり、診てもらおう。ここ数日、少しやつれているように見えるし、何度か気分が悪いって言っていたじゃないか。鉄剤かなにかを処方してくれるかもしれない」

わたしが起きあがろうとすると、そのまま寝ているようにとダーシーが言った。たまにはゆっくりするといい。抗う理由はなかった。メイジーが、ゆで卵とボブリルを塗ったトーストと紅茶を運んできてくれた。おいしく食べられたので、ベッドから出ようとしたところに、医者がやってきた。

「たまたまこのあたりの農家を訪ねていたところだったんですよ。さてと、拝見しましょうか」

聴診器を胸に当てたとき、わたしが顔をしかめたことに気づいて彼は訊いた。

「ここが痛むんですか？」

「ええ、痛むわ。なにか深刻な問題ですか？」

彼はわかっていると言わんばかりに微笑んだ。「妊娠しているかもしれないと、考えたことはなかったんですか？」

あんぐりと口が開いたのがわかった。

「わお。考えてもみなかったわ。わたしたち、すごく忙しかったんです。ほかのことで頭がいっぱいで」

「それでは、もっとよく調べてみましょう」

診察が終わると、彼は勇気づけるようにわたしに微笑みかけた。

「二カ月というところですね」

「本当に？」わたしはそれだけ言うのがせいいっぱいだった。

「おめでとうございます、マイ・レディ。お大事になさってください。栄養のあるものをたくさん食べれば、なにもかも申し分なくうまくいくはずですよ。今後もわたしが診ますから」

医師と入れ替わりにダーシーがやってきた。「それで？」わたしの横に腰をおろして尋ねる。「彼はなんて？　ぼくが訊いたら、きみから聞いたほうがいいと言われたんだ。悪い知らせじゃないだろうね？」

「その反対よ」わたしは言った。「未来のキレニー卿がいるみたい」

ダーシーの顔がぱっと輝いた。「赤ちゃんができたの？」

うなずいた。彼は両腕をわたしに回し、強く抱きしめたが、すぐにその手を放した。

「ああ、ごめん。強く抱きしめすぎた？　これからは気をつけなきゃいけないな」

わたしは愛しさをこめて彼を見つめた。

「ダーシー、わたしは突然、割れ物になったわけじゃないのよ。好きなだけ、抱きしめてくれて大丈夫」

「とても信じられないよ」彼はまだにこやかに笑っている。「子供ができるんだ。それに、生まれるまでは、犬の世話できみは大忙しだ。これ以上、望むことがあるかい？」

そのとおりだった。

後記

　フィグとビンキー、そして彼らの使用人たちは翌朝、出発した。ミセス・マクファーソンがいなくなってしまい、またクイーニーの料理に甘んじなければならないのは残念だった。祖父は、ハミルトンが行ってしまうのを悲しんだ。

　ビンキーはわたしを抱きしめて、一緒に過ごせて本当に楽しかったと言った。アディは、ジョージー叔母さんと離れたくないと言って泣いた。ポッジもいまにも泣き出しそうだった。「心配いらないわ。あの列車のセットがどんなふうになったのか、わたしがロンドンまで見に行くから」わたしは言った。

　そして彼らは帰っていった。翌日、愛情に満ちた祖母として戻ってくると約束して、母が発った。このままここにいてほしいと、祖父を説得する必要はなかった。とてもうれしかった。

　わたしたちは大晦日も留守なのだと、近隣の人たちが考えていたのは幸いだった。おかげで、ひどく騒々しいパーティーに出なくてすんだ。その代わり、三人だけで家で過ごし、最後のシャンパンを楽しんだ。これでいいんだと思えた。

一月の終わりには、犬を引き取りにサンドリンガムまで行こうという計画をダーシーと立てた。従僕兼運転手のフィップスを行かせればいいとダーシーは考えていたが、子犬を家まで連れてくるあいだ、なにも問題のないようにしてやりたかったし、ここまで世話をしてくれた庭師の妻にちゃんとお礼も言いたかった。お礼になにをすればいいのか、わたしは迷っていた。現金は露骨すぎる。

「アーミントルード伯母さんの絵とか？」ダーシーはそんな提案をして、わたしに手をぴしゃりと叩かれた。

結局、チョコレートと上等のコロンと石鹸に落ち着いた。彼女のような人たちは、あまり贅沢品を持っていないだろう。

わたしは、国王陛下と王妃陛下に挨拶するべきだろうかと考えていた。それとも王家のほかの方々もまだサンドリンガムに滞在していて、邪魔されたくはないだろうか。地所に車を進めていくと、家のまわりにずらりと車が止まっていたので驚いた。

ダーシーが窓を開け、三脚付きのカメラを手にした通りかかった男性に尋ねた。

「なにがあったんです？」

「国王陛下ですよ」男性が答えた。「今朝、眠っているあいだに亡くなったんです」

わたしたちは無言で車を走らせた。

「ひとつの時代の終わりだね」ダーシーが言った。「きみの親戚のデイヴィッドが国王になったわけだ。彼は、どの名前を選ぶんだろう？」彼は一度言葉を切り、考えこんだ。「国民にミセス・シンプソンをどうやって紹介するつもりだろうね。国民はどう受け止めるだろう」ため息をつく。「ぼくはこの国が心配だよ、ジョージー」

「大丈夫よ。いまにわかるわ。彼は正しいことをするように育てられたのよ」

「きみの楽観主義には感心するよ」彼はわたしに顔を向けた。「ぼくたちのささやかな世界については、ぼくも楽観的になれるよ。夏には子供が生まれるんだ。これ以上のことがあるかい？」

「あなたが、ここぞというときに任務を受けて飛び出していったりしなければね」

ダーシーは笑った。

訳者あとがき

〈英国王妃の事件ファイル〉シリーズ第一五巻『貧乏お嬢さまの困った招待状』をお届けします。

このシリーズではかわいらしい王女として何度も登場していたエリザベス女王が、九月に逝去されました。本書では、まだ自分の将来がどういうものになるのかを知らず、大きくなったら農夫と結婚して動物をたくさん飼うんだと語っていた少女でした。このシリーズの舞台は一九三〇年代前半で、訳出するときには時代考証も必要な時代です。わたしのなかでは、〝昔の物語〟でしたし、読んでくださっているみなさんもそういったイメージなのではないでしょうか。けれど、ここに登場していた幼い王女がつい最近まで英国の君主を務めていたのだと思うと、どこか不思議な気持ちがします。七〇年の長きにわたり、国民から愛されてきた君主でした。ご冥福をお祈りいたします。

さて、このシリーズのタイトルとなっている英国王妃はもちろんエリザベスではなく、ジョージ五世の王妃であるメアリですが、ジョージーをずいぶんと頼りにしているようです。これまでも盗まれた嗅ぎ煙草入れを取り戻してほしいとか、デイヴィッド王子とミセス・シンプソンの関係に目を光らせていてほしいとか、いくつも頼み事をしていましたね。けれど今回のメアリ王妃の不安は、もう少し漠然としていて、そしてもう少し深刻なものでした。

ジョージーは結婚して迎える初めてのクリスマスをとても楽しみにしていて、あれこれと計画を立てていましたが、直前になってダーシーの伯母であるアーミントルードからクリスマスを一緒に過ごしてほしいと招待されます。メアリ王妃のかつての女官である彼女は、夫を亡くしたあと、王妃の好意でサンドリンガムにある王家の家の一軒で暮らしていたのですが、久しぶりににぎやかなクリスマスを過ごしたくなったのだということでした。ですが、実はそれがメアリ王妃の依頼であったことがわかります。一年前のクリスマスの時期にもサンドリンガムでは事故で亡くなった人がいて、メアリ王妃はその死に不審なものを感じていたのでした。今年も不吉な予感がすると言って、なにかが起きたときのためにジョージーをそばに置いておきたがったのです。そして残念なことにその不安は次々と的中してしまいます。狩りの最中に何者かが撃った散弾銃の弾がデイヴィッド王子をかすめ、アーミントルードの家に滞在していたミセス・シンプソンは頭を打って気を失い、デイヴィッド王子の侍従が落馬して命を落としてしまったのです。事故がこれほど続くものだろうか……。メアリ王妃の不安を深刻に受け止めてはいなかったジョージーでしたが、さすがに疑念を抱き始めるのでした。

本書はサンドリンガムが舞台となっていますが、英国のロイヤルファミリーがクリスマスをここで過ごすのが慣例となっていることは、ご存じの方も多いことでしょう。本書にも登場するジョージ五世と彼の父親であるエドワード七世は、この邸宅を〝世界のどこよりも〟愛していたそうです。ジョージ五世と六世がこの世を去ったのも、サンドリンガムハウスでした。文中に、サンドリンガムでは三〇分時計を早めているとありますが、これは狩りが好きだったエドワード七世が、狩りが長くできるように日中の時間を長くするために定めたことだったとか。国王になればこんなわがままも通ってしまうのかと思うと、ちょっとおかしくなりますね。ちなみに現在のサンドリンガム時間は、グリニッジ標準時に戻されています。

英国のクリスマスと言えば、君主によるクリスマス放送も恒例ですね。本書でもジョージ五世がラジオでスピーチをしていますが、実はこの年が初めての試みだったそうです。英国だけでなく、オーストラリアやカナダなど、大英帝国各地の国民にメッセージを送ることが目的だったため、そういった国々でも都合がいいように、英国時間の午後三時が選ばれたということです。この記念すべき初回の放送のスピーチを書いたのは、詩人のキプリングだったとか。この試みが大成功を収めたことから、毎年の恒例となり、一九五七年からはテレビ放送されています。クリスマスの午後三時と言えば、王家からのクリスマスメッセージ……と、英国の人々にはすっかり刷り込まれているようです。

本書の終盤でひとつの時代が終わりを告げます。それは、英国王室にとって前代未聞のスキャンダルへとつながっていくわけですが、著者の覚書にもあるとおり、驚くことに英国の人々はそれまで、デイヴィッド王子とミセス・シンプソンのことをまったく知らなかったようです。当時は、新聞各社とそれだけの協定を結ぶことのできる権威が王室にあったということなのでしょうか。マスコミだけでなく、一般の人々も情報を広く発信できる現在においては、とても考えられませんね。

さて、無事にクリスマスを乗り切ったジョージーは、次巻で再びパリに行くことになるようです。刊行は二〇二三年一一月の予定です。どうぞお楽しみに。

コージーブックス

英国王妃の事件ファイル⑮

貧乏お嬢さまの困った招待状

著者　リース・ボウエン
訳者　田辺千幸

2023年1月20日　初版第1刷発行

発行人　成瀬雅人
発行所　株式会社　原書房
〒160-0022 東京都新宿区新宿 1-25-13
電話・代表　03-3354-0685
振替・00150-6-151594
http://www.harashobo.co.jp
ブックデザイン　atmosphere ltd.
印刷所　中央精版印刷株式会社

落丁・乱丁本はお取り替えいたします。
定価は、カバーに表示してあります。
 ISBN978-4-562-06127-3 Printed in Japan